Texto de acordo com as normas do novo acordo ortográfico da língua portuguesa (Decreto Legislativo Nº54 de 1995).

Editora – Catia Mourão
Capa – Joice Dias
Diagramação – Catia Mourão
Revisão – Bia Braz e Halice FRS

CIP-BRASIL. CATALOGAÇÃO NA PUBLICAÇÃO
SINDICATO NACIONAL DOS EDITORES DE LIVROS, RJ

B83s

Brasil, Adriana
Surpresa em dobro / Adriana Brasil. - 1. ed. - Rio de Janeiro : Ler, 2023.
208 p. ; 16 cm.

ISBN 978-65-5055-055-4

1. Romance brasileiro. I. Título.

23-85863 CDD: 869.3
CDU: 82-93(81)

Gabriela Faray Ferreira Lopes - Bibliotecária - CRB-7/6643
29/08/2023 31/08/2023

Foi feito o depósito legal.
Direitos de edição:

Ler Editorial

Surpresa em DOBRO

ADRIANA BRASIL

1ª edição
Rio de Janeiro – Brasil

SUMÁRIO

Capítulo 1

Raquel

Nunca consegui entender por que as pessoas ficavam nervosas em determinadas situações. Na hora de uma prova, por exemplo, se tiver estudado o necessário para adquirir boas notas, certamente obterá. Sempre pensei assim na escola, na faculdade, na vida. Sempre me esforcei muito para me sair bem em tudo que me propus a fazer. Até nas mínimas coisas, eu dava o meu melhor. Passava a noite acordada, mesmo tendo que trabalhar duro no dia seguinte, dando-me garantias de que não haveria tropeços no momento do teste. Eu era advogada em um escritório de renome e, na hora de uma audiência importante como aquela, se tivesse feito tudo certo, com a ajuda do meu sangue frio e do alto controle, não teria falha, não haveria mãos frias, coração acelerado, pernas bambas e muito menos branco na mente.

Entretanto não foi o que realmente aconteceu.

— Meritíssimo, o meu cliente... — Respirei fundo, tentando fazer a minha mente voltar a funcionar. Tudo estava, aos poucos, se tornando sem sentido, distante, um borrão. A tentativa de me manter lúcida parecia fracassar, pois a tontura piorou ainda mais — O meu... Ai... Eu...

Não consegui terminar a frase, um zumbido estranho dentro dos ouvidos me fez fechar os olhos com força.

Tudo estava rodando, rodando... Apoiei uma das mãos na mesa do juiz, com a outra tampei a boca, mas não consegui mais segurar. O jato de vômito saiu rápido e, involuntariamente, forte, contínuo, alcançando uma distância impressionante e sujando tudo à frente.

Inclusive Excelentíssimo Senhor Juiz.

— Ai, meu Deus! O que é isso? — Alguém gritou.

Toda vergonha que um ser humano poderia sentir tinha acabado de cair sobre mim. Ergui o olhar e encontrei o rosto enrugado e olhos arregalados do homem mais exigente e severo que já conheci no mundo jurídico. Levei a mão suja do vômito que tentei, sem sucesso, segurar, até a testa, e deixei que a tontura me dominasse. Mesmo se eu realmente não estivesse a ponto de desmaiar, eu o teria feito, eu me jogaria no chão e fingiria um desmaio, mas jamais iria encarar as pessoas naquela sala.

Naquele dia pela manhã, eu tinha acordado com o estômago ruim, nauseada, mal consegui tomar café da manhã. Até pensei ser um nervoso atípico por causa da audiência, que era a primeira realmente importante depois de meses trabalhando no caso superdifícil. E o que eu fiz? Vomitei na mesa do juiz. Certamente virei motivo de piada no mundo jurídico. Serei lembrada sempre como a advogada inexperiente que vomitou de nervoso.

Abri os olhos, pensando que ainda estava no Fórum e os arregalei, espantada, quando percebi que estava em um quarto de hospital.

— Ai, Senhor, o que estou fazendo aqui? — Meus olhos desceram para o acesso do soro em meu braço. Estava certo que havia tido um *piti* por conta do nervoso, mas não era para tanto, não precisava ter me levado para um hospital e espetar a minha veia, muito menos me entupir de remédios.

— Olá, Raquel. Você passou mal, não acordava — informou uma moça de, aproximadamente, trinta anos, que presumi ser enfermeira.

— Certo, mas não precisavam ter me trazido para cá. Tenho pavor de hospitais. Já acordei, já posso ir embora? — inquiri, fazendo movimento para me levantar, que foi interrompido pela voz autoritária da enfermeira.

— Não, senhora, vai ficar quietinha aí. Está desnutrida, desidratada, estamos fazendo alguns exames, por isso vai precisar ficar algumas horas aqui até os resultados de todos ficarem prontos.

— Como assim? Eu como muito bem, obrigada. Ultimamente minha gastrite nervosa está atacada por conta do estado emocional. Imagino que devem ter várias causas para o desmaio, a minha, com toda certeza, foi o nervoso, estresse. Eu fiquei preocupada e acabei não aguentando a pressão. Apesar que, faz algum tempo, venho me sentindo um pouco enjoada. Só que você não sabe o que tenho passado no trabalho. É muita pressão para uma novata como eu. Mas desidratada? Eu como muito bem e me hidrato muito, obrigada.

— Veremos nos seus exames que logo ficam prontos.

— O quê? Quanto tempo faz que estou aqui?

— Cerca de duas horas ou mais. — Uma moça entrou e respondeu sorrindo ao entregar uma prancheta para a outra mulher de mais ou menos trinta anos, vestida de branco, que a acompanhava.

— Olá. Que bom que acordou. Sou a Dra. Lola, está se sentindo melhor? — perguntou a médica, segurando o meu pulso.

— Estou ótima, já posso até ir para casa.

— Que bom que se sente bem, mas digamos que ótima você não está. Precisa se hidratar e se alimentar direito. Os seus exames deram muito ruins para uma gestante. Já está fazendo o pré-natal? — perguntou apalpando minha barriga.

Choque.

— O que você disse? — Senti a bile invadir minha garganta.

Meu estômago gelou, meu coração disparou e, ainda bem que estava em um hospital, pois provavelmente estava tendo um infarto. Pensei que iria precisar de respirador mecânico, pois não conseguia respirar.

— Perguntei se algum médico já está acompanhando a sua gravidez? O pré-natal é de suma importância tanto para a mamãe quanto para o bebê desde o início da gestação.

Eu fiquei em choque, olhando para a cara da médica. Ela, tranquilamente, arrastou um aparelho de ultrassom, despejou o gel sobre a minha barriga.

— Eu não posso estar grávida, doutora, deve ter algum engano.

Mal acabei de falar, um barulho estranho soou pela sala, algo como uma corrida de cavalos. Olhei muito assustada para ela.

— O que é isso?

— O som do coração dele batendo. — Meus olhos se encheram de lágrimas. — Olha só, são dois corações, que coisa mais linda.

Linda? Ela estava maluca? Eu morrendo, e ela achando lindo?

— O dele e o meu, que vai ter um ataque agora mesmo. E isso não tem nada de lindo.

— Não, querida, você certamente está grávida de gêmeos. Ouço dois corações batendo. Se prestar atenção, vai...

— O quê? — gritei, assustando a médica, que se afastou dando alguns passos para trás.

Essa seria uma boa hora para desmaiar novamente.

Como se fosse um raio, a minha irmã entrou pela porta do quarto. Renata é mais velha do que eu, temos uma diferença de oito anos, ela meio que se acha minha mãe, uma vez que era ela quem tomava conta de mim para nossa mãe ir trabalhar. Com uma mãe severa como a nossa, apegamo-nos uma a outra mais do que o normal. Somos amigas e cúmplices.

Fisicamente, éramos parecidas, os mesmos cabelos ondulados, olhos cor de chocolate, lábios desenhados e nariz arrebitado, como dizia a minha mãe, pura petulância.

Renata se casou há três anos e ainda não tem filhos. Eu ainda morava com a nossa mãe, mas estava com planos de logo me mudar para um canto só meu, pois liberdade era uma coisa que nunca tivemos em casa, muito menos paz. Nunca pude levar nenhum namorado em casa, nem amigos. Exceto os que a minha mãe escolhia.

Mamãe é religiosa e segue à risca os preceitos da religião. Inclusive não se relacionou com ninguém depois que o meu pai foi embora. Às vezes, eu pensava que ele teve seus motivos para deixá-la, deve ter sido muito difícil ser casado com alguém igual a ela. Amarga, severa, não sorri nunca e só vive para a igreja. Ou talvez ela tenha se tornado assim por conta do abandono. Não sei. Nós temos uma grande mágoa por meu pai não ter lembrado que tinha duas filhas para criar, e ter deixado tudo a cargo da mulher que precisava trabalhar dobrado para sustentar duas garotas, tratando-as com severidade e pouco carinho.

— Raquel, o que houve? Por que não me ligou antes? — perguntou aflita, segurando a minha mão.

— Estava esperando para ver se acordava do terrível pesadelo. Só pode ser um sonho ruim, Renata, um terrível pesadelo.

Mais uma vez, tentei segurar o choro. Um bolo estava preso no meio da minha garganta e não me deixava respirar.

— Você está doente? O que está fazendo aqui?

Comecei a chorar feito uma desesperada novamente. Não bastava estar grávida, tinha que ser de dois? Talvez a médica estivesse enganada. Talvez fosse só um. Nem foi um exame de verdade. Ela só ouviu o coração, e poderia não ser duas batidas, como garantiu. E aquelas duas coisinhas que ela viu na tela podem muito bem ser cistos. Depois que a médica saiu, eu liguei e marquei com a minha ginecologista. Só depois, liguei para Renata dizendo que estava em um hospital.

— Eu... Eu estou... desnutrida, anêmica, desidratada e...grávida. — A última palavra foi dita tão baixa e sem nexo que nem eu mesmo entenderia.

— O que disse?

— Gêmeos, estou ferrada, grávida de gêmeos. Renata, o que vou fazer da minha vida? Isso não pode estar acontecendo.

Ela não disse nada de cara. Ao contrário de mim, que sou histérica e falo demais, às vezes ou sempre, Renata é mais calma, centrada e analisa as coisas antes de falar. Tudo que eu nunca serei.

— Calma, Kel, não é o fim do mundo, você pode contar com o pai dos bebês...

— Como? Eu não sei onde encontrá-lo? Você se lembra que te contei... da viagem há três meses?

— Eu não acredito que é ele o pai? Não foi só uma vez?

— Ficamos juntos por uma semana.

— E não cogitou usar preservativo? — Seu tom foi de repreensão. — Francamente, Raquel. Uma mulher tem que ser responsável quando decide ser livre. Liberdade e responsabilidade devem andar juntas, pois sempre, todas as atitudes terão consequências.

— Essa é a questão, nós usamos, em nenhum momento transamos sem camisinha. Como isso foi acontecer?

— Você tem certeza?

— Absoluta. Eu já pensei muito, tentei me lembrar de algum deslize, mas não houve nenhum...

— Talvez a camisinha tenha estourado, e ele não quis te falar.

Fechei os olhos, xingando até a terceira geração do desgraçado que colocou dois bebês dentro de mim. Se ele fez isso, escondeu que o preservativo falhou, ele vai me pagar. Ah, se vai.

Três meses antes...

Céu imensamente azul...

Praia de areias brancas, macias e quentes...

Mar azul e águas cristalinas...

O que eu iria querer mais? Queria isso para o resto da vida. Amo a cidade onde moro, mas que falta um mar azul como esse, falta!

— *All inclusive*, você pode pedir qualquer drinque que quiser, não precisa se preocupar com nada. — Juliana, minha amiga da faculdade, que se formou comigo, disse, fazendo-me soltar um gritinho que chamou a atenção de um moreno lindo ao nosso lado, no primeiro dia de viagem.

O resort Hard Rock Hotel Riviera Maya *All inclusive*, onde ficamos hospedadas, é um espetáculo. Eu não teria dinheiro para custear uma viagem daquelas, mas Ju é filha única de um famoso advogado (que, inclusive, arrumou-me um excelente emprego no escritório de um amigo dele), e ele pagou a viagem de comemoração para ela, que me convidou para ser sua acompanhante. Talvez ele tenha ficado com pena por ela ter terminado com o namorado de infância e achava que ela estava sofrendo, coisa que não estava.

All inclusive, aquela era a palavra da vez. Bebi um pouco do drinque espetacular e fechei os olhos, gemendo de prazer.

— Irei provar todos — afirmei, colocando o copo vazio em cima da mesa.

— Eu irei provar todos, mas não falo dos drinques — Juliana falou, referindo-se aos homens lindos conversando no bar. — Vou escolher um e não voltarei para o hotel sozinha. Você deve fazer o mesmo se não quiser presenciar.

— Que bom que não disse participar.

— Seria uma boa ideia. Gostei. Sexo a três. Nunca fiz, e você é gostosa pra caramba.

Fiz uma careta de nojo para ela. Nada contra quem gosta, mas eu era careta demais para algo do tipo.

— Credo, Ju. Faço essas coisas, não. Mas, por favor, sem querer parecer chata...

— Tudo bem, eu estava brincado, sua boba. Não achou que eu levaria alguém para o nosso quarto, achou?

Suspirei aliviada.

No dia seguinte, eu estava pensando em como era confortável estar numa espreguiçadeira maravilhosa, tomando um drinque que nem sabia o nome mais, só que tinha um guarda-chuva que eu ficava girando com o dedo. Adorando sentir os raios do sol no meu corpo, a brisa suave sacudindo os meus cabelos.

Paraíso.

Fazia três dias que estávamos em Cancun, Juliana já tinha saído com dois caras diferentes. E eu, ainda de olho no homem de pele bronzeada e muito gato de sunga verde. Fiquei olhando-o sair de dentro da água. Quanto mais o observava — e estava fazendo isso há três dias —, mais o achava gostoso. Ele sacudiu os cabelos com a mão, tirando o excesso de água. Seu movimento fez seus músculos tensionarem e ficarem em evidência. Não tanto quanto o volume em sua sunga.

O que é isso?

Percebi algumas mulheres sentadas no bar do hotel, olhando com lascívia para ele também. Não era para menos, o homem era um espetáculo. Uma delas se levantou e foi até ele, dizendo alguma coisa. Ele respondeu gentilmente, ela deu de ombros e voltou para as amigas.

Isso aí, manda essas oferecidas ciscarem em outro terreiro.

Ele me encarou.

Meu Deus, ele estava vindo em minha direção. O homem parou ao lado da minha espreguiçadeira e sorriu. Puta que pariu! Que sorriso era aquele? Retribuí o sorriso e tirei os fones do ouvido para ouvir o que ele dizia.

— Então, aquelas moças me fizeram um convite para ir sentar com elas, mas eu disse que tinha companhia — falou em espanhol, sentando-se na cadeira vazia ao meu lado.

Que voz era aquela? Combinava com o jeito sexy do dono.

— É mesmo? E onde está a sua companhia? — perguntei, ele sorriu da minha tirada, em seguida seus olhos se fixaram em meu copo vazio.

— O que acha de irmos ao bar para pegarmos outro?

— Acho uma boa ideia, mas foi um tanto quanto deselegante mentir para as mulheres que estão te secando agora e me fuzilando com os olhos.

— Eu lamento por isso, mas não é para elas que olho desde o dia que cheguei aqui.

Gostei da honestidade. Mas aquilo tinha sido uma cantada?

— Presumo que seja para mim... Você não disse seu nome.

— Hugo, e você se chama Raquel.

— Sabe meu nome...

— Eu disse que tenho observado você desde o dia em que chegou. Então, o que acha de tomarmos um drinque no bar?

— Acho ótimo, estou com medo de olhar feio matar.

Levantei-me sob o olhar atendo dele, peguei meu chapéu e a bolsa de praia.

Sorri ao ouvir a voz de Maluma e cantarolei, enquanto íamos caminhando.

"Yo no te pido. Que te enamores. Seamos eternos solo esta noche."

Ele não disse nada, só me observava com um sorriso nos lábios, talvez achando bem propícia a letra da música que dizia: eu não peço. Que você se apaixone. Vamos ser eternos apenas esta noite.

Pedi ao garçom uma Coca-Cola com bastante gelo, achando uma pena que ainda não fosse noite.

— Nada de drinque, Raquel? Ia fazer um especial para você. — O barman, que já se tornou um amigo, questionou.

— Pois é, acho que já bebi demais por hoje.

— E você vai querer o que, Hugo?

— Uma cerveja. — Ele se acomodou no banco ao meu lado.

— Então, Hugo, está de férias sozinho? Não vi você com ninguém.

— Estou com um amigo, mas ele sempre arruma uma companhia ou esportes muito radicais para fazer. Acho que você e eu temos algo em comum.

— Eu adoro esportes radicais.

— Amigos que nos abandonam.

— Me deixa surpresa saber que um homem lindo como você fica sozinho enquanto tem tantas mulheres se jogando aos seus pés.

— Talvez eu não quisesse todas, apenas uma.

A forma sensual com que ele falou me deixou quente. De repente, a música mudou, começou uma bem romântica. *Corazon partio* de Alejandro Sanz. Hugo, ao ouvir a canção, olhou-me sedutoramente, levantou-se, estendeu a mão e me convidou:

— Vamos dançar, Raquel?

Varri o local com os olhos e não encontrei ninguém dançando. Antes que eu verbalizasse meu pensamento, ele completou:

— Não me diga que você é dessas que se importa com o que os outros irão pensar.

— Eu sou dessas, sim. Inclusive estou, agora mesmo, imaginando o que está pensando sobre mim. — Segurei sua mão, desci do banco e me aproximei dele.

— Não queira saber, moça, ou iria sair correndo. Mas não com o que estou pensando de você, mas em fazer com você.

— Pensei que quisesse dançar.

— É o começo.

No meio do bar da praia, com um monte de gente olhando, começamos a dançar.

— É só o começo.

Capítulo 2

Raquel

Observei as duas crianças que estavam com os olhinhos grudados na TV enquanto sacudiam os bracinhos alegremente, batiam palmas e faziam sons fofos, como se estivessem acompanhando a canção.

Santa Galinha Pintadinha!

Só ela e o Galo Carijó para fazer esses dois ficarem relativamente quietos por um tempo e permitirem que eu me concentrasse no processo que estava montando. No entanto, o problema era que eles eram tão fofos que eu não conseguia parar de olhá-los para dar a devida atenção à peça jurídica. Olhando para os dois, tão idênticos, cada um sentado no seu carrinho, percebi mais uma vez como eram parecidos com o pai, a cor dos olhos e cabelos, além do nariz.

— Aaaaa, o papai, haaaa, ensinar, aprender, ensinar.

Fiz uma careta para a música em questão. Pois o fato de que eles não terão o pai para ensinar e dar amor me deixava triste. Triste e com raiva, como sempre ficava quando lembrava que tinha muita culpa por isso. Quando resolvi viver minha breve aventura romântica, achei que não teria consequências, então me vi envolvida com um homem sedutor e evitei saber mais sobre ele, assim como evitei falar sobre mim. E ele também não parecia muito interessado em saber, tão pouco fez promessas de futuro. Imaginei que depois da viagem não nos encontraríamos mais, só restariam as lembranças de dias maravilhosos em seus braços. Apesar de ter sido tentador querer um encontro futuro, deixamos a cargo do destino. Se fosse para ser, nos encontraríamos. O destino trataria de nos unir.

Quanta bobagem, o destino só tem me ferrado desde então.

Depois que descobri que estava grávida, tentei procurar pelo Hugo, comprei uma passagem e fui até o Resort. Infelizmente, só gastei o dinheiro que poderia usar para o enxoval dos meus filhos. Não consegui encontrar nada sobre ele. O que descobri foi que nenhum Hugo havia se hospedado naquele lugar, e não quiseram me dizer o nome do hóspede que estava naquele quarto. Eu não tinha nem mesmo uma foto para jogar na busca na internet, pois perdi o meu celular na viagem, não consegui recuperar as fotos que havia tirado com ele e não consegui me lembrar do e-mail que cadastrei a conta do celular. Perdi tudo que estava nele. Quando, enfim, consegui recuperar, já era tarde e, de alguma forma, todas as fotos tinham desaparecido.

Acabei perdendo o meu emprego, que ainda vigorava o contrato de experiência, permitindo que eu fosse demitida mesmo estando grávida. Se não tivesse sido demitida, eu jamais ficaria em um lugar onde todos me olhavam de cima e cochichavam que agi de má fé, que já sabia que estava grávida quando entrei. Entretanto, esse não seria o real motivo, minha gravidez era delicada, eu teria que me cuidar um pouco mais do que uma gestação normal. O que me ajudou muito foi o pai da Juliana permitir que eu fizesse alguns serviços para o escritório deles de casa.

Para completar a minha total amargura, a minha mãe ficou inconformada com a minha gravidez fora do matrimônio, mandou que eu saísse da casa dela, uma vez que já não tinha como fazer um aborto, coisa que eu jamais faria mesmo que fossem poucas semanas de gestação. Ainda assim, ela cogitou a possibilidade de interromper a gravidez. Doeu muito não ter o apoio dela. Fiquei pensando em como uma pessoa se dizia cristã, mas em nome da aparência preferia matar um ser vivo.

Hipocrisia.

Um bebê é uma vida, e ela queria que eu tirasse para não passar a vergonha de ter uma filha mãe solteira. Uma puta, do jeito que ela mesma disse. Onde está o amor que a religião tanto prega? Acho que ela não ouve essa parte do sermão. Ela nem sequer soube que eram dois. Tive que me mudar para a casa da minha irmã, que, como um anjo em minha vida, recebeu-me de braços abertos, apesar de o marido não ter aceitado muito bem. Não sei o que seria de mim se não fosse por ela. Mãe solteira de dois bebês, sem emprego e sem um teto para morar.

Minha amiga Juliana, que inclusive é a madrinha do Heitor, também me ajudou muito. Na época, ela queria que eu fosse morar no apartamento dela, mas o fato era que nem tinha um ainda, pois morava com os pais, então me ocorreu que ela seria capaz de cometer uma loucura, mudar-se só para me ajudar. Claro que recusei. Juliana é uma pessoa incrível, de um coração generoso que me ajuda muito.

Hadrian começou a chorar e presumi que já estavam com fome. Fechei o notebook e fui para a cozinha preparar a mamadeira deles. Heitor era mais tranquilo, mas, sempre que o irmão começava a chorar, ele disparava também.

— Ei, calminha, mamãe já está terminando.

A porta se abriu, e Renata entrou com o marido ao seu lado. Ele fez a mesma cara de contrariedade de sempre quando os meninos choravam. Renata lavou as mãos e pegou o chorão número um no colo.

— Vem na madrinha, vamos tomar um leitinho para se acalmar.
— Sinto muito, mas o seu afilhado é o outro chorão.
— Não sei como você consegue saber quem é quem, são idênticos.
— São meus filhos, conheço cada traço.
O silêncio reinou quando começaram a mamar. Juarez desapareceu no corredor. Nem precisava dizer qual era problema dele, pois eu sabia que éramos nós. Ninguém queria viver com dois bebês e uma mulher dentro de casa, tirando a privacidade do casal. Se eu pudesse, iria morar em outro lugar. Fazia parte dos meus planos, assim que conseguisse a mínima autonomia financeira, mudar-me. Porém, com duas crianças, ficava difícil.
— Eu fui olhar a creche para os meninos. Achei até arrumadinha — comentei com Renata.
Ela fez a mesma cara de sempre quando eu dizia que precisava arrumar um trabalho fixo.
— Nem começa com essa história. Você pode continuar fazendo como está. Não será nada legal deixar os seus filhos com estranhos que nem sabe como irão cuidar deles. Você não viu na TV, outro dia, sobre o bebê que chegou da creche com dezesseis mordidas? E o outro que apanhava no berço da moça que o olhava na creche? O melhor a fazer para os seus filhos é ficar com eles enquanto não sabem falar. Depois, quando puderem contar como estão sendo tratados, você os deixa. Ninguém zela mais pelos filhos do que a mãe.
— Eu sei, eu não queria que fosse assim. Mas eu preciso sair da sua casa. Para isso, eu preciso de um trabalho que me pague mais do que os bicos que estou fazendo. Então...
— Então nada. Eu não vou deixar que isso aconteça. Você vai ficar aqui até que eles estejam maiorzinhos.
— Mas e o Juarez? Ele não concorda com isso.
— Ele tem que aceitar. Ou nem precisa continuar aqui comigo.
— Renata...
— Shhhh... Ele vai dormir, então é melhor você ficar quieta.
Os dois terminaram a mamadeira e já desmaiaram de sono. Colocamos os dois no berço e, só então, pude ir tomar um banho. Se cuidar de uma criança não era tarefa fácil, imagina de duas? Estava ficando louca.

Acordei com o choro dos bebês. Peguei o Hadrián no colo e percebi que estava ardendo em febre. Olhei no relógio, e eram 2h da manhã.

Por que os bebês sempre passam mal a essa hora? Para infernizar a vida de quem precisa acordar cedo no outro dia. Só pode.

Coloquei o termômetro, e ele estava com 38,4 de febre. O choro não cessava. Mesmo depois de quarenta minutos que dei o antitérmico, a temperatura não havia abaixado. A porta do quarto se abriu.

— Precisa de ajuda? — Renata perguntou, amarrando os cabelos em um coque.

— O que será que aconteceu? Eles estavam bem.

— Criança é assim mesmo, Kel. Quer levar na emergência? Seria o mais sensato.

Onde a minha irmã tinha aprendido essas coisas? Nem tinha filhos. Embora esse fosse o seu maior sonho.

— Também acho. Vou só trocar de roupa. — Coloquei o Heitor na cama e corri para o banheiro para me trocar. Quando voltei, o Juarez estava na porta do quarto todo nervoso. Não era para menos.

— Vai dar um jeito de calar a boca dessas crianças ou...

— Ou o quê, Juarez? Pelo amor de Deus, eles são bebês. Volta *pra* cama e não fala besteira, estou indo com Raquel levar os meninos ao pronto socorro.

— Uma hora dessas?

— Quer ficar o resto da noite ouvindo o choro deles?

— É melhor irem logo. Inferno.

Reprimi uma resposta e esperei chegarmos ao carro para conversar com a minha irmã.

— Eu sinto muito, Rê, desculpa por causar tanto problema...

— Para com isso. Você, por acaso, tem culpa por eles ficarem doentes?

Não disse mais nada, mas o sentimento de que eu tinha certa culpa sempre me assolava nessas horas. Claro que amava meus filhos, no entanto, era inevitável não pensar que, se eu não tivesse engravidado de um estranho, não estaria naquela situação.

Chegamos ao pronto socorro e, graças a Deus, estava tranquilo. Levamos a um hospital particular, pois uma coisa que eu fazia questão era de pagar o plano de saúde deles. A médica de plantão examinou os dois, pois era fato que, quando se têm gêmeos, se um adoecia, o outro provavelmente ficaria doente também.

— Não é nada de grave, mãezinha, vi que estão nascendo dentinhos, muito provável que seja isso. Não dá para dizer de imediato o que é agora, pois é febre recente. Pode ser uma virose, o que é muito comum. Então, se eles continuarem tendo febre nos próximos três dias e passar de 38°, traga-os de volta para serem examinados. Vou prescrever um remedinho para colocar na gengiva para amenizar a dor. Vai ajudar muito. Ele causa uma leve sonolência em alguns casos. Então se os dois dormirem mais do que o normal, não se assuste.

— Obrigada, doutora. A senhora poderia dar um atestado?

— Claro, só me diz o seu nome.

— No caso, seria para a minha irmã, ela está me acompanhando e vai precisar dormir um pouco antes de trabalhar. E também posso precisar de ajuda com eles.

— Sem problema. Vai precisar de ajuda com certeza. Cuidar de duas crianças, não é tarefa fácil.

Quando voltamos para casa já eram 6h da manhã. Colocamos os dois no berço, e deitei para dormir. Esgotada como sempre, mas feliz por não ser nada sério. O coração de toda mãe deve ficar contrito quando vê um filho chorar. O meu só faltava sair do peito.

Capítulo 3

Raquel

Olha só, você está com sono? Está, né? Pois venha aqui, não vai dormir agora, não, moleque folgado.

Comecei a fazer cócegas na barriga do Heitor, que estava praticamente cochilando dentro do carrinho. Ele sorriu sonolento, mostrando a gengiva banguela, e percebi que não adiantaria nada tentar mantê-lo acordado. Desde que comecei a usar o santo remedinho na gengiva, eles estavam sonolentos. Eu, ao invés de achar bom o fato de eles estarem dormindo mais, ficava achando ruim e queria mantê-los acordados. Vai entender.

— Já que vocês vão dormir mesmo, é melhor a gente ir para casa.

Estávamos na praça que ficava perto da casa da minha irmã onde morávamos. Costumava trazer os meninos para passear no final da tarde, tomar ar fresco e, claro, dar um pouco de sossego a minha irmã e ao marido dela. Antes de atravessar a rua, vi um carro da polícia e uma garota balançando as mãos, tentando falar alguma coisa para o guarda. Seu olhar de pânico me deu um aperto no coração. Aproximei-me para tentar entender o que estava acontecendo.

— Não consigo entender nada...

— Ei, policial, eu posso tentar ajudar.

— É mesmo? Por acaso a senhora é advinha? Pois só se for vidente para entender o que essa moça quer dizer.

Apertei os olhos para ele, me segurando para não dar a resposta que ele merecia. Uma total falta de respeito com os surdos. Não se faz pouco caso de um ser humano dessa forma.

— Não sou adivinha, mas entendo língua de sinais. Libras, já ouviu falar? — ironizei.

Virei para a garota e comecei a falar com ela, ignorando o policial sem noção.

— Oi, tudo bem? Eu me chamo Raquel, posso te ajudar?

"Graças a Deus. Fui assaltada..."

Continuei traduzindo o que ela dizia para os policiais. Antes de sair, ela me deu um abraço apertado de agradecimento. Fiquei feliz por poder ajudar, embora tenha ficado preocupada em deixar a garota sozinha com os dois. Se não tivesse dois bebês comigo, eu certamente a acompanharia.

Quando eu era criança, tinha uma vizinha que era surda, então eu me empenhei ao máximo para aprender a língua de sinais para conseguir conversar com ela enquanto brincávamos. Ela era muito sozinha. Sempre imaginei o quanto era solitário para uma pessoa que não ouvia ou não falava, imagina os dois? Tinha pavor de imaginar o mundo sem som, sem saber como era ouvir uma música, ou se tinha vontade de gritar e não poder. Então aprendi a língua de sinais para tornar o mundo solitário de uma pessoa que não conseguia ouvir mais feliz. Diana, a minha antiga vizinha, sempre teve muitas dificuldades, mas nunca deixou se abater por isso. Hoje, ela é palestrante e escritora, fala com o mundo através da sua escrita que é fantástica. Ainda mantemos algum contato, às vezes nos falamos por vídeochamada.

Entrei no apartamento e ouvi mais uma discussão da minha irmã com o marido. Senti meu coração se apertar por saber que a causa era eu e os meus filhos. Passei direto para o quarto e fechei a porta, um bolo na garganta, uma vontade de gritar. Precisava organizar a minha vida e me mudar daqui o quanto antes.

Cansada de ouvir a Galinha Pintadinha, eu troquei de canal. Os meninos estavam brincando no cercadinho e não perceberam, geralmente eles caíam no choro quando tirava a música, então voltei rapidinho para calar os dois. Meu cunhado saiu cedo para o jogo de futebol. Acho que ele fugia de ficar em casa, essa era a verdade. Juarez odiava crianças, uma coisa que me fazia questionar qual o sentido de minha irmã ter se casado com um homem desses. Amor? Não achava que ela o amava.

Às vezes, pensava que Renata se casou para sair de casa e se livrar da mão opressora da nossa mãe, e acabou caindo nas garras do Juarez. Outras vezes, eu tinha certeza de que eu era o motivo das brigas dos dois, que se eu não tivesse vindo morar com eles, talvez estivessem bem e felizes. Renata parecia gostar de ter o marido fora de casa, isso que me intrigava e me fazia acreditar que ela não o amava. Já tinha tentado conversar com ela, mas a minha irmã era um pouco fechada com relação a isso.

Passei por um canal e vi um rosto conhecido, voltei para ver se não estava ficando maluca. Meu queixo caiu quando avistei os imensos olhos verdes do homem que julguei nunca mais encontrar na minha vida.

— Caralho... Cacete! — gritei.

— Raquel, não use palavras desse tipo perto dos seus filhos. — Minha irmã me repreendeu. — Que absurdo! Você é mãe, tem de dar exemplo.

— É ele, Renata, é ele — falei apontando para a televisão. Meu coração aos saltos.

— Ele quem? Você está branca feito papel.

— O pai dos meus filhos.

— Tem certeza?

— Claro que tenho, você tem dúvida olhando para ele agora?

O homem TV sorriu e começou a explicar sobre a indústria de alimentos que pertencia à família há décadas. Sua pele não tinha o bronzeado de quando o conheci, o cabelo cresceu muito e os músculos estavam um pouco maiores, ele parecia mais forte do que me lembrava. Talvez eu pudesse me confundir, mas o nome dele estava lá escrito no lado esquerdo da tela, Hugo Michalakis. Não fosse o fato de ele ser tão parecido com os gêmeos, eu até poderia ter esquecido seu rosto depois de meses sem ver.

— Que tipo de sobrenome é esse? — Raquel perguntou.

— Eu não sei, talvez grego?

— Ele parece mesmo ter descendência grega, descendente direto de Adônis. Uau, agora sei de onde essas crianças herdaram tanta beleza.

Olhei chocada para a cara dela.

— Obrigada pela parte que me toca, irmã?

— Por nada. Mas olha para ele, você foi só uma barriga que carregou esses bebês, eles não têm nada de você. E agora, o que vai fazer?

— Você ainda pergunta? Vou atrás dele, meus filhos precisam de um pai.

— E como vai fazer para encontrá-lo?

— Isso vai ser fácil. — Peguei o telefone e liguei para a única pessoa capaz de encontrar qualquer coisa no mundo. Juliana.

Não que eu não soubesse fazer uma pesquisa na internet, mas fazer isso com dois bebês era extremamente difícil, ia precisar de uma ajuda extra no momento de concentração. Além dos conselhos da minha melhor amiga.

— E se ele não quiser assumir?

— Ele não tem que querer, tem obrigações, Renata. E disso, eu não abro mão. Vou lutar pelos direitos dos meus filhos.

Em menos de uma hora, Juliana estava diante do computador, ajudando-me a descobrir tudo sobre o Hugo Michalakis. Ele não era um homem de aparecer muito nas redes sociais. Parecia ser discreto com a vida pessoal. Solteiro, trinta e dois anos, herdeiro da indústria de alimentos que pertence a sua família há décadas. Um irmão dele faleceu recentemente e tem uma irmã adolescente de doze anos, do segundo casamento do pai. Estudou Administração fora do Brasil e, desde que voltou, passou a trabalhar junto ao pai, que faleceu cinco anos depois do seu retorno.

— Então é isso. Amanhã você estará em um voo a caminho de Vitória. — Juliana relatou animada.

Um gelo se instalou na minha barriga antes mesmo de ela terminar de falar.

— Não sei como te agradecer, Ju.

Depois de muito discutir com ela, perdi a luta. Juliana comprou passagens e reservou um apartamento pelo Airbnb. E, pasmem, ela vai comigo para tomar conta dos bebês, enquanto eu vou ao encontro do Hugo.

— Me agradeça dando um futuro melhor para os meus afilhados. E você, minha querida amiga, merece toda a felicidade do mundo. Além do mais, estou garantindo o meu futuro também, sou madrinha de um herdeiro, quer mais o quê?

Piscou, divertida, mas eu sabia que não era nada daquilo. Ela queria a nossa felicidade, o melhor para os meus filhos. E eu esperava enfim encontrar.

Capítulo 4

Raquel

Sentada em um sofá de couro na recepção do escritório do Hugo, eu aguardava há mais de 4 horas para falar com ele. Apesar de ter chegado cedo, várias pessoas entraram e saíram, e eu nada de ser atendida. Estava um pouco nervosa, vários pensamentos assolavam a minha mente.

Será que ele vai me reconhecer? Será que vai acreditar que os bebês são dele?

Suspirei fundo enquanto olhava a imagem dele no celular. Acabei tirando um *print* da reportagem, exatamente em um momento que ele sorriu. Tinha um misto de sentimentos por esse homem. Raiva e gratidão. Como não ser grata pelos presentes que são os meus filhos? Eu os amava com a minha própria vida e esperava que o pai deles também pudesse amá-los um dia. Na filmagem a qual o reconheci, ele estava um pouco diferente. Algo não se encaixa com o homem que conheci no México. É a mesma pessoa, de fato, mas... existe algo no olhar.

Um homem de terno e gravata acabou de retornar por uma das várias portas à frente, carregando uma pasta, tirando-me dos meus devaneios, provavelmente um advogado. Ele falou alguma coisa com a secretária que, pela identificação na mesa, chamava-se Charlote, em seguida entrou em outra porta.

Charlote era atraente, cheia de curvas, cabelos impecavelmente amarrados em um rabo de cavalo que deveria tê-la deixado com dor de cabeça de tão esticado, nenhum fio fora do lugar. Ela usava uma blusa de seda verde, uma saia lápis preta e, claro, um scarpin para completar o seu look. O tipo de roupa que eu costumava usar quando estava trabalhando. Naquele dia, optei por uma roupa mais casual, além de que não seria uma reunião de negócios, eu precisava que o Hugo me reconhecesse minimamente depois de tanto tempo. Coloquei uma calça jeans e uma regata de seda preta. Deixei os cabelos soltos e fiz uma leve maquiagem, apesar de que, se fosse pela Juliana, eu estaria vestida para matar. Levantei-me e fui mais uma vez falar com a Charlote, ignorando o fato de que sempre que olhava para ela, lembrava-me de uma cachorrinha que tive quando criança que tinha o mesmo nome e um rabo imenso e peludo meio amarelado, assim como o dela. Reprimi um sorriso.

— Charlote, será que agora eu posso falar com o senhor Hugo?

— Sinto muito, mas o Sr. Michalakis está ocupado e não pode atendê-la — disse, esforçando-se com um sorriso que me fez lembrar ainda mais da minha cadelinha. — Sugiro que você marque uma hora ou venha depois, ele é um homem muito ocupado e... — O telefone tocou em cima da mesa, e ela se interrompeu para atender. — Está bem, senhor. A reserva é para as 13h.

Ela desligou o telefone e me encarou com um sorriso meio debochado.

— Você disse quem eu sou? — perguntei já perdendo a paciência.

— Ele não a conhece e, como eu disse, ele é muito ocupado para... É melhor marcar e vir outro dia. Vou olhar a disponibilidade na agenda.

— Eu não tenho disponibilidade para esperar. Se não sabe, eu vim de Goiás para falar com ele, não tenho outro dia.

A porta se abriu, e um homem saiu da sala, acompanhado de uma mulher vestida em um terninho azul. Ela devia ter uns trinta e cinco, no máximo quarenta anos, era morena e tinha o cabelo afro mais lindo que já vi e uma elegância que dava inveja. Encarei o homem que nem sequer deu sinal de reconhecimento, mas me devolveu o olhar com certo interesse.

Lindo? Não, essa palavra não se encaixava em Hugo Michalakis. Perfeito seria mais adequado para definir o homem de terno e gravata com a postura altiva de um rei. O pai dos meus filhos. Senti um choque estranho quando seu olhar parou no meu. Minha boca ficou seca e repentinamente fiquei sem palavras. Seus cabelos estavam maiores e cheios, bem cortados e arrumados, tinham um tom acobreado perfeito que antes não era tão destacado, pois estavam muito curtos quando o conheci. Seus olhos tinham um verde azulado que todos os dias eu via igual, idênticos aos dos meus filhos, mas que não demonstrava reconhecimento algum. Seu rosto angular, com ossos malares definidos e sobrancelhas desenhadas, pareciam mais cheios do que me lembrava, mais marcantes. O nariz, acima dos lábios carnudos e bem esculpidos, fazia um conjunto perfeito com o resto. Seu tom de pele clara coberta por um leve bronzeado, era perfeito.

— Hugo — chamei o seu nome quando percebi que ele passaria direto por mim. Engoli em seco quando ele parou e me encarou de forma curiosa.

— Sim? — Sua voz era exatamente como me lembrava. Grave, firme, rouca, sexy *pra caralho*.

— Senhor Hugo, essa mulher insiste em falar com o senhor. Mas...

— E por que não avisou que havia alguém me aguardando, Charlote? — perguntou para a secretária, que ficou vermelha na hora por conta da mentira. Ele então se virou e me encarou. — Desculpe o deslize da minha secretária. Sobre o que deseja falar comigo? Senhorita...

— Você vai mesmo fingir que não me conhece? — perguntei assim que recuperei a minha voz.

— Desculpe-me, mas deveria reconhecê-la?

Meu coração começou a bater acelerado com a forma que ele me olhava. Hugo franziu as sobrancelhas grossas como se tivesse tentando se lembrar. Aquilo doeu, doeu muito saber que fiquei grávida de um homem que nem ao menos se recordava de mim.

— Realmente não se lembra de mim? — *Eu deveria beijá-lo para que se recorde?*

— Eu sinto muito, mas deve estar me confundindo com...

— Me poupe, essa desculpa é no mínimo batida. Tudo bem que não se lembre de uma mulher que teve um caso há meses, mas dizer que estou confundindo? Eu não confundiria o pai dos meus filhos, não mesmo.

Ele paralisou, e o sorriso morreu em seus lábios. Ele tirou a mão da porta que segurava o elevador, deixando que se fechasse.

Sua voz ecoou pelo ambiente como um trovão quando perguntou:

— O que disse? Eu não a conheço, nunca a vi na vida, provavelmente me lembraria se alguma vez nossos caminhos tivessem se cruzado. E certamente não esqueceria se tivesse feito um filho em você.

Estava me sentindo humilhada. Se não queria desempenhar o papel de pai, tudo bem. Mas dizer que nós nunca nos conhecemos, desdenhar o fato de que dividimos a cama muitas vezes, acabava com a autoestima de qualquer uma. Fui tão insignificante assim? Eu devo ser muito ruim de cama. Só pode ser isso.

Agora entendo o motivo de Hugo dizer que adoraria me encontrar um dia, mas deixaria a cargo do destino. Agora sei por que nem sequer cogitou a possibilidade de um encontro.

— Não, não tivemos um filho, Hugo, sim, dois. Eu fiquei grávida de gêmeos.

— Não existe a mínima possibilidade de... Olha, você deve estar falando do meu irmão.

Uma pequena aglomeração se fez ao nosso redor. Várias pessoas estavam saindo para o almoço. Até tentavam disfarçar, mas não tinha como. Estávamos dando um show.

— Deus, que coisa mais frustrante. Para de querer fugir da sua responsabilidade. Você tem dois filhos comigo, e eu exijo que assuma a sua responsabilidade de pai. Eu tinha a fantasiosa esperança de que as coisas fossem mais fáceis e pudéssemos evitar problemas. Mas...

— Está certo... Qual o seu nome mesmo?

— Ela se chama Raquel, senhor — Charlote informou, solícita, então dirigi a ela um olhar de recriminação.

Estava prestes a mandar aquela garota calar a boca.

— Não se meta, mocinha — esbravejei, apontando o dedo para ela. — E você...

— Raquel, se você diz que teve um caso comigo, o que provavelmente foi com o meu irmão, por que só está procurando por ele... Por mim, agora?

— Por quê? Como ousa tentar se safar assim? Acha mesmo que eu vou acreditar que estou confundindo com... Eu me lembro bem, era você, Hugo, *e como lembro*.

— Isto não é possível — negou. Abri a boca, com a intenção de devolver uma resposta desaforada. Entretanto, antes que eu dissesse algo, ele levantou a mão e apertou o botão chamando o elevador. — Eu não estive com a senhorita, e meu irmão... Eu estou atrasado agora, mas sugiro que deixe o seu telefone com a minha secretária, entrarei... em contato com você.

Chocada. Eu fique paralisada quando ele entrou no elevador acompanhado da morena e de mais outro homem, deixando-me para trás. Despertei a tempo de colocar a bolsa entre as portas, que já estavam fechando, e voltaram a abrir. Entrei junto ele no elevador. Abri a bolsa à procura da fotografia dos meninos. Escrevi o endereço atrás enquanto subia apenas um andar acima do que estávamos.

— Raquel, seria melhor que voltasse e fizesse o que eu disse, eu realmente estou atrasado para um almoço de negócios... — Ele se calou quando coloquei a foto em suas mãos assim que as portas se abriram no terraço do prédio onde um helicóptero o aguardava. Ele saiu do elevador, e eu apertei o botão para descer.

— Você tem uma chance para me procurar, caso contrário, será a justiça a te procurar para fazer um teste de DNA. Até mais, Hugo Michalakis.

Capítulo 5

Hugo

Raquel. Este era o nome da mulher que me deixou tremendamente intrigado quando chamou meu nome na recepção. Linda, cheia de expressividade no olhar. A sua raiva e indignação a deixaram ainda mais linda. Como uma gata selvagem. Fiquei meio desnorteado quando ela me acusou de que eu tinha ido para a cama com ela e que não me lembrava. O que seria impossível, ninguém esquece uma mulher como Raquel, eu muito menos teria feito. Claro que foi o meu irmão e, provavelmente, ele se esqueceu de comentar que tinha um gêmeo, se a história dela for realmente verdade. Quando já estava dentro do helicóptero, olhei a fotografia que ela colocou em minha mão.

— O quê? Como isso é possível?

A imagem era de dois bebês idênticos, muito parecidos comigo e meu irmão quando éramos pequenos. Inclusive temos uma fotografia como essa. Eles estavam sentados sobre uma manta azul em um gramado e estavam sorrindo para a câmera.

— Quem é aquela mulher, Hugo? — Yvete perguntou.

Yvete é minha assistente, meu braço direito na empresa e também minha amiga de infância, além de acionista da Michelakis.

— Eu não sei, ela me confundiu com o meu irmão. Deve ser isso. Olha. — Entreguei a fotografia para ela. — Provavelmente um dos casos do Hander.

— São seus?

— Claro que não, eu disse que devem ser filhos do Hander. — Franzi o cenho quando a imagem dela dizendo meu nome veio à minha cabeça.

Não, ele não fez isso.

Meu irmão tinha a terrível mania de fazer brincadeiras do tipo quando éramos mais jovens. Ele gostava de se passar por mim, fazer loucuras e usar o meu nome. Já fiquei em maus lençóis por conta disso. Ele fazia por puro prazer, para me ver irritado, para chamar a atenção do nosso pai e a minha.

— Meu Deus, como são lindos. E a sua cara.

— A cara do Hander, você quer dizer — rebati rapidamente.

— Olha, nunca vi bebês mais lindos e tão parecidos com o pai. O que vai fazer?

Boa pergunta.

— Depois que terminar o almoço, vou cancelar os próximos compromissos e vou procurar por ela. Preciso saber mais sobre essa história.

— E se ela for uma golpista? E se esses bebês não forem filhos do Hander?

Não confirmei que pensei na hipótese, era claro que, com a fortuna que meu irmão tinha, poderia aparecer alguém querendo tirar vantagem. Mas ele era muito esperto, não se deixaria enganar. Além do mais, Raquel parecia bem convicta de que eu era o Hander. Não deu muito sinal de que sabia que eu tinha um gêmeo. Apesar de que qualquer pesquisa na internet diria isso. Talvez ela fosse mesmo uma golpista.

— Para isso existe o teste de DNA. Ela pareceu bem convicta de que eu sou o pai, e... eles são bem parecidos comigo. — Recebi a foto que Yvete me entregou.

— Você sabe que, se eles forem filhos do Hander, vão herdar toda a fortuna dele, não sabe? Ou seja, metade de tudo que você e a Lizie têm.

— Eu sei, Yvete. Eu sei. Mas não vou poder fazer nada quanto a isso. É direito deles. O que posso fazer é verificar a verdade dos fatos e tentar administrar da melhor forma.

— Sempre muito pragmático. Você não sentiu nada quando soube que tem dois sobrinhos?

— Se eles forem realmente meus sobrinhos, talvez sinta.

Naquele momento, eu só tinha vontade de matar o meu irmão, se ele já não estivesse morto. Um sentimento tão conhecido por mim a vida toda.

Peguei o telefone e fiz uma ligação para o chefe de segurança da empresa. Para entrar no prédio onde ficavam os nossos escritórios, era preciso fazer uma identificação na entrada, o visitante deixava o número do documento e, ao lado dele, era anexada uma fotografia com a digital e alguns dados.

— Pois não, senhor?

— Pedro, preciso que faça um favor. Hoje pela manhã, uma mulher esteve no prédio, mais especificamente no andar da diretoria, o nome dela é Raquel, ela é uma mulher muito bonita, de cabelos escuros e compridos, olhos cor de chocolate e estava vestindo jeans escuro e blusa preta. Preciso que descubra tudo sobre ela.

— Ok, senhor. Enviarei no e-mail do senhor.

— Obrigado.

Yvete me encarou com um sorrisinho cínico nos lábios. E pela sua cara, eu já sabia que viria algo bem ácido.

— Está bem interessado, hein?

— Só quero estar a par do que meu irmão aprontou. Preciso saber com quem estou lidando.

— Sei, não ficou encantado pelos olhos cor de chocolate dela? Nem um pouco? — Revirei os olhos e não respondi à sua provocação.

Em menos de dez minutos, recebi uma mensagem de Pedro no meu celular com a imagem de Raquel. Até em uma imagem como aquela, ela estava linda. Seus olhos tinham um brilho diferente. Só se eu fosse cego para não notar a beleza dela, e eu não era. Aqueles olhos pareciam gritar tantas coisas. Embora eu tivesse ciência de que não era para mim, ainda assim fiquei curioso. Não podia negar.

Pedro Cerqueira: É essa a mulher?

Eu: Exatamente. Preciso saber tudo que for possível descobrir sobre a vida dela, urgente.

Pedro Cerqueira: Vou entrar em contato com um amigo investigador. Por hora, enviarei o que eu mesmo conseguir.

Eu: Ótimo, obrigado.

Os funcionários da minha empresa eram todos muito competentes. Tinha certeza de que o Pedro faria de tudo para levantar a vida da Raquel. Ele já trabalhou no serviço de inteligência durante muito tempo, tinha muito contato lá ainda. O que ajudaria bastante em conseguir as informações. Enviei uma mensagem para a minha secretária. Ainda não me desceu o fato de ela não me avisar que Raquel estava à minha procura. Eu dizia quem receber ou não. Claro que ela poderia filtrar as visitas, entretanto, um caso como aquele caberia a mim, decidir.

Eu: Charlote, cancele todos os meus compromissos para hoje.

Charlote: Sim, senhor. Posso remanejá-los para amanhã?

Eu: Só os mais urgentes, amanhã o dia já está bem cheio. Obrigado.

Charlote: Por nada, senhor.

Passei o almoço todo angustiado. Sem prestar muita atenção no que conversavam. Graças a Deus, Yvete estava presente. Por diversas vezes, ela me chamou atenção sutilmente. Embora tentasse me concentrar, minha mente me levava a alguns questionamentos. Será que meu irmão foi tão imprudente a ponto de ter engravidado uma estranha? Será que ele não pensou nas consequências? Hander nunca foi inconsequente, era cheio de bom humor, engraçado, divertido, era muito cativante. Só depois da doença que desistiu de tudo e saiu pelo mundo como se não tivesse amanhã, e, para ele, realmente não havia. Mas ele preferiu aproveitar a vida no pouco tempo que lhe restava. Talvez eu tivesse feito o mesmo se estivesse em seu lugar. Nem gostava de lembrar como fiquei quando descobri que meu irmão havia descoberto um câncer raro e que o tratamento não havia dado certo. Ele não contou para ninguém sobre a sua doença e, quando eu soube, ele já estava nos seus últimos dias. Foi tudo tão rápido e traumatizante.

— Hugo? — Yvete chamou a minha atenção para a conversa, tirando-me dos meus devaneios.

A vida de um homem como eu nunca era fácil. O trabalho estava sempre em primeiro lugar, e quando não havia muito tempo, marcávamos trabalho na hora do almoço. Não podia me dar ao luxo de cancelar tudo e tirar um dia de folga assim de repente. Já passava das 14h30, quando segui para o encontro da Raquel no endereço que ela colocou atrás da fotografia. Estava dentro do carro, parado diante do prédio, quando recebi o e-mail do Pedro.

Raquel Liberato Sandoni
Idade: 25 anos
Profissão: Advogada
Estado civil: Solteira
Naturalidade: Goiânia-Go

Mãe solteira de bebês com dez meses de vida na atualidade. Gêmeos do sexo masculino, pai desconhecido. Mora em Goiânia, na casa da irmã mais velha, Renata e seu esposo Juarez, em um bairro de classe média. Formou-se há dois anos em Direito pela UFG e não tem trabalho fixo. Aparentemente não tem namorado, histórico escolar impecável. Tem uma dívida de 10 mil reais no cartão de crédito que fez uma negociação recentemente.

— Só isso?

— Desculpe, falou comigo, senhor? — meu motorista perguntou.

— Não, Marcelo. Me espera aqui, por favor!

Fui até a portaria e pedi para anunciar meu nome no apartamento indicado na fotografia. O porteiro me indicou o lugar para seguir. Parecia um prédio residencial, ficava a duas quadras da praia, o que devia ser muita sorte a minha ela estar em casa e não aproveitando o dia de sol na praia. A porta do elevador se abriu, e me deparei com uma ruiva de olhos cor de mel.

É, parece que Goiás realmente é um estado cheio de mulheres lindas, pois já vi ruivas bonitas, mas como essa eu não me lembro de ter visto antes.

— Olá.

— Hugo, bom te ver novamente. Me chamo Juliana, sou amiga da Raquel, não sei se lembra de mim. Ela ainda não chegou, mas não deve demorar.

Juliana, com toda certeza era uma mulher difícil de não ser lembrada. Só se estivesse com amnésia. Mais uma me chamando de Hugo, embora tivesse se referindo ao meu irmão. Ela está bem à vontade vestida em um short curto e camiseta regata branca.

— É um prazer, Juliana. — Apertou a minha mão.

— Gostaria de entrar e esperar?

— Se não houver problemas?

Ela sorriu e me indicou a sala. Ouvi o som de música infantil que vinha da TV ligada. O apartamento era pequeno, a sala dividia espaço com a cozinha, o lugar era novo e bem arrumado. Quando me aproximei, vi os bebês sentados no tapete rodeados de brinquedos e almofadas.

— Esses são Heitor e Hadrián. — Ela me encarou de forma desafiadora. — Seus filhos.

Abri a boca para contestar, mas acabei não fazendo, não adiantaria. Os bebês eram muito fofos. Assim que viram a ruiva, engatinharam até ela, oferecendo os braços. Ela pegou um deles e, sem dizer nada, me entregou, deixando-me assustado. Em seguida, pegou o outro e se sentou no sofá. Antes que dissesse alguma coisa, o telefone dela tocou.

— Sinto muito, mas preciso atender. É do trabalho.

— Sem problemas.

Ela colocou o bebê no carpete e logo o outro desceu dos meus braços para se juntar a ele.

— Estou terminando de redigir o contrato... Eu sinto muito, tive um imprevisto e precisei sair da cidade... Posso acrescentar se quiser... — A porta se fechou e deixei de ouvir a conversa da Juliana que, pelo teor, devia ser advogada também.

Um dos bebês começou a dançar de forma engraçada, fazendo-me sorrir. Ele sacudia os braços gorduchos e cheios de dobrinhas, segurando um brinquedo, e o corpo todo balançou junto enquanto a música tocava. O outro foi até ele e tomou o objeto azul de sua mão, fazendo-o parar de dançar. Primeiro ele fez cara de choque, depois fez um bico de choro. Eles eram adoráveis.

— Não, não. Não pode tomar o brinquedo do seu irmão. — O danadinho transgressor estava segurando dois brinquedos idênticos. Peguei um boneco e entreguei para ele fazendo uma troca. — Fica com este, e esse é do seu irmão. — Em seguida, devolvi ao irmão que logo iria iniciar uma choradeira. Ele sorriu satisfeito e voltou a dançar com a galinha azul na mão, como se nada tivesse acontecido. Tentei ligar no número de telefone que Raquel deixou atrás da fotografia, mas caía na caixa eletrônica.

— Desculpe a demora. Tentei ligara para a Kel, mas provavelmente o celular dela acabou a bateria. Ele vive descarregando muito rápido e, sempre que preciso falar com ela, não consigo. Já falei para ela comprar outro. Vou acabar comprando um novo para ela... Desculpe, eu falo demais. — O rosto dela ganhou um tom rosado.

— Eu também já tentei ligar para ela.

Juliana sentou-se ao meu lado, e um dos bebês foi até ela engatinhando. Ela o pegou no colo, e o outro fez o mesmo caminho. Ela me entregou o que estava em seu colo e pegou o outro que estava agarrado na perna dela.

— Ei, calminha, bebê. Não consigo segurar os dois de uma vez, já viu o seu tamanho?

— Você sabe quem é quem? São tão idênticos.

Lembrei-me do meu pai dizer que viva confundindo Hander e eu. A não ser pelo jeito mais alegre do Hander e o meu mais sério e fechado.

— Só Raquel consegue saber. Eles são parecidos até no jeitinho. Exceto pelo Heitor que é mais encrenqueiro e vive implicando o irmão.

Abri um sorriso pensando que ele era exatamente como o pai. Encrenqueiro e implicante.

— E você é o que deles?

— Sou madrinha do Heitor e amiga da Raquel.

— Não adianta perguntar qual deles é o Heitor, adianta?

— Hoje eu sei a diferença, mas só porque vesti roupas com cores distintas para não confundir, azul para o... — Levanto a mão para ela, impedindo-a de falar.

— Deixe que eu adivinhe. Azul para o Heitor e verde para Hadrián?

— Como sabe? Consegue reconhecer?

— Você falou que o Heitor é mais encrenqueiro, então presumi que seria este aqui — falei fazendo cócegas na barriga gorducha dele. — Ele já procurou confusão tomando o brinquedo do irmão.

— Bravo... — Ela segurou as mãozinhas do bebê e o fez bater palmas, o que levou o Heitor, que estava no meu colo, a fazer o mesmo. — Muito observador o seu pai.

— Eu não... — Comecei a contestar que não era o pai, mas me calei.

Acabamos rindo da graça dos dois e não notamos a presença de mais uma pessoa na sala.

— Hugo? O que faz aqui? — Raquel perguntou, colocando algumas sacolas de supermercado em cima da bancada que divide espaço com a cozinha. Parecia brava por me ver. E, caralho, ela ficava ainda mais bonita com aquela cara felina.

— Olá, Raquel, achei que estaria esperando a minha visita.

Capítulo 6

Raquel

Não posso dizer que hoje passei a maior humilhação da minha vida, pois já passei algumas bem feias, como o dia em que a minha mãe me expulsou de casa gritando para o mundo ouvir que eu não era mais filha dela, que ela não tinha filha vagabunda que engravidava de desconhecidos e que não ia sustentar filho de ninguém. Puta, rameira da vida, foram os nomes mais bonitos que ela me classificou enquanto jogava as minhas roupas e livros na rua. Teve também o dia que vomitei no tribunal, na minha primeira audiência. Já passei, sim, por algumas coisas bem marcantes. Entretanto, hoje eu me senti pior do que um pano de chão que a minha mãe usava em casa e que ela tratava com mais consideração do que as próprias filhas.

Saí do escritório do Hugo com muita raiva por ele fingir que não me reconhecia e ainda olhar-me com aquele ar de superioridade. Arrogante. Estava na cara as palavras interesseira e golpista. Sem mencionar as mesmas que a minha mãe usou. Como ele foi capaz?

Liguei para a Juliana a fim de saber como estava tudo por lá e contar o que havia acontecido, aproveitei para avisar que passaria no supermercado para comprar algumas coisas. Como sempre, muito sensata, ela tentou arrumar desculpa para o comportamento do Hugo. Apesar de saber a tendência que a minha amiga tinha em ser boa e compreensiva até mesmo com quem não merecia, acabei ficando mais tranquila. Talvez ele estivesse mesmo assustado com tudo que joguei em cima dele hoje. Dois filhos assim do nada era muita coisa para digerir.

Depois que saí do supermercado, vi que o celular acabou a bateria. Não consegui chamar um Uber e tive que pegar um táxi, pois estava cheia de sacolas de compras. Além do mais, não conhecia a cidade para tanto. Mais um gasto que eu não podia fazer. No entanto, seria impossível ir de ônibus com tantas sacolas. Dentro do elevador, eu coloquei as compras no chão e amarrei os cabelos em um coque alto, prendendo-os com uma caneta. O dia estava quente, dava até para irmos à praia naquele mesmo dia. Quando cheguei ao apartamento, antes de abrir a porta, ouvi vozes, risadas. Pensei que poderia ser a televisão. Surpreendi-me quando vi a interatividade do Hugo e da Juliana, sorrindo e brincando com os meus filhos.

— Muito observador o seu pai — Juliana falou enquanto segurava as mãozinhas do Hadrián e o ajudou a bater palmas. O bebê sorria feliz, mostrando os dentinhos recém saídos.

Hugo estava segurando o Heitor, que gargalhava enquanto imitava o irmão batendo palminhas. Ele olhava para o bebê com um imenso sorriso nos lábios. Sorriso que conhecia bem, que me deixou encantada e me levou direto para a sua cama sem pensar nas possíveis consequências.

— Hugo? O que faz aqui? — perguntei assim que eles perceberam a minha presença.

Coloquei as sacolas em cima da bancada sem muito cuidado.

— Olá, Raquel, achei que estaria esperando por minha visita. — Ele me analisava meu rosto, aguardando a minha resposta.

— Devo admitir que não tão rápido. — Ao ouvir minha voz, os meus filhos começaram a chamar *maman*. Caminhei até a cozinha.

— Ei, apressados, esperem a mamãe lavar as mãos que já vou pegar vocês — gritei.

Ouvi o choro deles e, quando cheguei à sala de mãos limpas, peguei um em cada braço e beijei seus rostinhos. Eles agarraram-me pelo pescoço, e eu me sentei no sofá. Como estavam pesados!

— Perece que estavam com saudade de você — Hugo disse, observando os meninos em meus braços.

— Não costumo ficar longe deles por muito tempo. — Beijei a testa e o rostinho de cada um, depois encarei Hugo. — Então, a que devo a honra?

— Você esteve no meu escritório, me acusou de engravidar você...

— Não vamos começar com isso novamente...

— ...e ainda pergunta o que quero aqui?

— Acho melhor eu levar os meninos para dar uma volta. — Juliana falou levantando-se.

— Não, você fica, Ju, vai me poupar de contar os detalhes, sabe o quanto eu detesto repetir histórias — falei de forma irônica. — Por que está fazendo isso?

Juliana então se sentou pegando um brinquedo e chamando atenção dos meninos que desceram do meu colo para brincar com ela no carpete.

— Raquel, não fui eu que estive com você no México... — Suspirei fundo e revirei os olhos. — Estou falando sério. Você acha que teria esquecido se tivesse te visto em algum lugar? É claro que não. Agora imagina se tivéssemos algum envolvimento. Você não é o tipo de mulher que se esquece fácil.

Escrutinei seu rosto e tentei decifrar suas palavras. Ele estava mesmo dizendo que eu era inesquecível?

— Obrigada pelo elogio, mas isso...

— Eu tenho um irmão gêmeo. — Passou a mão nos cabelos fartos.

Era só que me faltava. Suspirei fundo e perguntei soando o mais cética possível:

— É mesmo? E onde ele está agora?

— Eu tinha, na verdade. Ele faleceu há pouco mais de doze meses. Ele se chamava Hander.

Minha boca se abriu de surpresa. Não consegui dizer nada, apenas fitar o seu rosto em busca de algum indício de que ele estivesse mentindo. Mas por que ele faria isso? Um teste de DNA resolveria a questão.

— Eu sinto muito. Ele... morreu como?

— Hander tinha um câncer raro, ele não contou para ninguém que estava doente, quando o tratamento não surtiu efeito e soube que iria morrer, ele desapareceu. Só ficamos sabendo da gravidade quando ele foi internado às pressas, e, dez dias depois, ele se foi.

Então, se realmente essa história de gêmeo era verdade, Hander não deixou de me procurar deliberadamente, ele não pôde fazer. Fiquei todos esses meses questionando o fato de ter deixado o meu telefone com ele e nunca ter me ligado. Até consegui o mesmo número para o caso de Hander tentar contatar-me através dele. Fiquei me martirizando, pensando que fui apenas uma distração de férias. Que não fui boa o bastante para que o homem quisesse me conhecer melhor.

— Minha nossa. Então eu... Eu não sei o que dizer. Foi inútil ter vindo até aqui no fim das contas.

— Não diria isso, uma vez que, se os bebês forem filhos do Hander, vão herdar tudo que era dele.

Então era com isso que ele estava preocupado? Não era só de dinheiro que vim atrás. Eu queria um pai para os meus filhos. Alguém que os amasse, que me ajudasse na educação deles, que os protegesse. Também não acreditei de tudo que Hugo não fosse o pai, a troco de que o irmão se passaria por ele?

— Se, não existe. Eles são filhos do seu irmão. Eu não me enganaria com isso. Não vou negar que ter a ajuda financeira do pai deles seria ótimo. Criar sozinha duas crianças não está sendo fácil, no entanto, eu... Eu daria meu jeito. Mas o que eu queria mesmo era que eles conhecessem o pai... Que tivessem amor, aprendizado e... Esquece.

Ergui os meus olhos e encontrei duas esferas verdes fixas em mim. Olhos especulativos e atentos a cada reação minha. Fiquei confusa com a forma intensa que ele estava olhando-me bem dentro dos olhos, como se quisesse desnudar a minha alma.

— Como se conheceram?

— Eu estava de férias no México, nos conhecemos na praia.

— Quanto tempo ficaram juntos?

— Isso não é remotamente da sua conta — devolvi, farta de ser julgada por ter ido para a cama com um estranho e ter engravidado.

O tempo que um homem e uma mulher ficam juntos importa quando acontece uma gravidez?

Por diversas vezes, ouvi que fui muito irresponsável por não usar camisinha. Não adiantava dizer que usamos. Que nem sei como uma gravidez aconteceu quando eu tive todo o cuidado do mundo. Nem uma única vez me lembro de ter aberto mão do preservativo. Julgamento. Era o que sempre via no olhar de todos. No entanto, não era só isso o que mais me incomodava naquele instante, e sim olhar para o Hugo diante de mim, saber que passei momentos deliciosos com ele, e não ser de fato ele. Era tudo muito confuso.

— Acho que já estamos entendidos. Melhor você ir...

— Tem razão, amanhã o pessoal do laboratório virá para colher o material para o teste de DNA. Quanto antes resolvermos isso, melhor. — Ele se levantou e estendeu a mão em minha direção. — Foi um prazer, Raquel.

— Já eu não posso dizer o mesmo, Hugo. — Hesitei antes de apertar a sua mão enorme.

Um choque percorreu todo meu corpo com o simples toque de sua mão macia, porém firme. Meu coração disparou, e senti meu corpo todo queimar.

Que merda é essa?

Ficamos um longo tempo segurando a mão um do outro e nos encarando até que senti um constrangimento. Logo, despertei do choque e puxei a minha rapidamente.

Será que ele também sentiu isso?

Parecendo fazer um esforço grande, ele tirou os olhos de mim e foi na direção da minha amiga que se levantou rapidamente. Só então observei a roupa que ela estava vestida. Um short jeans e uma blusa regata branca grudada no corpo destacando seus seios enormes e siliconados.

— Foi um prazer te conhecer, Juliana. Espero que possamos nos ver no futuro. — Franzi o cenho para a cena à minha frente. Juliana abriu um imenso sorriso enquanto apertava a mão do Hugo.

— O prazer foi meu e, muito provavelmente, iremos nos encontrar, sim. Espero que em outra situação. Eu o acompanho até a porta.

— Obrigado.

Hugo saiu pela porta, e eu segui para a cozinha bufando de raiva. Quem ele pensava que era? Acusou-me de estar mentindo e flertou com a minha melhor amiga? E a história ridícula de que tem um irmão gêmeo? Tenho certeza que foi ele no México. Comecei a guardar os itens que comprei para o jantar me recriminando por ter minimamente acreditado naquela história absurda. Separei os ingredientes para fazer uma sopa para os meninos. Na hora do almoço, eles comeram papinha industrializada, coisa que não gostava de deixar os dois comerem. Sempre era criteriosa com o que eles comiam, e comida industrializada nunca havia entrado no cardápio deles antes.

— Vai acabar quebrando algum prato — Juliana comentou com um sorrisinho irritante nos lábios. Tive vontade de jogar um copo na cara dela, só não me pergunte por quê.

— Pensei que ia continuar a conversa na porta com o verdadeiro Hugo. O Senhor Michalakis, vulgo, CEO arrogante.

— O que é isso? Está com ciúme?

— Ciúme? Por que estaria? Fala sério, acredita mesmo naquela história de irmão gêmeo?

— Claro que sim, por que ele mentiria sobre isso?

— Mesmo? Então me diz, por que o Hugo que conheci no México, o suposto Hander, mentiu sobre sua verdadeira identidade? Com qual propósito ele se passou pelo irmão?

— Está aí uma questão bem intrigante. Raquel, olha para aquelas crianças. — Apontou para os meus filhos que estavam brincando na sala, alheios a todo drama da minha vida.

— Eles são a cara do pai — respondi cruzando os braços. — A cara do Hugo.

— Exatamente. Mas o que quero dizer é que eles são tão parecidos que não dá para saber quem é Heitor e quem é Hadrián. Só você consegue saber a diferença e acredito que em algum momento até você os confunda. E se era assim com os dois? E se, por algum motivo, o tal Hander mentiu para você e se passou mesmo por Hugo?

— Eu não sei, mas preciso descobrir.

— Aquela nossa pesquisa dizia que ele perdeu um irmão, lembra? — afirmei com um aceno da cabeça. — Nós não nos atentamos para a reportagem. Olha... — Ela me entregou o iPad. — Acabei de ler que realmente o Hander existiu e eram gêmeos idênticos. Então dá um desconto para ele.

— Você ficou interessada, não?

— E quem não ficaria? O homem é maravilhoso. — Fuzilei minha amiga com o olhar, e ela sorriu. — Mas pelo visto, ele tem o mesmo gosto do irmão, certamente ficou interessado em você.

— Está ficando maluca.

— Talvez, mas a forma que vocês dois se encararam, puta merda! Me deu até calor.

— Não viaja, Juliana Castilho.

Comecei a preparar a sopa sem dar mais atenção para os disparates da Juliana.

Capítulo 7

Raquel

— Eles desmaiaram mesmo — Juliana afirmou, colocando o Heitor em cima da cama para vestir o pijama. Os dois mal conseguiram terminar o banho e já estavam dormindo dentro da banheira.

Rimos tanto deles, fizemos barulho, mas os pescocinhos caíam para o lado de exaustão.

— Sim, parece que o banho de mar foi um sonífero potente.

— Se foi.

O pessoal do laboratório foi colher o material bem cedo. Depois que eles saíram, fomos à praia. Tomamos todo cuidado com os bebês, pois foi a primeira vez que tomaram banho de mar. Eles amaram. Alugamos um guarda sol, compramos uma piscina de plástico e enchemos de água. Deixei que os dois se sujassem na areia.

Almoçamos em um restaurante próximo ao prédio que estávamos hospedadas e fomos embora para dar banho nos meninos que estavam muito cansados, o que os deixava muito chatinhos e impacientes.

— Vem, vamos tomar uma cerveja — Juliana sugeriu.

— Ótima ideia.

Era sábado, até poderíamos estar na praia ainda se não fosse pelos bebês. Combinamos de voltarmos no final da tarde só para passear na orla. Vitória é uma cidade lindíssima. Amava Goiânia, também era uma cidade linda, entretanto, eu tinha certo fascínio pelo mar que era inexplicável. Sempre sonhei em morar de frente para a praia, mas nunca tive coragem de me mudar de Goiânia, pois meus amigos estão lá, minha família está lá. Antes de ficar grávida, eu tinha planos de estudar fora, fazer mestrado e doutorado. Obviamente escolheria uma cidade com praia se o meu destino não tivesse mudado tanto.

Terminamos de acomodar as crianças na cama, colocamos uma barreira de travesseiros para proteger e um colchão no chão, pois todo cuidado era pouco. Deixamos a porta aberta e fomos para a sala. Coloquei uma música para tocar baixinho e nos sentamos na sacada que era bem pequena, mas tinha uma vista linda de frente para o mar.

— Oh, vidinha mais ou menos — Juliana falou sorrindo.

Ergueu a garrafa e tocou a minha em um brinde.

— Pois é, tem coisa mais linda do que esse marzão azul? — perguntei suspirando.

Ela se levantou e começa a sacudir o corpo com a música da Adele que estava tocando, *Sand My Love*. Juliana era sempre tão alegre e linda. O melhor era ser tão bonita por fora quanto por dentro. Um coração generoso. Ela estendeu a mão para me ajudar a levantar e dançar. Remexi o quadril, e ela revirou os olhos.

— Você é muito exibida com essa cintura de mola. — Coloquei a mão no joelho e remexi até o chão para implicar. — Já chega de humilhação.

— Melhor abaixar esse volume. Se os meninos acordarem já sabe, eles ficam um saco.

— Relaxa, se nem um banho frio acordou os dois, nada mais vai acordar. Uma pena que temos que ir embora amanhã. Sabe que... — Sua fala foi interrompida pelo som do meu celular tocando. Parei de dançar e fui atender.

— Alô.

— Oi, Raquel? — Uma voz grave saudou-me do outro lado da linha provocando um arrepio na minha coluna.

— Sim, quem é? — perguntei só para não deixar na cara que reconheci a sua voz.

— Hugo, tudo bem com você?

— Sim, e você?

— Estou bem. Ontem contei para a minha irmã sobre você e os bebês, ela gostaria de conhecê-los, então pensei que talvez você pudesse vir jantar aqui em casa com eles, o que acha?

Lembrei de ter lido algo sobre ele ter uma irmã adolescente. A surpresa me deixou sem palavras, fiquei encarando Juliana que franziu o cenho enquanto bebia o resto da cerveja.

— Bom, eu... Nós iremos.

— Ótimo, vou buscar vocês às sete, pode ser? Neste horário, os meninos ainda estão acordados?

— Com toda certeza. Sete está perfeito.

— Até mais, Raquel.

— Até, Hugo.

Desliguei a chamada e me sentei novamente no chão da sacada, tomando consciência de que as minhas pernas estavam bambas.

— Desembucha, criatura — Juliana ordenou, entregando-me outra longneck.

— Hugo nos convidou para jantarmos na casa dele.

— Nos convidou? O convite se estende a mim também?

— Obviamente. Ele quer que a irmã conheça os meninos.

— E você quer que eu acompanhe vocês? Tudo bem, posso fazer mais esse sacrifício.

— Nossa! Você é tão boa, Juliana. Uma santa — falei de forma implicante, no entanto, era a pura verdade, não sei o que seria de mim se não fosse por ela.

— Acho melhor pararmos de beber então, ou seremos duas bêbadas, dois bebês e um grande vexame.

Começamos a rir da nossa bobagem. Juliana sempre se sentiu culpada por eu ter engravidado. Segundo ela, se não tivesse me levado naquela viagem, se não tivesse me incentivado a ficar com Hugo, que agora sabemos ser na verdade Hander, se não fosse por ela, nada disso teria acontecido. Eu sempre digo que devo o melhor presente da minha vida a ela então. O que é a mais pura verdade.

A tarde passou depressa. Os meninos dormiram mais de quatro horas. Acabei concordando em deixar a Juliana me arrumar para o jantar, vesti um vestido lilás e calcei sapatos de salto pretos. Escovei os cabelos deixando-os lisos e soltos, a maquiagem foi bem leve. Ela optou por um pretinho na altura dos joelhos e prendeu os cabelos ruivos em um rabo de cavalo. Coisa que eu achava um absurdo, pois não existia nada mais lindo do que os belos cabelos ruivos e ondulados dela.

Hugo chegou para nos buscar exatamente no horário combinado. Quando descemos, ele estava encostado no Mercedes sedã preto aguardando com as mãos nos bolsos da calça jeans. Sua camiseta polo azul e sapatênis o deixaram muito parecido com o Hugo que conheci em Cancun. Seu visual despojado o fazia parecer um pouco mais jovem do que o homem de negócios que conheci ontem. Minha mente confusa não podia deixar de associar aquele homem ao que conheci no México.

— Olá, Juliana, Raquel. Tudo bem? — cumprimentou educadamente, abrindo a porta de trás para que entrássemos.

— Estamos bem, e você? — assustei-me ao me deparar com duas cadeirinhas dentro do carro. — Uau, não esperava por isso — confessei, colocando o Heitor enquanto a Ju colocava o Hadrián.

— Não é muito seguro sair por aí com duas crianças sem cadeirinha, então achei melhor passar em uma loja no Shopping antes de vir para cá. É melhor para a segurança deles e evitamos uma multa.

— É verdade, obrigada por se preocupar com eles — concordei e agradeci. Em seguida, indiquei que a Juliana fosse ao banco da frente. Ela fez uma cara de brava antes de fazer o que pedi.

Apesar do espaço interno do carro ser bem grande, foi um pouco reduzido por duas cadeirinhas, mas ainda assim fiquei confortável no cantinho que sobrou para mim. Hugo parou no sinal vermelho. Olhei o rosto dele através do retrovisor e encontrei o seu olhar me encarando.

— Pelo visto, aproveitaram um pouco da praia hoje?

— Levamos os meninos para passear. Eles gostaram muito — comentei.

— E nós mais ainda. Estava precisando de um dia pisando na areia quente da praia — Juliana confessou sonhadora. — E você, Hugo? Costuma ir à praia sempre? Morando em uma cidade de praias lindas como essa, aposto que sim.

— Não muito, só quando o estresse é muito grande, então dou uma pequena pausa e tomo um banho de mar.

Ouvi-lo falar de tomar banho de mar me fez recordar do irmão dele saindo da água com gotas escorrendo por seu corpo, como se fosse um deus grego. Continuei calada só observando a interação dos dois.

— Isso soa até como um sacrilégio aos meus ouvidos. Eu adoro o mar e moro tão longe dele, já você tem todo dia e nunca vai.

— Então por que não mora em uma cidade que tem mar? — questionou com um sorriso enquanto dirigia por uma avenida deserta. Isso me soou como um convite nada discreto, o que me incomodou um pouco, no entanto, não sei dizer o motivo.

— Não é tão simples assim, mas é um projeto de vida, quem sabe um dia? — Eles estão flertando bem na minha frente?

Claro que não há motivos para me sentir incomodada com isso, são solteiros, livres para se envolverem com quem quiserem. Heitor choramingou na cadeirinha, eu entreguei um brinquedo para ele, que se calou na hora e sorriu.

Chegamos a um prédio de frente para a orla. Hugo entrou no estacionamento e me senti como se tivesse em uma loja de carros de luxo. Ele estacionou ao lado de uma Lamborghini cinza. Reprimi a vontade de assoviar. Desafivelei o cinto da cadeirinha do Heitor, enquanto a Juliana fazia o mesmo com o Hadrián.

— Eu carrego os bebês — Hugo ofereceu estendendo os braços.

— Não precisa, já estamos acostumadas, mas pode carregar as bolsas, obrigada.

Hugo colocou uma bolsa em cada ombro e seguiu na nossa frente. Fiquei observando seu andar. Ele parecia muito com o irmão, o mesmo porte físico, apesar de Hugo parecer mais forte, seus braços com mais músculos, e a bunda maior. Quase tropecei no degrau que levava para o elevador, o que fez a Juliana disfarçar um sorriso. Hugo apertou o botão do 17º andar, o último do painel.

— Tem uma coisa que eu me esqueci de mencionar, mas seria importante que soubessem. A minha irmã não fala — Hugo informou. Juliana arqueou a sobrancelha. — Mas não se preocupem, ela não é surda, só não fala. Ela tem um aplicativo que reproduz tudo que ela digita para se comunicar.

— Ela não sabe libras? — perguntei.

— Sim, ela sabe, no entanto, é incomum que alguém, que não seja do convívio dela, saiba.

— É verdade, sempre achei que as escolas deveriam ensinar libras desde cedo, como uma segunda língua. Seria um avanço na sociedade uma escola bilíngue, português e libras.

Ele não disse nada, pois a porta do elevador se abriu e encontramos dois pares de olhos azuis nos encarando. Lizie era uma menina linda, tinha cabelos muito longos e loiros naturais, uma pele tão branca que parecia que nunca viu o sol na vida. Ela olhava os bebês com curiosidade e muita alegria.

— Lizie, esses são seus sobrinhos, Hadrián e Heitor, só não sei explicar quem é quem.

— Eles são lindos — ela disse, fazendo sinais.

— Essa é a Raquel, a mãe dos bebês, e essa Juliana, amiga e madrinha do Heitor.

Gesticulei e falei:

— Oi, é um prazer te conhecer, você é muito linda.

Ela abriu a boca surpresa com o fato de eu saber me comunicar com ela.

— Você sabe libras? — Hugo perguntou muito surpreso.

— Sei, sim, então podemos falar normalmente, Lizie. Estou feliz em conhecer você.

Ela correu até mim e me abraçou apertado. Encontrei o olhar do Hugo me encarando de forma curiosa, admirado. A menina se afastou e apertou a mão da Juliana, dando um beijo na bochecha dela, então pegou um dos meninos nos braços e seguiu para a sala.

O apartamento era exageradamente grande. Pelo que percebi, era uma cobertura duplex. A sala era moderna, o piso de mármore escuro contrastava com o sofá de couro muito branco, que não combinava em nada com dois bebês que fazem muita sujeira.

— O jantar já está servido, senhor. — Uma senhora falou, olhando para os bebês de forma curiosa. — Esses são os filhos do Hander?

— Sim, Heitor e Hadrián. Vem, Sarah, ver como são lindos — Hugo chamou a mulher de forma carinhosa. Ela se aproximou e começou a brincar com os meninos. — Essa é Raquel, mãe dos bebês, e Juliana, amiga e madrinha do Heitor.

— Prazer, Dona Raquel. A Liz me contou sobre eles, ela está tão radiante por ser tia. — A senhora, de aproximadamente cinquenta anos, estendeu a mão para mim. — Acho que ela pensa que são bonecos. — A garota revirou os olhos.

— Eu também estou feliz em conhecê-la.

— Crianças são sempre uma alegria para o lar.

— Vamos? A copa é por aqui. — Hugo indicou o caminho.

Juliana pegou um dos bebês, e a Lizie carregou o outro. Quando chegamos à sala de jantar, havia duas cadeirinhas de alimentação em frente à mesa. Um lustre imenso chamava a atenção. Olhei para Juliana, que sorriu satisfeita enquanto colocava o bebê sentado. Hugo puxou a cadeira para que eu me sentasse.

Esse jantar vai ser bem interessante.

Capítulo 8

Raquel

A comida estava deliciosa, o que me constrangeu um pouco foi quantidade de copos e talheres dispostos sobre a mesa. O silêncio durante o jantar foi mais constrangedor ainda. Juliana tentou manter uma conversa, perguntando sobre o clima da cidade, sobre comida típica, mas logo o assunto morreu. Já no final da sobremesa, Lizie pegou o celular e começou a digitar algo.

— Então, vocês irão ficar até que dia? — A pergunta foi feita através do aplicativo do celular.

— Nosso voo está marcado para amanhã, às 17h30 — respondi comendo um pouco da mousse de chocolate que estava divino.

Ela voltou a digitar.

— Mas já? Eu mal fiquei com os meus sobrinhos. Não pode fazer isso. Tem que ficar mais.

— É claro que ela pode, Lizie, ela tem uma vida lá em Goiânia, precisa voltar para ela.

— É perigoso, não assistem jornais? Não sabem que estamos em meio a uma pandemia? Isolamento social será obrigatório a partir de segunda-feira. Não haverá aula, trabalho só o essencial e *home office* para tentar conter a propagação do vírus. Em que planeta vocês estão vivendo? Sabia que a vizinha do andar debaixo chegou da Itália, há três dias, e está com os sintomas? Temos um vírus altamente contagioso circulando. Na Itália foram mais de mil mortes em um único dia.

Ficamos todos em silêncio, olhando para ela, que continuava a digitar algo. Eu havia assistido uma reportagem sobre o assunto, mas não tinha noção que havia chegado ao Brasil. Não estava a par da gravidade da situação.

— Liz, não precisa de aplicativo, converse conosco normalmente, entendemos você — Hugo falou firme.

Ela o ignorou.

— Os aeroportos estão cheios de pessoas que vieram de outros países. O vírus está em todo lugar, e vocês podem se contaminar. Os assentos são muito perto um do outro, você tem dois bebês.

— Lizie...

Hugo chamou a sua atenção enquanto eu olhava para eles boquiaberta, principalmente com a rapidez que ela tinha para digitar.

— Eu tenho uma proposta. Eu vou ter que ficar isolada, sozinha, porque certamente o Hugo não terá tempo de ficar comigo, ele nunca tem. Então eu proponho que vocês venham comigo para a casa de praia, lá teremos espaço para as crianças e... eu posso ficar mais um tempo com os meninos. Além de ficar longe dos vizinhos contaminados e do perigo... E não vou me sentir abandonada pelo meu irmão que só sabe trabalhar.

Ninguém respondeu de imediato. Não passou despercebido quando ela disse que o Hugo a deixaria sozinha como sempre, e nem que ele só sabia trabalhar, então me perguntei: onde estava a mãe daquela garota? Será que o Hugo era o responsável pela educação dela?

O rostinho de anjo tinha uma expressão de tristeza e indignação. O caso dela deve ser um daqueles em que a criança tem tudo, mas é criada pela babá, é negligenciada em atenção e afeto dos pais. Não sou de fazer julgamentos, mas estava bem nítida a situação.

— Lizie, eu entendo a sua preocupação, no entanto, a Raquel...

— Eu vou pensar, Lizie, prometo — interrompi o discurso do Hugo.

Ele mudou o olhar para mim e franziu o cenho. Sua expressão era de surpresa e desagrado.

— Espero que não esteja dizendo isso só para me enrolar. — Encarou-me de forma desafiadora. — Posso ir com eles para o meu quarto? Tem brinquedos lá.

— Claro, eu te ajudo — Juliana ofereceu, levantando-se para pegar um dos bebês. Os dois já estavam ficando impacientes sentados nas cadeirinhas — Acho que já está na hora deles mamarem, não está Raquel?

— Sim, está tudo na bolsa, eu já vou para ajudar vocês.

Observei as duas saírem enquanto eu e Hugo nos levantávamos.

— Peço desculpa pela minha irmã. Às vezes, ela não tem limites. — Indicou o caminho da sala de visitas. — Principalmente quando é algo do interesse dela.

— Não tem problema. Acho que ela está com receio de ficar sozinha. E a mãe dela? Pelo que percebi, ela mora com você? — perguntei sem conseguir conter a curiosidade.

Sentei-me, observando o Hugo fazer o mesmo, só que ele o fez com uma elegância impressionante. Apoiou o braço no encosto do sofá, cruzou a perna em cima do joelho enquanto me encarava.

— Lizie é filha do segundo casamento do meu pai. A mãe dela viaja muito por conta do trabalho, então ela mora comigo.

— Entendi, e você trabalha muito e a deixa sozinha — disparei, arrependendo-me na hora.

Raquel, isso não é da sua conta.

— Não, claro que não. A Lizie tende a ser um pouco dramática e manipuladora, não dê ouvidos a ela.

Qualquer criança carente de atenção é propícia a agir assim.

— Desculpe-me, não quis ser intrometica.

— Não tem problema. Da forma que ela falou, é o que pareceu mesmo. Mas garanto que não é tudo aquilo que ela disse. Eu trabalho muito, realmente, mas estou sempre me esforçando para não a deixar sozinha.

Ouvi o choro dos meninos vindo de algum lugar.

— Provavelmente já estão com fome, eles não esperam muito — informei, levantando-me. — São bem impacientes quando estão com fome.

— Eu te mostro onde fica o quarto da Lizie. Não se assuste, mas ela fez algumas compras para os sobrinhos assim que soube que viriam hoje. Ela está muito empolgada com a aparição deles.

Seguimos por um corredor com vários quadros nas paredes. Obras de arte, presumi, pela elegância de todo apartamento. A porta do quarto estava aberta. A decoração lembrava o quarto de uma princesa, branco e rosa claro. Tinha uma cama de casal com cobertor e almofadas estampadas de flores delicadas. Um carpete branco cobria o piso. Por cima do carpete, estava um tapete pedagógico enorme e muitos brinquedos para bebês. Minha boca se abriu, surpresa. Deve ter custado uma fortuna, pois eram de uma marca famosa que eu sabia custar um absurdo, ainda mais porque ela comprou dois de cada.

Os dois estavam deitados em um ginásio musical que, não faz muito tempo, namorei pela internet, pensei em comprar um para os dois, no entanto, custa mais da metade de um salário mínimo. Eles mamavam na mamadeira e observam os bichinhos se sacudirem no mobile enquanto uma música suave tocava.

— Uau... — exclamei sem ter mais nada para dizer.

— Eles gostaram dos presentes — Lizie afirmou em libras.

— Eu imagino. Eu adorei. — Sentei-me no tapete, observando tudo.

Ela olhou para os sobrinhos com tanto carinho que chegava a ser tocante. Fiquei imaginando o que iriam fazer com duas cadeirinhas do carro, as cadeiras de alimentação e esse tanto de brinquedos. Já tinha percebido que dinheiro não era problema para eles. Mas não havia mensurado o quanto eram ricos. Que ironia, os meus filhos não passaram por necessidade porque trabalhei muito e tive ajuda de amigos para que isso não acontecesse, e a família deles com tanto dinheiro! Quando os dois terminaram de mamar, deixaram a mamadeira cair de lado e dormiram, como sempre costumavam fazer.

— Acho melhor nós irmos agora — sugeri, levantando-me.

— Não, por favor, fica — Lizie pediu cheia de súplica nos olhos e nos movimentos das mãos.

— Você pode ir dar uma volta com a gente amanhã cedo, podemos almoçar juntas. E...

— Hugo vai trabalhar amanhã e tem o Corona vírus, não podem ficar passeando por aí. — Foi a voz vinda do celular que falou. — Todo cuidado é pouco com esse vírus.

Percebi que toda vez que ela era contrariada se comunicava por ele. Um claro sinal de que, na cabeça dela, não estava sendo compreendida. Antes de estudar Direito, eu queria fazer Psicologia. Uma área que me interessava muito desde pequena. Por isso, já li muitos artigos, reportagens e até mesmo livros sobre o assunto. Mesmo depois de muito tempo, eu ainda continuava lendo sobre traumas psicológicos e coisas relacionadas à área.

— É, eu me esqueci desse detalhe.

— Então acho melhor que fiquem. Vamos fazer o isolamento juntos, por favor.

— Eu vou pensar. Penso melhor durante a noite, quando durmo. Tenho algumas coisas para analisar antes de aceitar a proposta. Foi meio... abrupta.

— Está bem. Se você, realmente, for embora amanhã, gostaria de ficar mais um pouco com os meninos. Pode ser?

— Claro, podemos passar o dia juntas antes do meu voo.

Ela veio até mim e me deu um abraço longo e apertado, cheio de súplica.

Os meninos acordaram quando estávamos colocando-os nas cadeirinhas. Foi um custo fazer com que os dois dormissem novamente, impossibilitando qualquer tipo de conversa durante o percurso até o apartamento. Hugo entrou, coloquei os meninos na cama e voltei para a sala.

— Podemos conversar um pouco, Raquel?

Capítulo 9

Raquel

— Sente-se, Hugo. Eu até poderia te oferecer uma bebida, mas só tenho água e suco.

Omiti que tinha algumas cervejas na geladeira. Hugo não fazia o tipo que tomava uma bebida tão comum. Um homem como ele deveria tomar uísque caro e vinhos de excelente safra.

— Estou bem, obrigado. — Sentou-se com a elegância que observei ser algo nato nele. — Serei rápido, Raquel. Só quero ratificar a proposta da Lizie. Se realmente tivermos o isolamento, terei ainda mais trabalho. Será mais fácil organizar tudo com relação à herança dos meninos com vocês aqui, além do mais quero ficar mais um tempo com eles também.

Fui pega de surpresa com o convite.

— O resultado do DNA não saiu ainda. — Abaixei os olhos, passando a mão em uma sujeira imaginária na saia do meu vestido.

— Você tem alguma dúvida quanto ao resultado? — inquiriu.

Ergui a cabeça e deparei-me com um par de olhos azuis esverdeados, frios, profundos e inquiridores. Olhando para eles, naquele momento, percebi a diferença entre os olhos do Hander e os dele. Esses são de um verde gelado, com paletas azuladas iluminando a íris. Os mesmos olhos do Hander, no entanto, faltam o calor, o divertimento, a paixão. Os dele são intensos demais, profundos e acusadores. Senti um frio percorrer-me a espinha. Fiquei olhando para ele, até que me dei conta que precisava responder. Pisquei, meio aturdida, sem entender a minha reação diante do seu olhar.

— Claro que não, eu só...

— Então não precisamos esperar realmente a afirmação. Eles são meus sobrinhos ou não são? Como a resposta é sim, não vejo porque duvidar.

— Eu vou pensar, Hugo. Tudo isso me pegou de surpresa.

— Raquel, me responde uma coisa. Por que demorou tanto para procurar o Hander?

Ele perguntou sem abalar a sua elegância. Hugo não tinha a postura relaxada como a do irmão, nem o sorriso fácil e acolhedor, sim, lembrava um felino, sempre pronto para atacar. Foi só quando as grossas sobrancelhas se ergueram em uma pergunta muda e senti seu olhar queimando a minha pele, que consegui responder. Estava parecendo uma boba. Completamente afetada.

Pelo amor de Deus, Raquel, pare de comparar. Pare de olhar. Pare de desejar.

— Eu... quando soube que estava grávida, fui até o resort tentar descobrir como encontrá-lo. Porém não encontrei nada. Ele me disse que se chamava Hugo, mas não houve ninguém com esse nome no período em que estive lá, e não quiseram me dizer quem esteve hospedado naquele quarto. Eu deixei meu telefone com ele, mas presumi que não teve interesse em ligar. Não fazia ideia da doença. Não deve ter sido importante para ele, ou teria dito alguma coisa a você ou me procurado de alguma forma. Mesmo porque o Hugo que eu procurava era de São Paulo.

Evitei a parte em que pagava a dívida da viagem inútil até hoje.

— Eu e meu irmão não tínhamos uma relação muito amigável nos últimos anos. Quando nossos pais se separaram, ele foi morar com a mamãe em São Paulo, e eu fiquei com o nosso pai. Tínhamos dez anos de idade e acabamos tendo uma relação meio competitiva. Quando ele veio para Vitória, foi difícil manter uma boa relação. Mas eu entendo que, para ele, deve ter sido difícil, pois sabia que morreria. Então, por que colocar você em meio a uma vida que logo se tornaria um pesadelo?

Abaixei os meus olhos e olhei para minhas mãos cruzadas sob meu colo. Talvez quisesse ter participado desse momento. Seria melhor do que tudo que passei até hoje.

— Eu só não entendo o motivo de ele ter se passado por você.

— Ele sempre fez esse tipo de coisa para me irritar. Depois fazia questão que eu descobrisse. Então eu ficava furioso, e ele conseguia o que queria, me irritar e tirar do sério. As travessuras do Hander sempre deixaram sequelas.

— E dessa vez não foi diferente.

— Exatamente. Bem, eu preciso ir, vou deixar você descansar e pensar na minha proposta. Acho que você tem o meu telefone, então me ligue assim que tiver uma resposta. O convite se estende a Juliana também. Caso ela queira ficar com você.

Nós dois levantamos ao mesmo tempo e seguimos até a porta, eu em sua frente. Paramos um diante do outro. Erguendo os olhos, encontrei os dele, que me encaravam. Hugo fitou diretamente dentro dos meus. Com um levíssimo erguer do canto dos lábios, sustentei o seu olhar. Por que, perguntei-me, esse olhar me despertava tanta perturbação? Seria pelo fato de já conhecer e, ao mesmo tempo, não? Talvez eu quisesse desvendar esse olhar enigmático que ficou fixo em mim antes de se despedir de fato.

— Até mais, Raquel. Aguardo a sua resposta. — Abri a porta.

— Até breve, Hugo.

Ele saiu sem me dar sequer um aperto de mão. Fiquei parada, olhando para a porta, tentando entender por que isso me incomodou tanto.

— E então? — Juliana me despertou para a realidade.

— Estava ouvindo a nossa conversa? — perguntei retoricamente, sem me incomodar de fato com sua curiosidade.

— Claro que estava. — Ela se sentou no sofá e bateu a mão no estofado para que eu fizesse o mesmo. — Sei o quanto detesta repetir histórias. Você seria uma péssima escritora, sabia? Muita economia de palavras. Péssima contadora de história.

— Obrigada pelo elogio.

— Não foi um elogio, amiga.

Sorri com a sua honestidade e notei um bloco de anotações e uma caneta em sua mão.

Juliana era advogada, muito boa no que fazia, entretanto, ela sonhava em escrever um livro. Estava há anos trabalhando em uma história que não mostrava para ninguém. Jurou que eu seria a primeira a ler quando ela estivesse pronta para mostrar. Eu tinha certeza de que seria um excelente livro, pois a minha amiga tem inteligência, criatividade, talento e sensibilidade de um escritor. Só é perfeccionista demais.

— Para que isso? — inquiri apontando para o bloco de notas, me sentei ao seu lado.

— Vamos analisar a situação com pros e contras. Assim chegaremos a um denominador comum.

— Está pensando em ficar? — questionei, achando que ela estava animada demais com a possibilidade.

— Não, isso não é sobre mim e, sim, sobre você e os bebês.

— Você ouviu que o convite se estende a você também?

— Por mera educação.

— Sei não, acho que ele tem algum interesse em você.

— Raquel, pelo amor de Deus, o homem não tirava os olhos de você. Mas isso não é importante agora. Vamos aos fatos. — Bateu a caneta no bloco. — Prós e contras.

Juliana fez um risco meio torto na página dividindo em duas partes. Então começou a escrever de um lado e do outro.

— Não seria eu quem deveria encontrar os motivos?

— Sim, mas você não está qualificada no momento. É a parte interessada, não vai enxergar todos os ângulos como alguém de fora faria. Os fatos podem ser distorcidos ou esquecidos.

— Você é doida.

— Prática. Agora vamos lá, por que ficar seria bom? — inquiriu, fazendo uma cara engraçada.

— Não sei, você já escreveu, então manda.

— Ok. Começamos pelo contra, se você voltar para Goiânia neste momento, vai ter de ficar trancada vinte e quatro horas por dia com o

Juarez em um apartamento muito pequeno. Vai ouvir sertanejo universitário o dia todo enquanto ele reclama do choro dos meninos e...

Interrompi seu discurso.

— Certo, e os prós?

— Querida, só esse argumento já é suficiente ou não para fazer você ficar? O inferno com labaredas de fogo seria melhor do que ficar vinte e quatro horas por dia com o seu cunhado em um apartamento quente e sem ar condicionado.

— Foi golpe baixo.

— Lembra como, daqui a alguns dias, Goiânia fica quente? Assemelha muito a labaredas de fogo do inferno, e o Juarez ao próprio diabo.

Fuzilei Juliana com o olhar. Entretanto ela estava certa. Devia dar graças a Deus que descobri a tempo que meus filhos têm direito a uma herança. Mesmo se fosse pequena, seria bem-vinda, porque a minha vida não estava sendo nada fácil. E com as restrições por conta da pandemia, a tendência era piorar. Melhor seria deixar a minha irmã sozinha vivendo com o entojo do marido dela. Talvez o motivo dele ser como era fosse eu e os meus filhos. Quem sabe a vida da minha irmã não melhoraria com a nossa ausência?

— Eu sei, não jogo limpo quando tenho um ponto a defender. Vamos a mais um ponto importantíssimo, esse é pró: se você ficar, vai desfrutar de dias perfeitos em uma mansão à beira da praia com empregados te servindo e, melhor, junto daquele homem maravilhoso. Pensa em como seria vislumbrar aquela vista todos os dias, e falo do homem mesmo.

— Isso para mim não é pró, coloca na lista do contra. Muito contra. *Contríssimo*.

— Posso até riscar, mas no contra não coloco, nunca. *Contríssimo*? Essa palavra nem existe. Credo, o que aconteceu com o seu vocabulário?

— Adoro neologismo. Agora falando sério, você acha que devo ficar?

— Acho, sim, você tem dois bebês que ficarão trancados em um apartamento muito pequeno e quente. Em breve estarão andando, falando... Não seria justo nem com você nem com o coitado do Juarez. Sem contar que fiquei muito tocada com a situação da garota. Tão linda, parece tão sozinha. Manipuladora, mimada, isso está na cara, no entanto, tão perdida.

Parei para pensar na Lizie. Devia ser muito difícil não ter um pai e uma mãe. Eu sabia pelo que ela estava passando. Dinheiro nenhum no mundo paga a presença e o amor de uma mãe. Eu não tive da minha, mas tinha da Renata, dividíamos amor, companheirismo e lutas. Não sabia o que seria de mim sem ela.

— É verdade. Juliana, eu... eu realmente não sei o que fazer. Eu sei que a minha vida mudou, eu não ficaria morando com a Renata por muito tempo, mas, até conseguir o direito à herança dos meus filhos, eu teria que ficar com ela. Então talvez você tenha razão quando diz que devo ficar.

Ou talvez eu mesma estivesse arrumando uma bela desculpa para isso.

— Por isso eu não quis continuar a lista, Raquel. Eu teria colocado que vou ficar sem a minha melhor amiga, que vou morrer de saudade dos meus meninos. — Seus olhos verdes se enchem de lágrimas, fazendo os meus pinicarem e ficarem nublados, embaçados pelas lágrimas.

— Eu tomaria a decisão de não ficar somente por esse argumento. Eu vou sentir tanto a sua falta. — Segurei sua mão, e ela sorriu enquanto uma lágrima escorreu sobre a sua face rosada.

Ignorei o fato de ter usado os verbos no futuro, o que indicava que eu já havia tomado a minha decisão.

— Eu sei, mas é só até a pandemia acabar. Depois você volta para Goiânia, linda e rica. Vamos pensar pelo lado de que o isolamento social não permite visitas. Então não iríamos nos ver de toda forma. E tem chamada de vídeo e... eu quero o melhor para vocês, Raquel. Neste momento, é mais seguro vocês ficarem.

— Eu sei, você tem razão, obrigada por sempre me ajudar a tomar as piores decisões.

— É para isso que servem as ami... Você disse piores? — Estreitou os olhos de forma ameaçadora.

— Preciso comunicar a minha decisão para Hugo. Mas acho melhor esperar até amanhã, vamos pensar em mais coisas para escrever neste papel.

— Você já pensou como o destino faz as coisas certas? A menina se comunica em libras, você tem noção da importância disso? O destino fez o caminho de vocês se cruzarem.

— Lá vem você com essa coisa de destino.

Capítulo 10

Raquel

Observei, com lágrimas nos olhos, Juliana entrar no avião em um voo particular para Goiânia. Era incrível como amava aquela garota como se fosse a minha irmã, e a perspectiva de ficar longe dela estava me deixando extremamente triste, mas do jeito que ela mesma disse: *"Temos internet para nos falarmos todos os dias. Pensa que, mesmo você estando em Goiânia, eu não poderia ir visitar vocês, teríamos que ficar em isolamento."*

Embora estivesse triste por ela ir, fiquei ainda mais triste por minha irmã. Quando falei com ela mais cedo, Renata chorou, mas concordou que seria melhor que eu ficasse. Eu vou sentir muita falta dela. Só espero que esse isolamento acabe logo e tudo volte ao normal.

Hugo insistiu muito para que a Ju fosse no jatinho da empresa. Cancelamos as nossas passagens e receberemos reembolso futuramente. Hugo pediu para o motorista nos levar, pois ele estaria preso em reuniões. Muito estranho para um domingo.

Depois que vi o avião desaparecer no céu, eu entrei de volta no carro. Ainda bem que os meninos estavam dormindo, pois teriam aprontado um escândalo ao ver a Juliana ir sem eles. Os dois estavam exaustos, havíamos passado a manhã na praia, que estava lotada por conta do calor. Depois voltamos para o apartamento para arrumar tudo.

Era final de tarde, e as ruas estavam lotadas enquanto seguíamos para o apartamento do Hugo. Iríamos na amanhã seguinte para a casa de praia. Falei por mensagem com Lizie, e ela disse que o irmão não poderia ir.

Deixei de olhar a paisagem e olhei para os meninos, com a lembrança do pai deles na mente. Tempos atrás, passei muitas horas remoendo as lembranças de quando ficamos juntos. Forçava a minha mente a entender em que momento deixamos de usar preservativos, e nada me vinha à memória. Claro que, algumas vezes, senti uma umidade diferente, mas o homem me deixava tão louca de excitação que realmente pensava que era excesso de tesão mesmo. Então eu chorava, ficava brava comigo mesma por não encontrar, nos momentos quentes que vivi, nada que indicasse que foi ali que fiquei grávida. Depois que meus filhos nasceram, eu deixei de tentar lembrar. Nada mais importava, só o amor imenso que sentia por eles.

Quando a porta se abriu, encontrei os olhos brilhantes de uma garota sorridente.

— Ei, Lizie, tudo bem?

Em resposta, ela estalou um beijo em meu rosto e pegou o Heitor no carrinho, depois de beijar muito o Hadrián.

— Ela está radiante por você ter aceitado ficar. Passou o dia fazendo compras para levar para a casa de praia. — Sarah me ajudou a entrar com o carrinho.

— Sério? Não precisava se incomodar.

— Não foi incômodo. E não foi só para eles que fiz compras, comprei algumas coisas para você também, não deve ter trazido muita coisa. — Ela falou em libras.

— Lizie, não precisava. A Juliana vai me mandar tudo que preciso.

— Acho melhor você dar uma olhada, ela me fez andar o dia todo. Provavelmente não precisarão de mais nada.

— Vem, quero te mostrar. Se não gostar, vai dar tempo de trocar.

Com o sobrinho no colo, segurou a minha mão e me arrastou para o corredor dos quartos. Ela abriu uma porta e quase caí para trás.

— Meu Senhor! — exclamei, cobrindo a boca com a mão.

O quarto estava abarrotado de sacolas. Uma cama de casal e dois berços desmontáveis estavam no canto. Tinham tantos brinquedos que não sabia como iriam caber no carro. Fora as roupas que ela comprou para mim, já dentro de uma mala.

— Lizie... — Abri a boca para protestar, mas parei na hora que vi seu rosto repleto de felicidade. — Obrigada.

Aquela garota já me tinha na mão.

Já era tarde da noite, quando me deitei para dormir. Tínhamos deixado tudo pronto para o dia seguinte, e o estresse do dia estava cobrando o seu preço. Hugo não apareceu até àquela hora. Duvidava que ele estivesse mesmo trabalhando. Domingo, tarde da noite?

Acordei com o choro de um dos bebês, estava com tanto sono que nem sabia qual dos dois era. Mas bastou bater de leve no bumbum que ele voltou a dormir. O dia mal havia amanhecido, mas me forcei a levantar e arrumar as coisas para sairmos. Tomei um banho para despertar. Dei uma olhada nos meninos antes de sair, peguei a babá eletrônica que a Lizie havia comprado e fui para a cozinha. Sarah estava preparando o café da manhã.

— Bom dia!

— Bom dia, levantou cedo.

— Depois que acordo, não consigo dormir mais, então resolvi ver se precisa de ajuda.

— Está tudo sob controle, mas se quiser cortar o mamão...

Peguei a fruta em cima da pia e comecei descascar.

— Você trabalha aqui há muito tempo? — perguntei.

Ontem, quando a chamei de senhora, ela pediu que a tratasse por você, pois se sentia muito velha sendo chamada de senhora.

— Sim, eu cuido da Lizie desde bebê. Então quando o pai dela morreu, eu vim para cá. Tenho aquela garotinha como uma filha.

— E a mãe dela?

— É uma mulher muito ocupada. Lizie está melhor com o irmão.

Um aperto se formou em meu peito pela situação dela e pela forma com que Sarah falou. Uma menina que, embora linda, tinha necessidades especiais. Ela precisava da figura materna naquela idade de descobertas. Eu precisei. Já havíamos terminado, quando ouvi o chorinho dos bebês no quarto. Limpei as mãos e corri ao encontro deles. No corredor, choquei bem de frente com o peitoral firme do Hugo. Ele me segurou pelos braços, eu ergui a cabeça e fitei o seu rosto. Percebi, então, que a porta que ele havia acabado de sair deveria ser o quarto dele. Seu rosto estava barbeado, exibindo uma pele lisa. Desejei tocá-lo, para ver se estava tão macia quanto parecia.

— Cuidado! — Meu coração disparou, suguei o ar para dentro, pois havia parado de respirar e senti o seu perfume tomar todo o espaço.

— Desculpa, os meninos acordaram.

— Eu ouvi — ele disse, seguindo-me até o quarto. — Estava vindo para ver se precisava de ajuda.

— Ei, que escândalo é esse? Mamãe já está aqui. — Peguei Heitor nos braços.

— Posso te ajudar?

Antes mesmo que ele terminasse de falar, eu entreguei Heitor e peguei o Hadrián. Ele aconchegou meio sem jeito o bebê nos braços.

— Vem, vamos preparar uma mamadeira para esses famintos. Já que ofereceu ajuda...

Observei-o carregar o sobrinho enquanto brincava, erguendo-o para o alto. Encontramos a Lizie no corredor, já pronta para sairmos. Ela bateu palmas alegremente e pegou o sobrinho dos meus braços.

— Bom dia! — saudei, e ela sorriu, fazendo "Bom dia" com movimentos dos lábios.

Corri para a cozinha para fazer as mamadeiras. Sarah me ajudou e, quando eu voltei para a sala, encontrei Hugo fazendo barulho de besouro com os lábios. Eu nunca tinha visto nada mais fofo.

— Aqui está. — Entreguei a mamadeira para Lizie e esperei para ver o que Hugo diria.

— Melhor você fazer isso, não tenho muito jeito com bebês.

— Está enganado, você tem, sim.

Sentei-me no sofá ao lado dele e mostrei a mamadeira para o meu filho. Ele me deu os bracinhos, e eu o aconcheguei no meu colo sob o olhar vigilante de Hugo. Senti seus olhos queimando a minha pele. Então ergui os meus, e ele afastou os dele para Lizie.

— Fico imaginando como você faz quando os dois estão com fome. Ou para dar banho, trocar as fraldas...

— Geralmente, eu tenho a minha irmã para ajudar, mas, quando ela não está, é um Deus nos acuda. Ainda bem que eles já sabem mamar sozinhos, mas sempre estou do lado observando. Eles adoram ficar de manha assim no colo. — Fiz uma carícia no rosto do Hadrián, que sorriu feliz sem tirar a mamadeira da boca.

Eles terminaram de mamar e fomos para a copa tomar café. Tudo ficava mais complicado com a presença do Hugo. Parecia que os olhos dele estavam sempre me observando, questionando. E um arrepio correu por meu corpo.

Capítulo 11

Hugo

Fazia cinco dias que minha irmã e os meus sobrinhos haviam partido para o sítio. Eu fiquei em Vitória por conta das reuniões de emergência. Estávamos com medo dos meses futuros, não poderia negar. Apesar de termos uma empresa consolidada, sem risco de falência, precisávamos nos resguardar para uma possível crise na economia. O nosso setor alimentício não iria sentir tanto impacto nas vendas, entretanto existiam pessoas trabalhando nas fábricas e precisávamos nos preocupar com elas, em protegê-las do vírus desconhecido. Todo cuidado era pouco.

Precisava tomar cuidado com a direção dos meus pensamentos também, pois, várias vezes, fiquei perdido no meio da reunião enquanto pensava em coisas nada a ver com a pauta. Como por exemplo: como seria o sabor dos lábios *dela*? O que ela gostava na cama? Gostava de sexo quente, forte, ou preferia lento e delicado? Como seriam os sons que fazia quando sentia prazer? O que daria mais prazer a ela?

— Acho que está tudo resolvido por agora, então podemos iniciar o home office a partir da segunda-feira. Todos de acordo?

Foi unânime, todos concordaram, e eu encerrei a reunião. Segui para a minha sala, pois precisava assinar alguns documentos ainda e, finalmente, poderia ir para casa. Estava com saudade da Lizie e adoraria passar um tempo com os meus recém-descobertos sobrinhos.

O resultado do DNA havia saído há dois dias e não foi nenhuma surpresa o resultado positivo para o nosso parentesco. Embora tenha certeza de que eram filhos do Hander, tinha dúvidas de como Raquel conseguiu engravidar. Uma mulher, nos dias atuais, só ficava grávida se quisesse. Ainda mais na situação dos dois, completos desconhecidos que tiveram apenas alguns dias de sexo casual. Eu tinha uma séria desconfiança de que ela fez de propósito. Sabia quem era o Hander, o tamanho da fortuna que ele possuía e deu o golpe da barriga. Ousava até dizer que ela sabia da doença dele também. O que me intrigava era: se ela fez de propósito, por que não o procurou antes? Como eu disse, estava claro que ela sabia que ele estava à beira da morte e esperou o momento certo para agir, quando os bebês estivessem naquela fase que você simplesmente se encantaria por cada coisa que fizessem.

Eu me encantei assim que coloquei meus olhos nos dois.

Nem podia mensurar o tamanho da minha surpresa quando soube que ela falava em Libras tão bem. Talvez tenha aprendido por saber que a Lizie era muda, então quis aprender para fazer exatamente o que estava fazendo, se aproximando, ganhando confiança, conquistando espaço, e, depois, estaríamos todos comendo na sua mão. As mulheres são ardilosas, e uma linda e sexy como Raquel tende a ser muito pior.

Meu pai sofreu isso com a minha mãe. Ela usou e abusou dele, quase o levou a falência, traiu, depois o deixou e levou o Hander com ela. Como se não fosse suficiente, colocou o meu irmão como nosso inimigo. Ela disse para ele que meu pai escolheu ficar comigo, que a mandou embora com o Hander, quando, na verdade, ela escolheu o filho mais alegre, mais descolado e que mais se socializava bem para cuidar. Foi cruel separar os irmãos, mas, pior que isso, foi manter o clima de competição constante entre nós dois. Quando tentamos nos aproximar de fato, já era tarde. O elo já tinha se quebrado, sem contar que éramos muito diferentes.

Saí dos meus devaneios, peguei o telefone e liguei para Sarah, ela estava me mantendo informado de tudo que acontecia por lá. E saber como andavam as coisas me deixava satisfeito, embora, muito preocupado com o futuro.

— Hugo, oi.

— Tudo bem por aí, Sarah?

— Aqui, sim, essa casa virou uma festa — afirmou e pude perceber o seu sorriso através do tom de sua voz. — Não me admiraria se a Lizie voltasse a falar, ela está muito feliz. Precisa ver, outra menina, Hugo.

— É mesmo? Isso é bom — concordei para não desanimar a mulher que ainda tinha esperança de ouvir a voz da minha irmã novamente. — Eu vou desligar, depois a gente se fala.

Fiquei feliz por ela estar se divertindo. O problema seria quando Raquel e os bebês fossem embora. A minha irmã não sabia bem lidar com perdas.

Lizie era uma garota normal, alegre, apesar da negligência que sofria por parte dos pais, principalmente da mãe dela. Alguns anos antes de meu pai morrer, do nada ela se tornou uma garota fechada, que raramente sorria, e nunca mais disse uma palavra. Depois que o meu pai morreu de infarto fulminante, ela passou a ficar mais tempo comigo do que com sua mãe. Tudo piorou quando a mãe dela veio para o Brasil. Talvez fosse pelo fato de Jessica não se conformar com a mudez da filha.

— Com licença — Yvete entrou na sala. — Eu bati, mas você não respondeu.

— Eu estava distraído — respondi sem olhar para ela, mas sabia que tinha um sorrisinho nos seus lábios. — Em que posso te ajudar?

— Estou indo embora, não quer vir jantar comigo?

— Distanciamento social, lembra?

— Isso não foi problema para ficar vinte e quatro horas grudada em você nesses últimos dias, engraçadinho.

— Não poderei ir, Yvete, tenho algumas coisas para fazer ainda.

— Como vigiar a mãe dos seus sobrinhos pela câmera de segurança?

Interrompi o que estava fazendo e a encarei. Que danada.

— Do que você está falando?

Coloquei a caneta em cima dos papéis

— Eu vi, Hugo, você estava com maior cara de tarado espionando a sua cunhada ontem pelo notebook...

— Ela não é minha cunhada — cortei, odiava como isso soava. — E eu não estava espionando ninguém. Só fazendo o que sempre faço quando não estou perto da Lizie, observando para que não volte a acontecer o que aconteceu há seis meses. Esqueceu?

Yvete me olhou desconfiada. Ela sabia que eu estava falando a verdade.

Mais ou menos a verdade. Admito.

— Está certo, você pode tentar se enganar o quanto quiser e usar a sua superproteção com a Lizie como desculpa, mas eu sei que se interessou pela Raquel. Eu te conheço, Hugo. E faz tempo que não te vejo assim por uma mulher. Acho que nunca vi, na verdade.

— Você está imaginando coisas. Ela é a mãe dos meus sobrinhos.

— E você, como um bom moço, vai manter distância dela. Não seja um bom moço, Hugo. Isso não combina com você. Estou indo embora, então. Se quiser jantar, o Pedro irá fazer uma massa, será bem-vindo.

Yvete era casada com Pedro, um grande amigo. Confesso que houve um tempo que quis ter exatamente o que os dois tinham. Pura bobagem, pois amor não é para os homens da minha família, sempre acabava mal. E me envolver com Raquel certamente me levaria ao mesmo destino. Era melhor evitar.

— Obrigado. Se conseguir terminar tudo a tempo, eu apareço por lá.

Fiquei observando-a sair enquanto refletia no que me disse. Desde que Raquel e Lizie foram para o sítio, eu realmente observei algumas vezes o que estavam fazendo. Tenho vigiado as ações da Lizie, pois ando muito preocupado com ela. Há seis meses, tentou cometer suicídio, ela disse que não foi intencional, mas tomou remédios para dormir. Uma garota de doze anos tomando medicamento para dormir não é nada bom, além do mais, dizer que exagerou porque esqueceu que já tinha tomado, deitou-se na banheira cheia de espuma e acabou adormecendo, era pior ainda. Se a Sarah não tivesse entrado no quarto dela na hora, Lizie teria morrido afogada. Depois do ocorrido, insisti para ela voltar a fazer terapia.

A minha curiosidade foi maior do que a sensatez e conectei mais uma vez as câmeras da casa. Quando as imagens abriram em tempo real, vi Raquel sentada na borda da piscina com as pernas dentro da água, seus olhos pareciam perdidos na escuridão da noite. Ela fechou os olhos, e um pequeno sorriso se abriu em seus lábios enquanto uma brisa leve balançava os fios sobre o seu rosto. De repente, ela levou as mãos à barra da blusa e tirou, ficando apenas de biquíni que mal cobria seus seios fartos.

Minha nossa! Que seios bonitos! Não muito grandes, mas redondos, apertados pelo tecido, pareciam que a qualquer momento pulariam para fora.

Ela jogou a blusa longe e pulou na água, e eu, imediatamente, desliguei a conexão.

Faça-me o favor, Hugo.

Peguei as minhas coisas e segui para casa.

Parei o carro na garagem que ficava na parte de trás da casa, dei a volta pela lateral. Observei de longe a bagunça na piscina. Os dois bebês estavam em boias enormes com formato de navio com guarda sol, enquanto Raquel e Lizie brincavam com eles. Raquel soltou a boia e mergulhou, em seguida emergiu com os cabelos escuros caindo pelas costas e fez um barulho que fez o bebê gargalhar. Ela passou as mãos pelos cabelos e os juntou, colocando sobre o ombro. Ela era realmente linda, sexy, mesmo sem nenhuma maquiagem e arrumação exagerada. Principalmente por isso, uma extraordinária beleza natural. Resolvi parar de espionar e saí do esconderijo onde estava.

Ela me mirou, e eu sorri enquanto andava em direção da Lizie, sentada na borda da piscina, para beijar sua testa como sempre fazia desde que ela era um bebê.

— Pare — Lizie ordenou. — Precisa primeiro tomar banho, passar álcool.

— Ok... Esqueci desse detalhe, senhorita. Mas para sua informação, acabei de vir de casa. Oi, Raquel, tudo bem?

— Estou bem, e você? — respondeu com o olhar preso a mim, apertando um pouco os olhos chocolate por conta do sol.

— Tudo bem.

— Eu não sabia que viria — minha irmã confessou com um sorriso.

— Quis fazer uma surpresa para a minha irmã ingrata. Vou tomar um banho e já volto. Onde está a Sarah?

— Na cozinha — Raquel respondeu, e eu ainda não havia conseguido tirar os olhos dela.

Um dos bebês gritou por algum motivo, quebrando a nossa conexão do olhar. Pisquei, meio aturdido, e segui para a cozinha.

— Bom dia, Sarah! Tudo bem?

— Seu Hugo, que bom que veio. Eu estou bem, e você?

— Tudo bem.

— Eu não sabia que viria. Se tivesse avisado, teria feito um dos seus pratos favoritos.

Sarah sempre foi uma funcionária dedicada, principalmente quando se tratava de mimar a mim e a Lizie. Não hesitou em deixar tudo e ir ficar no sítio.

— Não esquenta, não, Sarah, eu como o que tiver. Está com o cheiro muito bom por sinal. O que é?

O sorriso dela se abriu. Ela era uma cozinheira fantástica, qualquer coisa que fizesse ficaria delicioso.

— Raquel que fez, é empadão goiano, acho que está mesmo muito bom.

— Vou tomar um banho antes que Lizie venha com uma vassoura me bater.

Sarah já tinha me dito que Raquel fazia questão de ajudar na casa. Que uma das coisas que ela exigiu foi que a Sarah fosse como hóspede e não empregada. Até a Lizie, que nunca lavou um prato, teve que ajudar nas tarefas.

— Ainda bem que a menina saiu um pouco daquele celular. Raquel e os meninos estão mesmo fazendo muito bem para ela. Até sorri enquanto dorme.

Meus olhos seguiram para o lado de fora. Elas tinham saído da piscina, e Raquel estava vestida em um roupão atoalhado branco enquanto enxugava os cabelos da Lizie, e Lizie fazia o mesmo com os bebês sentados no gramado. Um sinal de alerta apitou dentro da minha cabeça.

— O que será da minha irmã quando Raquel e os meninos forem embora?

— Eu estava pensando nisso, nós temos que tentar fazer Raquel ficar.

Encarei Sarah, que tinha o olhar enigmático, eu até evitei perguntar como faríamos aquilo.

Capítulo 12

Raquel

Acordei muito cedo, tive um sonho que me deixou inquieta e me levantei antes do sol nascer. Deixei os meninos dormindo no quarto com a babá e fui correr na praia. Embora tenha achado um exagero trazer uma babá, naquele momento, achei bem oportuno ter uma. Precisava me exercitar, levar um pouco de endorfina para o corpo ou acabaria surtando.

Ter sonhos eróticos com o Hugo não estava sendo nada legal. Fazia uma semana que ele tinha chegado, deixando-me ainda mais perturbada do que já estava. Confesso que, desde o dia em que o vi no escritório, não parei de pensar nele, e ter lembranças que sabia que não eram com ele agravavam, principalmente porque o homem das minhas fantasias tinha o mesmo rosto e, na minha mente, o mesmo nome.

Não podia negar que me sentia muito atraída por Hugo. O jeito sério, a forma como sorria, o olhar intenso que ele me lançava, mesmo achando que eu não estava vendo, seduzia-me. Embora nos víssemos muito pouco, a presença dele estava sendo perturbadora. Era nítido que, assim como eu, ele fazia de tudo para me evitar. Ficava muito no escritório e, quando nos esbarrávamos, evitávamos contato. O que era bem estranho para pessoas que estavam vivendo na mesma casa. O tamanho exagerado da casa cooperava para manter a distância que, obviamente, nós dois estávamos tentando impor.

No dia que Hugo chegou, reunimo-nos no escritório dele. Tivemos uma conversa sobre a herança dos meninos. Eu fui clara, disse que não precisava de muito. Queria apenas uma vida confortável para os meus filhos, mas não pretendia ocupar nenhum posto na empresa. Eu continuaria trabalhando e apenas precisava de um lugar para morar, pois tinha mesmo era que sair da casa da Renata urgente. Ele disse que eu precisava, sim, participar das decisões da empresa, pois também pertencia aos meus filhos. Eu fiquei de pensar no assunto.

Hugo me entregou um cartão provisório de uma conta que ele abriu para mim. Fiquei de queixo caído com o valor depositado. Ele pareceu intrigado com a minha reação. Confessei que preferia que ele continuasse administrando tudo. Se quando os meninos estivessem grandes, quisessem participar dos negócios da família, seria problema deles. Por agora, só queria dar o conforto que eles precisavam e voltar a trabalhar quando a pandemia acabasse.

Hugo sempre tirava um tempo para brincar com os meninos e com a Lizie quando eu não estava por perto. Eu ficava de longe observando os quatro. Eram tão parecidos, mostrava o quanto a genética da família era mesmo boa. Os seus olhos brilhavam quando falava com a irmã, sempre com muito carinho e atenção. E eu, que pensava que ele era negligente com ela, estava completamente enganada.

Parei de correr um pouco e olhei na direção da casa. No dia que cheguei, fiquei de queixo caído. A casa ficava próxima à Anchieta, um lugarejo muito charmoso chamado Iriri. Era um sítio na beira da praia, com um pequeno lago artificial, que, na verdade, era uma piscina fantástica com uma pequena queda d água que parecia uma cachoeira natural. Um gramado extenso seguia até a outra piscina de borda infinita. Uma *jacuzzi* ficava um pouco escondida por arbustos, com a vista mais para a praia. Tivemos que vir para a casa em dois carros para conseguir levar tudo que a Lizie tinha comprado.

Por falar em Lizie, aquela garota me conquistou de verdade. A carência afetiva que via em seus olhos era de cortar o coração. Outro dia, conversei muito com ela sobre família. Ela disse que o Hugo era como um pai para ela, carinhoso, atencioso. Trabalhava muito, mas fazia questão de fazer tudo por ela. A princípio, eu tinha pensado o oposto dele. Parecia um homem ocupado, que só ligava para dinheiro e trabalho, como a maioria dos executivos, mas percebi que, na verdade, ele era o contrário, superprotetor até. Já o Hander, ela não quis falar muito sobre ele, talvez porque ainda não tinha superado a perda. Quando falou sobre a mãe, pude ver a mágoa em seus olhos.

Eu me identifiquei muito com ela. Fui abandonada pelo meu pai e tinha uma mãe muito rígida que me obrigava a ser alguém que eu não era. Também me senti a vida toda abandonada. Se não fosse a minha irmã para apoiar-me, provavelmente o estrago teria sido maior. Não fiquei uma pessoa com problemas afetivos, acho que fiquei o oposto. Pulo fundo nas minhas relações, quero mostrar carinho, afeto e respeito. Quando amo é intensamente.

Meu telefone tocou, tirando-me dos meus devaneios. Voltei a andar em direção à casa.

— Oi, caiu da cama, Ju?

— Bom dia, Raquel! Não caí da cama coisa nenhuma, eu não consegui dormir nada. Esse isolamento está me deixando estressada — afirmou com voz triste.

— Então você pensou em me acordar também? São 6h40 da manhã, Juliana.

— Não te acordei, você respondeu uma mensagem há quarenta minutos. Obviamente estaria acordada.

— Garota esperta.

— Preciso confessar que não vejo a hora disso tudo passar. Estou tão apreensiva.

Sabia bem como estava se sentindo. Naquele momento, estávamos atravessando um tempo de muita incerteza que não podia se comparar a nada desde que nos tornamos um mundo globalizado. Era uma época diferente. Estava sendo difícil aceitar a nova realidade que tínhamos que enfrentar. O vírus mudou completamente as nossas vidas, modificando rotinas, trabalhos, paralisou países, separou pessoas, como no meu caso. Prejudicou desde o maior até o menor. Podíamos ver nos jornais o quanto a pandemia estava afetando o mundo, e isso dava um medo danado. Aquela cena de corpos empilhados na Espanha, que tinha visto no dia anterior no jornal, tinha me chocado sobremaneira. Ninguém estava imune naquele momento de crise. Estávamos cheios de incertezas e como consequência passamos a viver com ansiedade enquanto observamos o mundo mudar sem que pudéssemos fazer nada.

— Relaxa, amiga, vai dar tudo certo.

— Eu sei, mas é impossível não ser afetado por essa situação. Clara, a secretária do meu pai, pegou o Corona, acho que de um cliente que tinha acabado de chegar de fora do país antes de começar o isolamento. Coitada.

— Acho que demoramos a começar a tomar os cuidados necessários. Mas, como Clara está?

— Está bem, ela é saudável, e os sintomas são fracos. Bom, vamos ao que interessa, eu liguei para pedir sua ajuda com um caso. O nome do cliente é Vanderlei Sobral. Ele já te conhece, já ganhamos uma ação para ele, por isso ele quer que você faça essa. Está tudo no seu e-mail. Entra em contato com ele quando analisar tudo.

— Está bem. Vou fazer esse sacrifício por você.

— Agora me conta como está sendo com o cunhado gato?

— Ele não é meu cunhado. E não está sendo, mal nos vemos e nem nos falamos... — Calei-me na hora quando avistei o Hugo só de short fazendo flexões ao lado da piscina com as mãos apoiadas no chão. Seu corpo estava banhado de suor, sua pele brilhava com os raios de sol beijando a pele bronzeada. — Minha nossa!

— Ei, o que foi?

— Ele está se exercitando há alguns metros de mim, só de calção.

— Amiga, tira uma foto, preciso ver isso — pediu toda animada.

— Juliana, vai procurar o que fazer, veja se vou ficar mandando foto do Hugo para você. Não vou fazer isso, não. Tchau, preciso cuidar de duas crianças.

Desliguei o telefone sem deixar que ela dissesse mais nada. Era só o que me faltava, eu, tirando foto do Hugo. Marchei para casa completamente irritada e morta de vontade de ficar admirando o espetáculo diante dos meus olhos, mas não podia.

Que homem lindo!

Recebi aviso de mensagem. Provavelmente Juliana querendo me irritar ainda mais.

Juliana Castilho: Está com ciúmes. Há, há, há.

Não disse? Deveria ser Juliana 'Castigo' o nome dessa pessoa. Ignorei a mensagem e subi para tomar banho com a imagem daqueles braços flexionados com seus músculos destacados, das costas largas, daquela bunda bem feita.

Se aprume, Raquel.

Quando desci com os bebês para tomar café da manhã, Lizie já estava pronta para levá-los para o banho de sol, como sempre fazíamos.

— Você já tomou café? — indaguei.

— Ela não comeu nada, Raquel.

Um alerta soou dentro da minha cabeça com o tom de voz da Sarah. Ela já tinha conversado comigo sobre o fato da Lizie se achar gorda, pular refeições e fazer dietas absurdas.

— Então vai sentar e comer primeiro. Depois você pode ir com os meninos.

Ela olhou-me com cara de brava. Sentou-se emburrada e pegou um pedaço de mamão. Eu coloquei um pedaço de bolo com cobertura de chocolate no prato dela.

— Coma — ordenei. — Tenho certeza que está com fome. Como diria a minha irmã, cara feia para mim é fome, então trate de comer para melhorar essa cara.

Ela revirou os olhos.

— Que cara de brava é essa? — Hugo perguntou, dando um beijo no rosto da irmã. Sua voz fez algo gelar dentro de mim de forma estranha, em seguida tudo se esquentou quando encarei seu rosto. — Bom dia, Raquel, Sarah.

Era sempre um baque olhar para ele, e não era pelo fato de Hugo parecer com o pai dos meus filhos. O problema era ele ser bonito e atraente demais. Por si só.

— Bom dia! — respondemos juntas.

— Raquel está me obrigando a comer — Lizie disse fazendo cara de coitada e levando um pedaço de bolo à boca a contragosto.

— É mesmo? Por que está fazendo essa barbaridade com a minha irmãzinha, Raquel?

— Porque o café da manhã é uma refeição muito importante, ela está em fase de crescimento e notei que ontem à noite ela mal tocou na comida. Se quiser cuidar dos meninos, vai ter que se alimentar direito.

— É, gatinha, Raquel tem razão. E vocês dois? Não vão comer nada? — Ele pegou o Heitor nos braços, em seguida fez o mesmo com o Hadrián. Beijou o rosto de cada um e nem parecia que segurava dois bebês pesados. Os braços fortes que tinha deveriam ser por conta das flexões.

Bom, eu pude ver *com os meus próprios olhos* como seus músculos se destacam.

Senti o meu rosto queimar. Peguei o copo de suco e bebi quase todo o líquido para refrescar. De repente, estava tão quente. Ele colocou os meninos de volta nas respectivas cadeirinhas e se sentou ao lado deles.

— Quer um pedaço de bolo? — Hugo ofereceu a Hadrián, Lizie balançou o dedo indicador de frente ao rosto dele dizendo não.

— Não pode dar doce para eles, ainda não tem um ano.

— É mesmo? Tadinhos, não sabem ainda o quanto chocolate é bom? — provocou a irmã, entregando uma banana para cada um dos meninos enquanto eu fiquei imaginando o quanto aquela boca devia ser gostosa com sabor de chocolate. Enxerguei chocolate escorrendo por sua barriga, no caminho da perdição. Chocolate em seu peitoral definido...

Inspirei fundo e bebi mais suco. O calor havia aumentado consideravelmente.

— Posso ir, Raquel? — Lizie perguntou.

— Pode, depois de tomar o resto do seu suco. — Ela revirou os olhos e bebeu o líquido restante do copo. Antes, ela reclamou que suco de laranja com beterraba, maçã e cenoura não é suco, e, sim, remédio. Lizie pegou os bebês e colocou no carrinho, depois foi para o jardim.

— Impressionante — Hugo exclamou, eu o observei.

— O quê?

— Você. A forma como lida com a Lizie. Ela bebeu mesmo esse suco? Inacreditável.

— O suco é uma delícia.

— Há controvérsias — discordou sorrindo.

— Eu gosto muito da sua irmã. Me preocupo com ela.

— Eu sou grato por isso. Ela está feliz com vocês aqui. Só me preocupo em como vai ficar quando você for embora.

Levantou-se, assim que terminou de falar, e saiu, deixando-me com olhos marejados.

O que ele quis dizer com isso? Pensei.

Eu vou partir o coração dela quando levar os meninos de volta para Goiânia, foi o que ele quis dizer. Mas ela sabe que eu não ficarei para sempre. Já até conversamos, outro dia, quando ela me ouviu falar com a Juliana sobre a compra de uma casa. Ela viu as fotos e gostou muito, até terá um quarto para quando ela for nos visitar. Juliana ficou de acertar tudo para mim com relação à compra e à decoração. Nesse dia, eu disse para a Lizie que sempre terá um lugar especial em nosso coração e que iremos nos falar todos os dias. Não é como se eu estivesse fazendo de propósito. O meu coração também corre o sério risco de ficar partido.

Duplamente partido.

Capítulo 13

Raquel

No dia seguinte, depois de ignorar todas as mensagens de Juliana, que, por sinal, eram só provocações acerca do Hugo, liguei para ela.

— Oi, senhora milionária Raquel, a que devo a honra?

— Você é muito idiota, sabia? Claro que você sabe. Não recebi o e-mail que você falou, Juliana *Castigo*. — Ela ignorou o neologismo com o seu sobrenome.

— Sério? Ele disse que já havia se comunicado com você, daquela outra vez, nesse mesmo endereço.

— Ah, não. Ele mandou no antigo, naquele que não lembro a senha, pois perdi o celular, lembra? Geralmente, eu encaminhava para o que uso agora.

— Vou falar com ele e...

— Não, eu vou tentar lembrar a senha. Não se preocupe.

— Claro, você passou quase dois anos tentando, sua doida. Não vai lembrar assim de uma hora para outra.

— Na verdade, eu sei qual é. Algum tempo depois, eu consegui lembrar. Só não acessei desde então.

— Tudo bem. Qualquer coisa me fala que eu passo o novo e-mail para ele.

— É melhor, por favor. Beijo.

— Beijo.

Desliguei a chamada e voltei para a sala. Encontrei o Hugo e a Lizie brincando com os meninos no tapete da sala. Eram 3h horas da tarde, e era de se estranhar que o Hugo não estivesse trancado no escritório. Além do mais, a Lizie deveria estar em aula.

— Ei, mocinha, não tem aula hoje? — perguntei, cruzando os braços. Ela sorriu docemente, Hugo a encarou sério. Ele deveria saber que esse sorriso era a tentativa de tirar o foco.

— Lizie...

— Está tendo aula de educação física. Não vou ficar dançando na frente do computador. Posso fazer isso com você mais tarde, Raquel, como a gente sempre faz. Depois, eu só preciso gravar um vídeo e mandar para a professora.

— É mesmo? Você é bem cara de pau. Onde está a Ana?

— Ela foi atender ao telefone lá fora.

Deixei os quatro brincando e fui atrás de nossa babá. Estava achando-a muito estranha ultimamente. Encontrei-a de frente ao jardim, parecia estar chorando, pois enxugava o rosto.

— Eu sei, filha, mamãe não pode, tenho que ficar aqui trabalhando... Eu... — Assim que percebeu a minha aproximação, calou-se. — Preciso desligar, meu amor. Depois a mamãe conversa mais.

Sentei-me ao lado dela no banco de pedra.

— O que foi? Está com problemas? Posso te ajudar?

— Desculpe, dona Raquel. É minha filha, ela liga chorando, e eu fico assim, emotiva.

— Quantos anos ela tem?

— Cinco. Está em casa com o pai dela, mas não se conforma. Sente falta, né? Tenho um de três anos também.

Fiquei olhando para ela sem esconder a empatia. Como dever ser difícil deixar os próprios filhos para cuidar de crianças que nem eram suas. Era nítido que ela estava sofrendo. Sem contar em como deveria estar os filhos.

— Imagino. Não deveria deixar sua filha sozinha assim.

— É, eu sei, mas o que posso fazer? O salário é bom. Meu marido está desempregado, perdeu o emprego por conta da pandemia. Não tem como eu ir e voltar todo dia por causa do isolamento. Às vezes, a gente tem que fazer algum sacrifício.

— É verdade. Me fala um pouco sobre eles?

Ela me contou que a filha tinha problemas de saúde, bronquite asmática, e fazia parte do grupo de risco. Também falou do marido, que era um bom homem, mas foi demitido assim que o isolamento começou, uma vez que a cidade vivia do turismo.

— Sabe de uma coisa. Você vai ficar com sua família, eu vou continuar pagando o seu salário.

— Mas... o senhor Hugo não vai aceitar, você precisa de ajuda com os bebês.

— A gente dá conta, mas seus filhos precisam de cuidado. Não se preocupe com o Hugo, eu converso com ele.

Ela se jogou em meus braços, pegando-me de surpresa e chorando ainda mais do que antes.

— Obrigada. A senhora é um anjo. Deus a abençoe muito.

— Ele já tem me abençoado me dando a chance de abençoar outras pessoas. Quero que vá para casa ainda hoje. Vai receber o seu salário e, se precisar de qualquer coisa, me liga. Tudo bem?

Ela balançou a cabeça e saiu correndo, sorrindo e chorando para dentro de casa. Respirei fundo e olhei em direção à praia. Esperei alguns minutos, depois entrei.

— Hugo, posso falar com você um instante? — Ele me olhou para mim, meio surpreso. Talvez pelo fato de quase nunca nos falarmos diretamente.

— Pode ser aqui mesmo, sem problema.

Sentei-me no carpete cuidadosamente, apesar de estar vestindo um biquíni por baixo do vestido. Ele me olhou atentamente até que comecei a falar o que havia feito.

Quando acabei de contar, ele e Lizie encararam, surpresos.

— Vou pedir que arrume outra...

— Não precisa, eu sempre dei conta de fazer tudo. Acho que a gente consegue.

— Raquel, olha o tamanho desta casa. Tem muita coisa para ser feita — contestou.

— E vai continuar. A moça que cuida da limpeza pode vir em mais um dia da semana. O resto, vamos fazendo. Olha, essas pessoas têm família, e ficar aqui em isolamento, quando o coração está em casa, não é fácil. — E digo por experiência própria, pensei.

Hugo me observou, entendendo a mensagem subliminar em minhas palavras. Estava realmente sentido falta da minha irmã. Falava com ela todos os dias. No dia anterior, quando ela viu os meninos, chorou feito bebê. Eu também chorei de saudade, e olha que só faz quatro semanas que estamos na casa.

— Está tudo bem, Raquel. Faremos como você preferir.

— Obrigada!

Hadrián levantou sozinho e acabou caindo de bunda no chão, fazendo-nos rir. Peguei na mãozinha dele para ajudar a se equilibrar. Eles já estavam doidos para andar e começaram a dar passinhos até o brinquedo que era também um andador. Ele segurou no carrinho e começou a empurrar.

— Logo eles estarão andando. Aí, sim, vamos ver o que é desespero — Hugo afirmou sorrindo.

Fiquei paralisada, olhando seu rosto, admirada com a forma que ele se transformava e ficava ainda mais lindo quando sorria. Algo dentro de mim se agitou e não consegui desviar o olhar dele. Agradeci o momento em que a Lizie segurou a minha mão e saiu me arrastando para o lado de fora da casa. Na área externa, tinha um bar, cadeiras, sofá e televisão. Ela pegou o controle e ligou a TV.

— Vem, vamos dançar.

— Não, Lizie. Eu... Hoje, não. — Ela cruzou os braços e me analisou, séria.

— É por causa do Hugo? Tem vergonha dele?

— Não é nada disso. — Soltei o ar, rendida. — Ok, vamos lá.

Antes de o Hugo chegar, a gente dançava quase todos os dias. Lizie estava me ensinando a dançar funk. Eu nem gosto muito do estilo, mas dançar me fazia bem e para Lizie também, ela ficava feliz. Ela escolheu a música da Anitta e se posicionou ao meu lado.

— Não acredito que vou mesmo fazer isso. — Olhei para trás para me certificar que não tinha ninguém. Ainda bem que, de onde estávamos, o Hugo não podia nos ver.

Acompanhei os passos da Lizie, que sorria animada. No começo, eu estava meio tímida, mas logo fui contagiada pela batida e fui me soltando.

— Você é muito boa — elogiou. — Me ensina a fazer isso?

— É só fazer do jeito que ela está fazendo. Dobra o joelho assim, depois o outro, ergue e... Isso.

Continuamos dançando até que, sorrindo, virei-me para fazer um passo e dei de cara com o Hugo. Sua expressão de choque fez meu sorriso morrer nos lábios.

Capítulo 14

Hugo

Raquel não parava de me surpreender.

Quando a conheci, pensei que encontraria uma pessoa fútil, principalmente depois que ficou mais rica do que ela se dava conta. De fato, o dinheiro transformava as pessoas. No entanto, encontrei uma mulher amorosa, atenciosa, divertida, que se preocupava mais com os outros do que consigo mesma. E o que ela fez pela a babá, poucas mulheres na situação dela faria. Cuidar de dois bebês não era tarefa fácil.

Era nítido que a Lizie estava encantada pela Raquel. Não via a minha irmã feliz assim desde que meu pai era vivo. Minha irmã era a pessoa mais importante do mundo para mim. Já deixei de fazer muita coisa na minha vida por ela. Viagens, relacionamentos, lazer. Sei que sou um irmão superprotetor. Embora tenha tentado não colocá-la em uma redoma, eu sei que falhei.

Não sei bem o que aconteceu com a minha irmã para que ficasse sem falar. Um dia ela estava bem, no outro ela se isolou e não falou uma única palavra. Meu pai procurou os melhores especialistas, mas nada adiantou. Não era fisiológico e, ao que tudo indicava, foi um trauma psicológico. Ela se retraía cada vez mais com tudo que fazíamos para que voltasse a falar. E quando nosso pai morreu, tudo piorou. Hander morava em Nova York com a nossa mãe na época, estava passando férias no Brasil.

— Mamam, mamãiii. — O pequeno Heitor choramingou de forma manhosa.

Eu já sabia diferenciar os dois, os traços dos lábios, o tom dos olhos de Heitor era mais escuro do que do Hadrián, o tom dos cabelos um pouco diferente. Só um bom observador para distinguir. Além do mais, cada um tinha o seu jeitinho próprio de ser. Embora com tão pouca idade, os dois já tinham suas personalidades definidas. O problema maior em ser gêmeo era que as pessoas não sabiam disso. Pensavam que tinha que ser igual e sempre existiam comparações. Eu odiava as comparações.

— Vamos lá atrás de sua mamãe e sua tia. O que será que elas estão fazendo?

— Mam...

— Sim, pequeno, sua mãe.

Eu sempre gostei de criança, mas confesso que nunca imaginei me apegar tanto. Eles eram tão fofos, carinhosos e cativantes que não tinha como não se apaixonar. Essa característica devem ter herdado da mãe.

Quando me aproximei da porta, pude ouvir uma música tocando do lado de fora. Abri a porta, que estava fechada por conta do ar condicionado ligado, e ajudei o pequeno a sair empurrando o andador, em seguida o outro. Muito animados com a batida da música, os dois foram empurrando alegremente. Mal sabiam andar e queriam dançar enquanto empurravam o andador. Logo não precisariam mais dele. Eram muito espertos.

Quando chegamos à área, estaquei no lugar com a cena que vi. Raquel e Lizie estavam dançando ao som de uma música que presumi ser funk. Com toda certeza, isso foi ideia da minha irmã. Em casa, já a peguei dançando muitas vezes diante da TV. Achava ótimo, pois poucas coisas deixavam a minha irmã feliz, e dançar era uma delas. Já vi as duas dançarem pelas câmeras, mas nada se comparou ao que estava vendo pessoalmente. Raquel estava com um vestido curto, branco, mais parecido com uma saída de banho. Seu quadril remexia de uma forma que me deixou hipnotizado.

Caralho!

A mulher tinha um jeito de remexer o quadril que fez meu pau pulsar na hora. Ela empinou ainda mais a bunda para trás e quebrou o quadril como uma dançarina profissional. Meus olhos acompanharam vidrados, fascinados a cada movimento. Minha imaginação a viu sem roupa alguma, apenas com uma calcinha fio-dental, dançando assim só para mim.

Quando ela se virou para continuar o passo e me olhou com um sorriso sedutor nos lábios, eu tive uma vontade, quase que incontrolável, de ir até ela e arrastá-la até o quarto, tirar o seu vestido e empurrá-la de bruços na cama. O sorriso dela morreu, e ela parou de dançar na hora, atrapalhando-se um pouco. Seu rosto ganhou um tom vermelho, e imaginei como ficaria o tom de sua pele quando estivesse excitada ou gozando no meu pau.

Despertei do transe quando um dos meninos bateu com o andador em minha perna.

— Tem um pequeno aqui querendo a mamãe.

E um pau duro feito uma rocha que também a quer... Então lembrei que, provavelmente, ele estivesse bem visível, formando um volume significativo na minha bermuda de tecido fino.

Que vergonha, Hugo.

— Eu... preciso me trocar, vou levar a Ana à casa dela — inventei a primeira desculpa que me veio à cabeça.

Com a culpa estampada no rosto, eu dei meia volta e subi correndo para o quarto. Entrei no chuveiro de roupa e tudo. A imagem daquele traseiro rebolando me adormentava demais.

Isso não pode estar acontecendo. *Caralho, Hugo, você está parecendo um adolescente descontrolado.*

Retirei a roupa contrariado pela falta de controle. Nada do meu amigo se acalmar. O jeito era usar a mão.

Eu sou um homem controlado, tenho domínio sobre o meu corpo e mente. Nunca deixei o tesão falar mais alto, não vai ser agora.

Com um autocontrole que não sabia de onde havia tirado, desliguei o chuveiro e me enxuguei, tentando tirar a imagem dela da cabeça. Vesti a roupa, pensando que não era nada confortável ficar duro assim de tesão.

Não podia negar que ela mexia comigo. Sou um homem que gosta demais de admirar o corpo feminino, e ficar esse tempo todo preso em um lugar com uma mulher linda igual a ela, era tortura demais. Tenho evitado interagir com Raquel e percebi que ela está fazendo o mesmo comigo. É melhor assim.

Quando cheguei ao lado de fora, as duas estavam na *jacuzzi* com os meninos. Ana estava esperando pronta para partir.

— Por que você não acompanha o Hugo para ele não voltar sozinho, Raquel? Sarah e eu ficamos com os meninos — Lizie sugeriu, eu quase gritei um não bem sonoro e desesperado. Imagina essa mulher sozinha comigo no meio da estrada? Não ia dar certo.

— Não precisa. Eu... não precisa mesmo. Vamos, Ana?

— Obrigada, seu Hugo, não queria incomodar.

Peguei a mala dela e segui para o carro enquanto ela se despedia mais uma vez das mulheres e dos bebês.

Estava certo de que não foi boa ideia ter vindo para cá. Muito menos ter tirado o dia para brincar com os meninos. Mas também, Raquel tinha que ser tão gostosa?

Só então percebi a sorte que meu irmão teve, mesmo que por tão pouco tempo. Eu queria ao menos uma noite com ela. Mas seria o suficiente? Raquel não era o tipo de mulher que passava despercebida. Linda, sexy, inteligente, eu provavelmente teria me interessado por ela em outro contexto, teria investido alto para tê-la em meus braços, na minha cama. Eu, provavelmente, estava mais interessado do que deveria. No entanto, não costumava pegar os restos do meu irmão. Jamais deixaria aquilo acontecer novamente.

Quando eu tinha dezenove anos, apaixonei-me por uma garota. O problema era que o Hander também tinha se interessado por ela. Mas claro que, como sempre, foi para infernizar a minha vida. Ela escolheu ficar com ele, foi só dizer que se apaixonou, que preferia o irmão mais descolado, que o interesse dele acabou. Meu irmão não quis mais nada com ela. Então Milena quis voltar comigo. Disse que me amava e tinha se arrependido. Dei uma chance para ela. Hander não perdeu a oportunidade de me jogar na cara que eu, mais uma vez, estava sendo apenas o suplente dele. Não deixou de lembrar como a nossa mãe o escolheu e afirmou que, se estalasse os dedos, Milena voltaria para ele.

Não apenas por Milena, nem por minha mãe, muito menos pela Jéssica. Nunca mais serei o substituto de ninguém.

Capítulo 15

Raquel

Mais uma vez, acordei muito cedo. Acabei acostumando-me a fazer exercícios, e o corpo pedia sempre. Infelizmente, hoje não tinha mais a Ana para ficar com os meninos, então peguei a babá eletrônica e achei melhor ficar na academia mesmo. Estava correndo na esteira quando o Hugo entrou, sem camisa, vestindo apenas um short largo azul que cobria as coxas bem torneadas. Meu coração errou a batida e eu, os passos, quase perdendo o equilíbrio.

Que merda foi essa?

Ontem, quando eu e a Lizie estávamos dançando, eu quase morri de vergonha ao deparar-me com seu olhar chocado. Havia choque, mas também desejo, admiração e cobiça. Ele praticamente saiu correndo. Lizie disse que ele não ficou surpreso por ela estar dançando, uma vez que já era costume encontrá-la ensaiando em casa da mesma forma que estávamos fazendo. Depois que ele foi levar a Ana, chegou e se trancou no escritório. Não o vi mais.

— Bom dia! — saudou-me com um sorriso.

— Bom dia! — respondi, reduzindo a velocidade da esteira, pois as minhas pernas tremiam.

— Enjoou de correr na praia?

— Não, odeio academia, correr sem sair do lugar não é para mim, mas hoje não tem a babá para ficar de olho nos meninos. — Desliguei e desci da esteira.

— Eu te entendo, também prefiro me exercitar ao ar livre. Se quiser, pode deixar os dois comigo sem problemas.

— Na verdade, aqui não é tão ruim assim, com uma vista como essa. Não parece tanto que estou presa, sabe?

— Sei sim. É como me sinto. Aqui a gente corre olhando o mar, o céu. É lindo.

— Sim, muito lindo — sussurrei, referindo-me a ele, não à paisagem.

A academia ficava em uma espécie de aquário de vidro e tinha realmente uma visão privilegiada. Como dizia a Juliana, ficar isolada assim não é nada mal. Eu concordava com ela, ruim mesmo era ficar olhando o Hugo levantar os pesos enquanto seus músculos tencionavam ao som de *In the end do,* Link Park, e não poder me aproximar e tocar para ver se é de verdade. Melhor era voltar para dentro de casa antes que a baba escorresse pelo canto da minha boca.

— Já vai? — perguntou quando fui em direção à porta. — Precisa fazer um pouco de alongamento primeiro, ou vai sentir dores no corpo. Se quiser, posso te ajudar com isso.

Estranhei a sua amabilidade repentina, pois já me acostumei à indiferença. Talvez eu preferisse que continuasse como estava, porque as palavras 'sentir, corpo e ajudar' tiveram outros significados em minha imaginação fértil.

— Não, obrigada, eu preciso mesmo ir.

Saí quase correndo, embora tenha sido bem difícil tirar os olhos daquele peito musculoso, daquela barriga com gominhos divididos, que, naquele exato momento, eu gostaria de poder passar a língua por cada um deles até...

Tome jeito, Raquel.

Depois que tomei banho, fiquei no quarto até os meninos acordarem. Aproveitei para acessar o e-mail e verificar o documento que a Juliana havia falado. Engraçado que, quando perdi o celular, demorei muito tempo para lembrar a senha. Na verdade, encontrei anotada em um papel algum tempo depois. Mas já havia comprado outro aparelho e me conformado que havia perdido tudo que tinha nele. Quando acessei, não consegui recuperar quase nada, muita coisa havia, estranhamente, desaparecido.

Comecei a trabalhar no documento e deixei para olhar o resto da caixa de mensagens em outra hora. Depois que os meninos acordaram, eu desci com eles para o café da manhã, Hugo já estava no escritório. O dia passou voando. Ajudei Lizie nas tarefas da escola, terminei de montar o processo. Depois, fomos assistir a filmes. Para todos os garotos que já amei, escolha da Lizie sob jura de assistirmos Dirty Dance depois. Claro que ela fez gracinha por conta do meu gosto por filmes antigos. Eu não liguei, tinha a missão de ensinar coisas boas para aquela garota.

No final da tarde, estava sentada na área externa, observando Lizie brincar de jogar bola com os meninos. Tinha uma pequena quadra com uma cesta de basquete, ela quicava a bola no chão e jogava na cesta, fazendo os meninos rirem. A danada raramente errava uma jogada.

— Oi, Raquel.

Hugo passou por mim, deixando o seu cheiro gostoso, e foi até onde os três estavam.

Olá, bunda linda. Reprimi o desejo de dizer.

Soltei um longo suspiro ao ver seu traseiro redondo, musculoso e empinado.

Oh vontade de apertar.

Ele pegou a bola e jogou na cesta, acertando. Deu um soco no ar que fez a Lizie revirar os olhos. Logo os dois estavam em uma disputa para ver quem acertava mais. Suspirando mais uma vez, peguei o celular e passei uma mensagem para Juliana.

Eu: Quero muito dar para o Hugo. Você não tem noção. Estou desesperada.

Olhei para ele mais uma vez, como se soubesse que eu o estava cobiçando, seu olhar segurou o meu e fez meu coração disparar. As minhas reações com o simples fato de ele olhar em minha direção estavam me deixando preocupada. Quase imediatamente, ela respondeu.

Juliana: Caralho... Só agora percebeu isso?
Eu: Como assim?
Juliana: Eu já tinha percebido que você está apaixonada pelo Hugo. Só estava me perguntando quando você admitiria.

Fiquei olhando para a mensagem de boca aberta. Apaixonada?

Eu: De onde você tirou isso? Estou falando de sexo, não de romance, muito menos de sentimento. Devo te lembrar que estou presa em uma casa com esse homem lindo? E estou há quase dois anos sem transar?
Juliana: Mas quando você for transar novamente, não vai ser "transar" amiga, vai fazer amor. Vai por mim. Vocês dois vão pegar fogo, fogo da paixão.

Até pude visualizar a sua expressão romântica e apaixonada, até ouvi seu suspiro.

Eu: Você é ridícula. Só quero dar pra ele. Só. Trepar, transar, foder... Tem de parar com essas suas ilusões românticas, Ju.
Juliana: Então faça. Nos dias que estamos vivendo, não se pode passar vontade. Você sabe que é linda, sexy, gostosona e não precisa de muito esforço para conseguir enlouquecer o CEO gostosão.

Ergui os olhos e observei o motivo do meu desassossego. Sorrindo, Hugo jogou a bola para o Heitor, ela quicou e parou um pouco longe do bebê, então ele se levantou e foi andando até onde a bola estava. Abri a boca chocada com os primeiros passos do meu filho. Hugo olhou para mim com o sorriso enorme. Heitor caiu de bunda no chão, Hugo o ajudou a levantar novamente. Era uma cena que precisava ser eternizada.

Comecei a gravar o momento com um sorriso enorme e olhos marejados.

Eu sou tão boba. Emotiva demais.

Hugo o soltou, mas continuou amparando, com os braços afastados, de forma protetora enquanto o bebê andava, ainda meio cambaleando, até a bola novamente. Envie para a Juliana antes de me levantar para ir me juntar a eles. Eu estava toda emocionada. Hadrián estava rolando no chão alheio aos primeiros passos do irmão. E eu que achava que ele seria o primeiro a andar por ser sempre tão pra frente.

— Que gracinha, vem, vem na mamãe.

— Acho melhor você se levantar, rapazinho — Hugo cochichou para o Hadrián enquanto o ajudava a andar segurando em sua mãozinha pequena.

Meu celular tocou e vi o número da Juliana na tela.

— Não acredito que ele está andando! E nem que perdi esse momento.

— Nem eu, Ju, olha que fofura.

Mudei a o foco da câmera e mostrei os passinhos dele, que caiu novamente de bunda no chão.

— Não fica triste, amiga, logo você vai estar com eles novamente e vai correr atrás dos dois para mim.

— Estou morrendo de saudade. — Seus olhos tornaram-se lacrimosos.

— Deveria ter vindo ficar com a gente. Por falar nisso, a sua mãe está melhor?

— Está, sim, mas ainda tem crises. E isso me deixa muito preocupada em deixá-la sozinha.

Devido a quarentena e aos problemas do mundo atual, a mãe dela está tendo crises de pânico e ansiedades severíssimas. Outro dia, nem saiu da cama com medo do que poderia acontecer. Confesso que, ao assistir aos noticiários, também sou acometida por uma sensação de que estamos no fim da linha e que temos pouco tempo, então junta com a saudade que tenho da minha irmã... Esse pensamento me fez lembrar que deveria falar com a Renata ou ela não me perdoaria por não ter contado dos primeiros passos do sobrinho.

— Amiga, preciso ligar para a Renata, depois nos falamos.

— Um beijo, e Raquel?

— Sim?

— Faz o que te falei, aproveita e não pensa em nada...

Desliguei antes que ela dissesse mais alguma coisa que pudesse me comprometer.

A lua estava refletindo seu brilho na água do mar que, por sua vez, estava calmo. Era um caminho prateado que me fascinava. Resolvi andar pela praia um pouco, já que tinha o privilégio que poucos possuíam de ter uma praia particular, precisava valorizar e aproveitar. Já passava das 8h da noite, e os meninos estavam dormindo com Lizie e Sarah. Hugo ainda continuava trancado no escritório, como sempre.

Fechei os olhos, sentindo a brisa suave da noite, porém um pouco fria, tocar o meu rosto. Em momentos como aquele, não tinha como não me perder em lembranças. Passei algumas noites agradáveis, andando na praia com o pai dos meus filhos. Não podia negar que estava muito confusa com meus sentimentos naquele momento, pois quando olhava para o Hugo, via um homem muito parecido com ele, mas ao mesmo tempo muito diferente em sua essência. O pior era que eu gostava do que via.

Saber que Hander não me procurou porque estava doente dava um toque diferente a tudo que imaginei dele. E se passou pela cabeça dele que eu não deveria me envolver com alguém que tinha pouco tempo de vida? Naquele instante, me perguntava: o que eu teria feito se tivesse o encontrado na situação em que estava? Olhei para a casa à distância, vi poucas luzes acessas, então voltei a passos lentos. Sentei-me na borda da piscina, onde ainda poderia ver o mar.

Meus pensamentos foram para Lizie. Naquele dia, durante a tarde, quando estávamos assistindo ao filme, ela me perguntou se eu já tinha me apaixonado. Eu disse que sim, na minha adolescência. Então ela quis saber como era. Uma conversa bem estranha para se ter com uma menina de quase treze anos. Ela me confessou que tinha medo de ninguém gostar dela por sua condição. Disse que tem um menino na escola, mas que tem medo de ele estar com pena dela. Eu a lembrei o quanto ela era linda, inteligente e não era por ter um problema que isso a diminuía. O rapaz devia, sim, gostar dela pelo que ela é. Mas claro que dei uma de mãe e disse que era muito nova para pensar em amor, namoro e essas coisas.

Nossa conversa foi além. Acabamos falando sobre os nossos problemas com nossas mães e contei tudo que aconteceu comigo. Lizie tem uma carência enorme de afeto de mãe. Inclusive, pude perceber muita mágoa e raiva quando falava dela.

— Você adora ficar aqui fora, não está com frio? — A voz do Hugo despertou todos os meus sentidos e me trouxe de volta das lembranças.

Ergui a cabeça e o observei colocar uma garrafa e duas taças ao meu lado, em seguida sentar-se.

— Eu gosto de olhar a lua. Não está linda?

Deixei de olhar seu rosto para olhar a lua. Com um pouco de dificuldade, admito.

— Sim, é realmente linda em todas as fazes, mas nesta é espetacular. Toma um vinho comigo? Já percebi que prefere cerveja, mas como está um pouco frio hoje...

— Vinho está ótimo, obrigada.

Ficamos em silêncio por alguns minutos enquanto ele servia as nossas taças. Não consegui deixar de estranhar sua gentileza, muito menos o fato de ele saber a minha preferência por cerveja.

— Nunca pensei que fosse um admirador da lua.

— E por que isso te deixa surpresa? Noites de lua como esta é uma das coisas mais belas que já vi, e que gosto de observar.

— O belo sempre me assusta e me fascina.

— Ótima definição. Então deve ser por isso que tive a impressão de que estava triste e preocupada? Está assustada?

Deixei de olhar a lua para olhar seu rosto, surpresa pelo fato de ele estar percebendo mais uma coisa sobre mim. Ele tem me observado?

— Você não se preocupa com toda essa confusão no mundo? Não se aflige com o que pode acontecer?

— Sim, como todo mundo. Mas tenho certeza de que tudo vai passar, o mundo pode não voltar a ser como antes, teremos um novo normal a partir desse momento. Ainda assim, vai passar. Embora não seja isso que está te preocupando de fato, não é?

Tomei um pouco do vinho delicioso que pareceu entrar no meu sangue, causando algo engraçado, como se tivesse pinicando e aquecendo as minhas veias.

—Tem razão, não era apenas isso — afirmei enquanto passava o dedo na borda da taça, olhando o líquido escarlate. — Estava pensando na Lizie.

— O que tem ela?

— É incrível como temos muita coisa em comum, descobri como somos muito parecidas. Eu me preocupo com ela, uma garota tão nova e... Fico pensando, será que ela não quer voltar a falar? O que para mim foi bem estranho, pois nunca olhei alguém com deficiência dessa maneira. Mas com Lizie... é diferente.

— Diferente como?

— Não sei bem explicar, eu me peguei querendo saber se não existe alguma cirurgia para reparar, ou... eu não sei. Eu só queria que ela fosse feliz.

Senti seus olhos sobre mim avaliativos. Até que ele me serviu mais vinho antes de falar.

— Lizie não nasceu assim, o aparelho fonador dela é perfeito. A forma mais fácil de explicar a situação dela é dizendo que ela não fala porque não quer.

Suas palavras me causaram choque. Talvez, no fundo, eu soubesse que ela não tinha de fato deficiência e era condicional.

— Como não? Hoje mesmo ela disse que gostaria de ser normal... Estava com medo de nenhum garoto se interessar por ela com sua condição, isso para uma garota é...

— Raquel, eu sei que você está pensando que é algo mais profundo e, realmente, é. Embora tenha esse desejo, algo faz com que ela trave e não fale. Não sabemos de fato o porquê. Mas é muito mais complexo, pois é da cabeça dela.

— Então, ela simplesmente parou de falar?

— Exatamente, um belo dia ela não falou mais. Fizemos tudo que podíamos, até a levamos para fora do país, procuramos os melhores médicos. Nada. Ela continua fazendo terapia, isso a ajuda muito no quesito aceitação. Ao menos, pensei que ajudasse.

Ficamos mais uma vez em silêncio. Meus olhos se encheram de lágrimas e inspirei fundo, tentando não chorar. Talvez o vinho estivesse mexendo com as minhas emoções.

— Tenho medo de como Lizie vai ficar quando eu for embora.

— Eu também tenho, ela se apegou demais a você e aos meninos. Mas ela vai ficar bem. Ela vai entender que você tem uma vida lá em Goiânia e que não a abandonou. Isso vai ser importante para ela, mesmo que distante, manter os laços que as une agora. Engraçado que nunca vi a minha irmã assim com ninguém, nem mesmo comigo.

— Você é um irmão maravilhoso, Hugo. É mais do que isso para ela, é um pai.

Ele me encarou com seus olhos verdes brilhantes, que sob a luz do luar ganhou um tom mais escuro. Senti uma espécie de corrente invisível nos envolvendo, puxando um para o outro, e tive que fazer uma força tremenda para segurar a corda invisível que estava me arrastando até ele. Consertei-me, tirando os pés da água. Peguei a toalha que estava ao meu lado e enxuguei os meus pés. Em seguida, abracei as minhas pernas.

— Você disse que tem muita coisa em comum com a Lizie, estou aqui imaginando o que seria.

Abri um sorriso e senti um quentinho no coração, aquela coisa boba por ele estar interessando em querer me conhecer mais um pouco. Estava parecendo uma adolescente por, finalmente, receber atenção do garoto mais lindo da escola. Ele não era um garoto, mas era lindo de morrer.

— Sentimos falta do apoio materno. Quando eu era criança, o meu pai foi embora e nunca mais deu notícia. Eu me senti abandonada. Minha mãe teve que cuidar sozinha de mim e da minha irmã. Eu me apoiei na Renata em tudo. A minha mãe trabalhava muito e não era das mais carinhosas com a gente...

Falei sobre a minha relação complicada com a minha mãe, acabei contando todas as coisas que passei por conta da falta de afeto dela.

— Para agradá-la, eu comecei a namorar um rapaz da igreja dela. Ele era gente boa. Alegre, um homem de Deus, do jeito que ela queria para mim. Mas, como diz a minha mãe, eu sou a Jezabel, a mulher que tira os homens do caminho do Senhor. Eu tinha um pouco mais de dezoito anos, e acabamos fazendo o que todo casal faz. Dois anos de relacionamento, e era bem natural a gente transar. Mas não para a minha mãe.

— Deve ter sido bem difícil para você.

— Quando ela descobriu, queria me fazer casar por tudo. Levi também insistiu para que a gente se casasse, mas eu tinha dezoito anos e muitos sonhos na vida. E não o amava suficiente para me prender a um casamento. Além do mais, eu ficaria o resto da vida pensando que fiz o que a minha mãe queria e não o que me deixaria feliz. Eu sonhava em ter um amor de me tirar o fôlego, queria sentir o que os livros que eu lia dizia. Borboletas no estômago, sensação de tontura e... tudo mais. Eu gostava do Levi, mas não sentia nada disso, nem ansiava pelo momento de vê-lo, e seu beijo não me tirava o chão. Então terminei o namoro. Ela ficou quase um ano sem falar comigo.

— Imagino como reagiu quando você ficou grávida.

Esse assunto não era coisa que gostava de lembrar, embora evitasse falar, acabei contando para ele tudo que a minha mãe fez, toda humilhação de ter as minhas coisas jogadas na rua e a pior parte: ela gritando para todos que não tinha mais filha, que preferia uma filha morta a uma vagabunda como eu.

— Devo admitir, Raquel, que a cada dia você me surpreende mais. É uma mulher linda, fantástica. Passou por tudo isso e... Sou muito grato por não ter interrompido a gravidez. Você e os meninos trouxeram cor para nossas vidas. Espero que um dia consiga sentir tudo o que sonhou, tal como os livros que lia diziam.

Ergui a cabeça e encontrei seus olhos sobre mim. E lá estava mais uma vez a corrente me puxando para ele enquanto tudo dentro de mim fervia, se remexia. Ele iria beijar-me? Eu sabia que precisava me afastar, mas era incapaz de fazê-lo. Sua mão se aproximou do meu rosto e, quando percebeu que estava perto demais, ele se afastou como se tivesse recebido um choque elétrico, sem tirar os olhos intensos de mim. Parecia embaraçado, confuso.

Engoli em seco, com o coração aos saltos e sangue correndo ainda mais quente por cada canto do meu corpo.

— Acho melhor eu entrar — afirmei. Embora quisesse o contrário.

Peça para eu ficar.

— Sim, eu também acho melhor você ir.

Concordei com um aceno de cabeça, pois nós dois sabíamos o que aconteceria se eu continuasse ali, se ele continuasse olhando-me daquela forma, devorando-me, implorando que eu me inclinasse e tomasse seus lábios nos meus. Antes que fizesse algo que me arrependesse, levantei-me com um gosto amargo na boca. Decepção. Estava tonta por conta do vinho e, mais ainda, por sua presença. As cargas emocionais, hormonais e o efeito do álcool fizeram com que as minhas pernas falhassem, me desequilibrei e caí em seu colo.

Seus braços rodearam as minhas costas, uma das mãos subiu por meus cabelos, e eu prendi a respiração já ansiosa, querendo sentir os seus lábios nos meus.

Capítulo 16

Hugo

Fazendo uma força descomunal, eu a afastei de mim para que se levantasse. Percebi que Raquel estava esperando que a beijasse, e, porra, eu queria muito. Mas algo em seu olhar, na sua história, me impedia de fazer o que estava querendo. Ela estava sob o efeito do vinho, e eu sob o efeito do seu charme e sensualidade. Fiquei olhando para ela até entrar em casa e acabei pulando na piscina por pura frustração.

Não tinha ido até ela com a intenção de flertar. Eu só queria ser gentil, pois o que ela tem feito pela minha irmã é digno de gratidão. Então queria conhecer um pouco mais da mulher fascinante que sabia que ela era. Vi quando ela voltou da caminhada na praia e sentou-se na borda da piscina. De longe, olhei seu rosto incrivelmente lindo, de traços suaves e doce, ao mesmo tempo muito sensual. Tinha uma expressão de quase júbilo ao receber a brisa da noite sobre seu rosto. Os lábios de Raquel, carnudos e vermelhos pela mania de ela de morder e sugar, eram pura tentação. Ainda assim, me sentei e ofereci o vinho.

Meu sangue corria apressado nas veias mesmo sem querer e eu sabia que deveria sair dali, deixar Raquel em paz. Mas era impossível, e meu olhar a percorreu devagar, em cada pedacinho do seu corpo e rosto, por vezes demorando na boca que queria tanto provar.

Percebi que não tinha sido uma boa ideia ficar tão perto, assim que a vontade de beijar foi aumentando a cada instante. A proximidade do seu corpo, ter os seus lábios tão perto estavam me deixando louco. E constatar que ela sentia o mesmo me matava ainda mais. Embora eu enxergasse em seus olhos o desejo por mim, tinha a dúvida se em algum momento ela estava lembrando-se do meu irmão. Se não era ele que ela queria de fato. Se não era ele que ela via em mim. Por isso agi como um babaca, ignorei tudo que estávamos sentindo e pedi que ela entrasse logo.

Depois de nadar por um longo tempo, eu subi e parei na porta do quarto dela, muito tentado a me desculpar, a ter uma conversa franca com ela e expor meus pensamentos. Concluí que esse não seria o momento certo. Eu acabaria beijando aqueles lábios tentadores.

No dia seguinte, na hora do café da manhã, Raquel estava tão bonita que não resisti em ficar olhando para ela. Sem nenhuma maquiagem ou artifícios, ela era perfeita. Depois do encontro na piscina, eu evitava qualquer contato além do estritamente necessário. Sabia bem a atração que ela havia despertado em mim e via nos olhos dela que, com um simples gesto meu, ela cederia. Eu podia ver, enfim, quem ela realmente era. Uma mãe amorosa, menina travessa, a mulher sensual, um ser humano gentil e muito doce. Doce demais, e eu queria muito provar.

Manter distância era a melhor coisa a fazer e tinha dado certo até então.

Ela também fizera o mesmo. Até agora.

Seus olhos estavam presos em mim, e eu não conseguia parar de olhar para ela. Para a forma que levava a colher de iogurte até a boca e seus lábios se fechavam sobre ela, em seguida tirava lentamente de dentro da boca. Eu estava hipnotizado, excitado. Mesmo tento ciência de que tinha dois bebês, uma adolescente e uma senhora, que era como uma mãe, bem do nosso lado. Eu queria provar aquele sabor nos seus lábios.

— Raquel, seu telefone está tocando — Sarah anunciou, despertando-nos da bolha invisível e desconectando nosso olhar.

— É a Juliana, eu vou atender. Fica com os meninos, por favor?

— Claro, Raquel, nem precisa pedir — Sarah disse.

Com um sorriso estranho nos lábios, Lizie beijou o meu rosto, dizendo que iria para a aula.

— Não posso te ajudar com os dois, Sarah, tenho uma reunião agora.

— Que é isso, Hugo? Eles nem dão trabalho, são uns anjinhos. A gente vai se divertir aqui.

A minha intenção era me trancar no escritório o resto do dia. Uma atitude covarde, eu sabia. Mas eu não conseguia mais me controlar em torno dela. A solução era manter distância. O problema era que não tirava Raquel da cabeça nem um instante.

— E então, chefe? Como está tudo por aí? — Yvete, minha assistente, perguntou cheia de sarcasmo.

Ela estava fazendo isso diariamente. Atormentava-me com perguntas sobre Raquel e os meninos. Eu tentava levar na esportiva, pois se ela percebesse que isso me afetava, iria piorar.

— Engraçado como a minha rotina começou a preocupar você, não é, Yvete?

— Só estou querendo saber até quando vai ficar em uma casa com a cunhada gostosa e não vai fazer nada. Logo você, Hugo.

— Eu não tenho cunhada. E se está falando da Raquel, eu não estou sozinho com ela aqui. E, pela vigésima vez, eu não estou atraído por ela. — Yvete gargalhou.

— É verdade, acho que já passou disso. Está apaixonado, Hugo?

Observei o sorrisinho sarcástico em seus lábios.

— Yvete, cala a boca. Acho que já podemos adicionar os acionistas para a reunião. Ou quer falar alguma coisa antes?

— Eu quero falar sobre a...

— Eu disse sobre a fusão e não da confusão que você quer que eu me meta. E vou te lembrar uma coisa, sou seu chefe e posso te demitir se não voltar para o modo profissional. Quando eu quiser seus conselhos, eu te procuro.

— Você é tão chato, Hugo. Vou adicionar todo mundo.

Depois de várias reuniões, eu estava parado na janela, olhando para o lado de fora, admirando o azul do mar quando vi um carro se aproximar. O automóvel chegou mais perto, e constatei que era a Jéssica. Saí correndo antes que ela entrasse.

— Onde está a Lizie? — perguntei para a Sarah, que estava sentada na sala com um livro na mão, e se assustou com o meu jeito afobado.

— Está no quarto com os meninos e a Raquel. Estão dando banho neles.

— Sarah, sobe, por favor, e não a deixe descer.

Quando cheguei à garagem, Jéssica já estava fora do carro.

— Hugo, querido, como vai?

Encarei a mulher de cabelos dourados que, como sempre, estava vestida de forma elegante e muito maquiada. Talvez para tentar esconder a verdadeira idade que tinha.

— O que está fazendo aqui, Jéssica?

— Vim ver minha filha. Não posso?

— Não, não pode. Você sabe como a Lizie fica quando você chega assim, sem avisar — falei de forma brusca.

— Ela é minha filha, tenho direitos...

Segurei seu braço, impedindo-a de seguir em frente, sem pensar que estava fazendo algo imprudente, pois não sabia se havia risco de contaminação ou não.

— Não, você não tem, desaparece por meses e agora chega pensando que tem algum direito? Fora que estamos em meio a uma pandemia, e você, pelo que eu saiba, estava na Europa.

Afastei alguns passos, mas se ela tentasse seguir adiante, eu a impediria.

— Estava, sim, mas garanto que estou segura.

Deu alguns passos, e segurei novamente em seu braço.

— Não importa, Jéssica. Você não é bem-vinda aqui.

Ela me encarou de forma sedutora como sempre faz. O jeito de ela agir me enoja, chega a embrulhar o meu estômago. E minhas suspeitas de que existia algo entre ela e o meu irmão aumentaram consideravelmente.

— Eu senti sua falta, Hugo.

— Eu imagino que sim — disse, irônico. — Vá embora, Jéssica. A Lizie está feliz, como nunca vi na vida. Se você entrar nesta casa, vai colocar tudo por água abaixo. Se tem um pingo de amor e consideração, coisa que duvido muito que tenha, deixe-a em paz.

Ela tentou puxar o braço, mas continuei segurando firme, porém, tomando cuidado para não machucá-la, embora essa fosse a minha vontade.

— Eu já a deixei em paz por muito tempo. Está na hora de criar laços com ela, de mostrar que ela tem uma mãe. Vou levá-la comigo quando voltar para a Espanha. Quero a minha filha de volta, Hugo.

— Nem por cima do meu cadáver. Agora, vá embora daqui antes que eu te amarre e te arraste para longe. — Abri a porta do carro, e ela me encarou com desafio. — Vou chamar os seguranças e a polícia se for preciso.

— Como se isso fosse separar uma mãe de uma filha.

— Mãe? Você? Não se esqueça de com quem está falando, sem contar que você pode estar propagando um vírus perigoso de forma irresponsável. E quanto a separar mãe e filha, foi você quem fez isso, Jessica, a vida toda.

— Nossa, Hugo, você já foi mais gentil e educado.

— Isso foi antes de conhecer seu verdadeiro caráter. Já está prolongando demais essa conversa.

— Eu vou, mas eu volto com um mandado da justiça. Vou alegar que você está mantendo a minha filha em cárcere privado.

— Faça isso, Jéssica, e vai ficar sem nenhum tostão. E se tem uma coisa que eu sei, é que gosta mais de dinheiro do que da própria filha.

Ela entrou no carro e saiu cantando pneu. Passei a mão pelo cabelo de forma desesperada. Vi o carro desaparecer e suspirei aliviado. Entrei pela cozinha e bebi um pouco de água. Quando voltei para a sala, Lizie e Sarah estavam descendo com os bebês. Achei estranho Raquel não estar com elas, mas não disse nada. Sarah me observou de forma curiosa, porém continuou saindo sem dizer nenhuma palavra. Peguei o celular e liguei para a empresa que é responsável pela segurança da propriedade.

— Senhor Diniz? Não deixei mais ninguém entrar sem autorização prévia, ok? Principalmente essa mulher que acabou de sair.

— Está certo, senhor, eu só a deixei entrar porque ela disse que era a mãe da menina e estava sendo aguardada. Desculpa, não vai mais acontecer, senhor.

Desliguei o telefone e encontrei o olhar da Raquel. Engoli em seco. Seus cabelos negros estavam soltos. Os fios se espalhavam pelos ombros, pareciam macios, e o brilho escuro chamava atenção por suas costas. Queria tocá-los para ver se estavam tão macios e sedosos quanto pareciam. Ela possuía uma beleza nata, o tipo de mulher que não precisa usar maquiagem para ser bonita. Usava um short jeans um pouco largo, mas que se ajustava às formas. Uma camiseta regata branca caía macia em seu corpo. Tinha sandálias de dedo nos pés. Como uma mulher tão à vontade poderia parecer tão sensual? Tão sexy e irresistível.

Seus olhos brilharam, sua face corou diante do meu olhar intenso e sua respiração tornou-se errante. Sempre parecia abalada quando me via e não sabia disfarçar. Assim como eu.

Era inevitável.

Incontrolável.

— Está tudo bem? Ouvi você ao telefone.

— Está, sim, não se preocupe. A mãe da Lizie esteve aqui — confessei, porém não dei detalhes, embora alguma coisa nos olhos da Raquel me dizia que ela sabia mais do que eu imaginava. — Eu vou voltar para o trabalho.

Virei em direção ao escritório, mas parei ao sentir sua mão em meu braço. Porra, o que era meu nome saindo dos seus lábios? E o calor que seu toque me causou?

— Hugo, espera... A gente está fazendo piquenique lá no jardim, não quer vir? Sarah fez sanduíche de carne louca e bolo de chocolate. Você fica tanto tempo dentro desse escritório. Vem lanchar com a gente, depois você volta.

Sua mão parecia chama ardente sobre a minha pele, calor que se espelhou por todo meu corpo. Seu olhar suplicante parecia querer pedir outra coisa ao invés da minha simples presença no piquenique. Senti novamente a corrente invisível me empurrando para ela. Algo que nunca senti antes com ninguém. Meus olhos caíram para seus lábios e só não fiz o que estava implorando implicitamente porque seria loucura. Ela então retirou o celular da minha mão, em seguida me empurrou na direção da cozinha. Eu me deixei ser levado pela avalanche de sentimentos e por seu jeito doce.

— Preciso de ajuda para levar algumas coisas.

Entramos na cozinha, e ela me entregou uma cesta cheia de coisas. Em seguida, foi até a geladeira e pegou uma garrafa de suco e alguns potinhos de gelatina.

— Você pretendia levar tudo isso sozinha?

— Claro que não, eu ia pedir a sua ajuda — confessou, piscando um olho. Linda demais. — E você não negaria isso, não é?

Não, eu não negaria nada para você. Nunca.

Ela seguiu na frente, dando-me uma bela visão que até me fez suspirar.

Acho que não vou conseguir resistir a essa mulher.

Capítulo 17

Raquel

Deitada na cama, no quarto escuro, eu me recordei com um aperto no coração, os acontecimentos do dia. Primeiro teve o café da manhã, Hugo me olhando de forma estranha. Aquele olhar penetrante do qual eu não conseguia fugir. Depois, a chegada da mãe da Lizie, que me deixou com a pulga atrás da orelha ao ver os dois de longe. Quando me aproximei, não ouvi muito do que diziam. Embora desse para perceber que ele estava furioso pela forma que ficou nervoso mesmo depois que ela foi embora. Então teve piquenique no jardim que foi um momento alegre e muito divertido.

Depois que Hugo e Sarah voltaram para casa, os meninos adormeceram, e eu tive uma conversa com a Lizie de partir o coração. Ela disse que sabia que a mãe esteve lá. Que ficou feliz de não ter sido obrigada a falar com ela e, mais feliz ainda, por ela ter ido embora.

Fiquei em choque com o que ela me contou, com o motivo que a fez deixar de falar. Quando ela estava com oito anos, Hugo já não morava mais com eles, havia se mudado para um lugar mais perto da faculdade. Hander veio passar as férias na casa do pai. Ela acordou, no meio da noite, e foi atrás da mãe. Quando passou pelo quarto que o Hander dormia, ela ouviu sons estranhos e decidiu entrar. Encontrou-o na cama com a mãe dela. Na época, ela não entendeu direito o que estava acontecendo. Os dois estavam se beijando, e a mãe dela fazia sons estranho como se estivesse chorando de dor. Então ela correu para chamar o pai. Lizie tentou acordar o homem, mas ele parecia estar em sono profundo. Ela chorava em cima do corpo adormecido quando a mãe dela entrou no quarto.

Ela disse a Jéssica o que tinha visto, pediu ajuda para acordá-lo, foi então que mãe dela mandou que colocasse a língua para fora e, segurando uma tesoura, disse que cortaria sua língua se ela dissesse o que viu para alguém. Que o pai dela não acordaria, pois tinha tomado remédio para dormir. A garota ficou muito assustada e disse que falaria com o pai quando acordasse. A víbora bateu na criança, que só estava assustada, com medo, que claramente não sabia a safadeza que os dois estavam fazendo. Os dias se passaram, e ela chamou o pai para contar o que viu. Acabou se enrolando na conversa, pois não tinha noção do que realmente estava acontecendo. Foi quando ele teve um ataque do coração.

Mais uma vez, a mãe da Lizie usou de crueldade com ela. Acusou-a de quase ter matado o pai. Lizie pensou que ele quase havia morrido por sua culpa, da língua grande que tinha. Jéssica fez a menina jurar que, quando ele saísse do hospital, ela diria que era mentira, que não viu nada do que falou. Foi então que ela decidiu nunca mais dizer uma palavra, pois sempre fazia alguém sofrer, até ela própria apanhou e quase perdeu o pedaço da língua por falar.

Lágrimas desceram dos meus olhos quando me lembrei do rosto magoado da menina contando essa história sórdida. Perguntei se ela conversou com Hander sobre o que aconteceu. Ela disse que ele não sabia que ela viu os dois, nunca soube. A mãe fez ameaças caso contasse. Ele voltou para os Estados Unidos sem ao menos saber de nada. Depois, quando ele voltou para o Brasil, ele era o melhor irmão do mundo, e ela entendeu que a mãe era a culpada e não ele. Depois que o pai morreu, ela ficou sob os cuidados do Hugo.

Com o problema da Lizie, a mãe nunca aprendeu a se comunicar com ela, exigia que ela usasse o aplicativo de voz e já chegou a dizer que tinha vergonha pela filha problemática que ela era.

Fiquei emocionada quando ela disse que os meses no isolamento têm sido os melhores dias da sua vida.

Depois que ela me confessou isso, eu a abracei forte e chorei. Percebi que os meus problemas não eram nada diante do trauma que essa menina passou. Tive a certeza de que dinheiro não trazia felicidade a ninguém.

— Você é uma garota incrível, sua mãe é um demônio por fazer isso com você. Mas eu quero que saiba que eu daria tudo para ter uma filha como você. Eu já te amo como se fosse minha. E para mim, não importa que você fale ou não. Importa o coração incrível que tem aqui dentro. — Coloquei a mão no centro do seu peito. — Nunca esqueça que você é especial, linda, inteligente, que tem pessoas que te amam muito. E jamais tente fazer algo pelos outros e não por você.

Voltei das lembranças com um longo suspiro, as lágrimas caindo sobre o meu rosto. Lamentei por tudo o que ela passou, senti a sua dor e imaginei como devia ser difícil para ela. Naquele momento percebi que o que passei com a minha mãe não se comparava ao que a Lizie passou com a dela. Só sabia de uma coisa, se eu pegasse aquela mulher, eu daria a surra que ela merecia. Uma bem pior do que ela deu na Lizie que a traumatizou daquela forma.

Farta de ficar na cama e o sono não vir, levantei-me e fui até o quarto dela, onde dormia com os bebês. A garotinha dormia tranquilamente, o rosto sereno. Beijei na testinha dos meus filhos jurando que seria a melhor mãe do mundo para eles, depois deixei um beijo na testa da menina linda e carente que tomou um pedaço do meu coração. Assustei-me quando dei de cara com o Hugo encostado na porta do quarto, olhando para mim de forma estranha, curiosa talvez.

Dei de ombros com um meio sorriso e saí do quarto em silêncio. Percebi que ele estava me seguindo e fui para a cozinha. Precisava de água e de distância dos quartos, terreno perigoso.

— Está tudo bem, Raquel? Estava chorando — inquiriu parando em minha frente.

Analisou meu rosto com a testa franzida. Tinha preocupação em seus olhos, e fiquei grata por ele ser um homem maravilhoso para a irmã. O pai que ela precisava. Ao menos, ela tinha alguém que cuidava dela e a amava.

Prendi a respiração, pois o seu cheiro atingiu-me de jeito. Seu corpo emanava calor para o meu, e eu queria muito sentir mais, queimar-me em seus braços. Claramente, eu estava frágil, desprotegida, abalada pelas emoções do dia. Toda a tensão de viver sentimentos intensos em plena pandemia pesando na alma.

— Está tudo bem. Estava sem conseguir dormir, só isso. — Minha voz saiu rouca, estranha. — Vou voltar para a cama.

Com muita dificuldade, dei três passos para trás, que foram acompanhados por ele. Hugo me lembrou um animal encurralando a sua presa. Olhos atentos e inquiridores. Se ele desse mais um passo, eu estaria sem saída entre seu corpo e a mesa atrás de mim. Quando percebeu que eu estava respirando com dificuldade, ele se afastou. E eu lamentei por isso. Queria me jogar em seus braços ao tempo que queria correr para bem longe.

Que loucura!

— Boa noite, Raquel.

— Boa noite.

Eu saí praticamente correndo da cozinha. Subi as escadas com o coração batendo apressado. Senti os olhos dele sobre mim. Entrei no quarto e fechei a porta, encostando-me nela. Percebi, então, que meu coração estava quase saindo pela boca só de ter ficado esse pouco tempo sozinha com ele enquanto todos dormiam. Mil possibilidades passaram por minha cabeça. Joguei-me na cama e mais lágrimas molharam o meu rosto, escorreram até molhar o travesseiro. E não era apenas por causa da Lizie.

Eu estava com medo.

Estava apaixonada pelo Hugo.

Na manhã seguinte, fui correr na praia. Meu corpo estava carregado de energia que precisava urgentemente ser descarregada. Senti o vento frio da manhã em meu rosto. A água fria e salgada do mar em meus pés e pernas ajudaram a drenar a energia ruim e recarregar as boas vibrações. Eu amava isso. Não sei como iria fazer quando voltasse para Goiânia. Sabia que ia sentir tanta falta do mar quanto da pequena Lizie e, claro, do irmão dela.

Voltei para casa, e os meninos ainda estavam dormindo. Quando saí do banho, ouvi o chorinho deles no quarto da Lizie.

— Ei, mamãe está aqui — peguei Hadrián no colo.

A menina sorria enquanto me entregava o outro. Eles logo pararam de chorar.

— Vamos tomar café? — perguntou.

— Claro, vamos sim.

Ela pegou o Heitor de volta, e descemos para a cozinha. Hugo já estava à mesa com um tablet em mãos, analisando algo com o cenho franzido. Meu Deus, como é lindo.

— Bom dia! — cumprimentei, ele se aproximou e beijou o rosto do sobrinho antes de pegá-lo no colo.

Seu cheiro me pegou de jeito e tive que fazer uma força imensa para não inspirar fundo. Ele tinha o cheiro de limpeza e pecado.

— Bom dia! Vou ver se a Sarah precisa de ajuda.

Quase saí correndo para longe. O perfume dele me deixava tonta, sedenta de vontade inspirar direto da sua pele. Quase bati de frente com a Sarah, que ia levando uma garrafa de suco.

— Bom dia!

— Bom dia, Raquel. Precisa de alguma coisa?

Sim, de juízo.

— Não, estava indo ver se precisava de ajuda.

— Ah, não. Está tudo tranquilo. Vamos?

Voltamos para a sala de jantar, e não consegui deixar de sorrir quando vi Hugo com dois bebês mordendo o seu rosto enquanto riam.

— Socorro, tia Lizie, estou sendo devorado por bebês canibais.

Sentei-me e peguei um deles pela cintura para colocar na cadeirinha. Heitor sacudiu os bracinhos em protesto.

— Vou pegar esse aqui ou não vai conseguir comer com esses dois.

Hadrián também reclamou, mas, logo que entreguei um pedaço de mamão para ele, sossegou. Depois do café, Hugo foi para o escritório, eu fui levar os meninos para um banho de sol e Lizie foi para a aula.

Liguei para Renata para saber como estava. Minha irmã chorou muito quando eu disse que havia comprado uma casa em um condomínio perto de onde ela morava e que ela e a Juliana ficariam responsáveis por decorar tudo. Renata era uma mulher sensível, porém eu achava que, no contexto da pandemia, as coisas pioraram muito. Evitei perguntar sobre o meu cunhado, pois ele estava ficando em casa e poderia não gostar de nos ouvir falando dele. Um chato.

Depois que falei com ela, liguei para a Juliana, que estava bem empolgada com a decoração da minha nova casa. Fiquei feliz por ver sua empolgação, eu estava feliz por ter uma casa como sempre sonhei. Entretanto, algo se apertava dentro de mim sempre que eu pensava que logo chegaria a hora de ir embora. Já fazia dois meses que eu estava na casa de praia. Muita saudade, mas nenhuma vontade de realmente ir embora de fato.

Ajudei Sarah a lavar a louça do almoço e fiquei na sala brincando com os meninos, que logo começaram a choramingar cheios de manha. Isso porque a Lizie teve aula a manhã toda, precisou fazer um trabalho e ainda não havia terminado para ficar um tempo com eles.

— Você quer a tia Lizie, é?

— Ziii. — Franzi o cenho, achando que estava era vendo coisas.

Embora eles já falassem algumas palavras, achei que seria demais já estarem tão apegados a ela assim.

— Quer a tia Lizie? — perguntei novamente.

— Tiaaaa Izi. Telo.

Peguei-o nos braços e beijei sua barriga gorducha e desnuda. Tão pequeno e tão esperto.

— Você falou tia Lizie, que coisa mais fofa, ela vai pirar quando ouvir.

Continuei beijando e mordendo sua barriga enquanto ele gargalhava.

— Que farra é essa aqui? — Hugo perguntou, sentando-se ao meu lado e pegando o Heitor no colo.

— Acho que estão querendo a Lizie, estão chatinhos e falando tia Izi.

— Mas olha só, e tio Hugo, não vai falar, não?

— Não queira competir com ela, pois os olhos deles até brilham quando ela chega perto.

— Tia Izi, Izi... — Heitor começou a repetir sem parar, sorrindo e logo vi o porquê da agitação. Lizie estava parada com um imenso sorriso no rosto.

— Ele falou meu nome?

Perguntou de forma animada enquanto fazia os sinais. Meus olhos voltaram para o Hugo, e ele estava boquiaberto.

— Sim, ele falou. — Minha voz saiu embargada. — Os dois, na verdade, disseram seu nome.

— Que fofinho, pede para ele...

Então ela percebeu que havia falado, arregalou seus imensos olhos azuis esverdeados e colocou a mão cobrindo a boca.

— Lizie... — Hugo sussurrou seu nome como uma oração.

— Você mesmo pode pedir, Lizie — incentivei.

Os olhos dela estavam completamente chocados. Então ela saiu correndo para fora da casa. Hugo se levantou e saiu atrás dela enquanto eu fiquei sentada no chão sem saber o que fazer.

Capítulo 18

Raquel

Sarah estava na sala, e eu nem havia percebido. Sorrindo e, ao mesmo tempo emocionada, ela deixou uma lágrima cair.

— Meu Deus, eu não sei o que fazer — confessei, levantando-me com Heitor no colo que estava chorando, pois queria o colo da tia.

— Me dá ele aqui, vai lá conversar com ela. Acho que a Lizie vai preferir se abrir com você. Ela ama o irmão, mas tem uma ligação especial com você, Raquel.

Entreguei o bebê para ela e saí à procura da menina. Avistei os dois de longe. Lizie estava sentada em uma pedra olhando para o mar, e o Hugo ao lado dela. Caminhei até os dois e me sentei ao lado da Lizie, oposto de onde o Hugo estava.

— Você tem uma voz linda, Lizie. Fiquei muito emocionada em ouvir.

— Eu... É estranho, não sei o que aconteceu — confessou chorando, abraçada às próprias pernas.

Tive vontade de puxá-la para os meus braços e acalentar. Ela parecia decepcionada ou invés de feliz.

— Você está assustada, é normal, mas deveria estar feliz, bebê — Hugo falou de forma carinhosa.

— Eu estou, mas... Eu não posso.

— Lizie, olha pra mim — pedi firme, com um pouco de raiva até. — Não deixa o medo e nem ninguém atrapalhar esse momento, se voltou a falar é porque está preparada, é o seu momento. Você tem uma voz linda e pode falar o que quiser e quando quiser. Dane-se se vai atingir os outros, é a sua voz, é sobre você. Seja o que quiser e não tenha medo de falar, de gritar.

Ela se jogou em meus braços, eu a abracei como queria ter feito antes, e encontrei o olhar do Hugo sobre nós, cenho franzido indicando que estava muito intrigado com o que eu disse.

— Tenho medo, Raquel.

— Eu sei, eu sei. Mas não tenha... Não precisa ter. — Afastei-me e segurei seu rosto em minhas mãos. — Você pode gritar, cantar, ou apenas falar, mas não pare. Pode fazer o que quiser, estaremos sempre ao seu lado. Eu... acho que você deveria conversar com o seu irmão, está na hora. Ele tem o direito de saber o que sente.

Aguardei que ela afirmasse, deixei um beijo em sua testa e me levantei. Meus olhos se encontraram com os dele, que estavam confusos. Saí, deixando os dois sozinhos.

A conversa entre o Hugo e a Lizie demorou bastante. Depois de muito tempo, eu o vi seguir para a academia e Lizie entrou correndo para o quarto. Eu não sabia se ia falar com ela ou com ele. Então decidi por quem eu achava que estava mais magoado no momento.

Hugo.

— Sarah, eu vou falar com o Hugo, você fica de olhos nos meninos?

— Claro, Raquel. Pode ir.

Antes de chegar à academia, que ficava do lado de fora da casa, eu avistei a figura do Hugo arrancando a camisa pela cabeça. Parei, vendo-o socar o saco de pancadas através do vidro. Uma música alta do Imagine Dragon chegava a balançar o vidro.

A raiva era visível.

Abri a porta e entrei. Ele me notou, mas ignorou completamente a minha presença. Caminhei até o aparelho e abaixei o volume da música. Ele continuou batendo no saco furiosamente. Respirando com dificuldade, ele abraçou o saco para que parasse de balançar.

— Como ele teve coragem de trair nosso pai daquela forma?

— Eu sinto muito, Hugo!

Aproximei-me dele e percebi as lágrimas em seus olhos que nitidamente ele fazia força para não deixar cair.

— Lizie... — Engoliu em seco. — Ela guardou tudo esse tempo todo. Eu imaginava que tinha alguma coisa errada com relação à Jéssica, mas nunca pensei que ela pudesse agir com tamanha crueldade com a própria filha. Uma criança doce e...

Ele voltou a socar o saco como se isso fosse diminuir a sua raiva.

— Hugo, pensa que agora está tudo bem, a Lizie voltou a falar. Deveria ficar feliz com isso. Se ela vir você desse jeito, vai se fechar novamente. Tudo o que aconteceu faz parte do passado. — Ele parou de bater no saco e me encarou. — Agora precisamos apoiá-la e não remoer o que aconteceu.

— Você não sabe...

Ele se calou quando me aproximei e coloquei a mão no seu rosto de forma carinhosa.

Hugo fechou os olhos, parecia apreciar o meu toque, e meu coração começou a bater acelerado. Errático.

— Lizie tem tanta sorte de ter você. Não a faça retroceder agora, se sentindo culpada por estar falando novamente. Ela só precisa do seu apoio, que deixe tudo para trás e, acima de tudo, que não se torture pelo que aconteceu, você não tem culpa.

Ele abriu os olhos, e percebi que estava em seus braços que me apertavam contra seu corpo.

— Obrigado, Raquel. Você e os meninos são as únicas coisas que meu irmão trouxe de bom para as nossas vidas.

Eu podia sentir seu coração acelerado batendo junto do meu. O calor do seu corpo e seu cheiro embargando os meus sentidos.

— Eu... Eu que sou grata por ter vocês em minha vida.

Ele se afastou e analisou meu rosto, algo estranho aconteceu. Um magnetismo me empurrou para ele que, cada vez se aproximava mais, até que estávamos com os lábios grudados. Gemi quando suas mãos grandes subiram por minhas costas e seus dedos se entranharam nos meus cabelos, agarrando os fios com firmeza. Apoiei as mãos em seu peito duro e desnudo, e senti que seu coração batia ainda mais acelerado do que antes, tão louco quanto o meu.

Ele me puxou, apertando meu corpo ao dele. Eu envolvi seu pescoço em meus braços, colando-me ao seu peito. Nossas línguas em uma dança erótica se conhecendo, saboreando. E eu juro que nunca experimentei um beijo tão bom em minha vida. Uma das suas mãos permaneceu em meu cabelo, a outra desceu para minhas costas, apertando-me, sentindo-me e deixando que eu sentisse a sua ereção crescendo enquanto eu perdia o ar e a razão.

Gemi quando ele me agarrou pelo cabelo da nuca e puxou minha cabeça para trás, deixando o meu pescoço exposto e sua boca quente desceu por minha pele com chupadas e mordidas deliciosas. O fogo se alastrou por toda parte enquanto a minha pele se arrepiava. Apertei os fios dos seus cabelos com desespero, perdendo ainda mais o ar.

— Hugo... — Seu nome saiu em um gemido rouco.

Ele se afastou um pouco e ficamos nos encarando, mal respirando. Seus olhos estavam escuros, parecia não acreditar no que tinha acabado de acontecer. Assim como eu.

— Desculpa, Raquel, eu... — Fechou os olhos e se afastou.

Não, não faz isso, por favor.

— Hugo, por favor, não estraga tudo dizendo que não queria ter feito is...

— Eu queria ter feito exatamente isso, faz tempo. Embora não seja a coisa mais sensata a se fazer, Raquel. Eu queria. Eu ainda quero.

Então ele me puxou mais uma vez para os seus braços e nos beijamos com desejo. Quando percebi, estava grudada na parede de vidro. A razão me bateu quando sua mão apertou a minha bunda e ergueu as minhas pernas que se enroscaram em seu quadril.

— Hugo, para. Alguém pode nos ver...

Com um gemido, ele se afastou, minhas pernas escorregaram e voltaram para o chão. Ele observou meu rosto antes de se afastar completamente e seu telefone vibrar dentro do bolso de sua calça.

— Merda! — esbravejou antes de atender a chamada. — Yvete... Sinto muito, tive um problema aqui... Não, não precisa, estou indo agora para a reunião. — Ele foi até a camisa que estava jogada no chão e vestiu. — Preciso voltar para a reunião. Acabei esquecendo com toda essa confusão.

Assenti com a cabeça. Ele passou a mão nos cabelos que há pouco eu havia bagunçado com meus dedos, depois seguiu em direção à porta. Ele hesitou antes de sair, parando um pouco na porta, mas, em seguida, saiu sem olhar para trás.

Durante o jantar, Lizie estava um pouco tímida, ainda falando através dos sinais enquanto verbalizava cada palavra. Era uma fofura o tom rosado que seu rosto ficava quando estava com vergonha. Eu fiz questão de ressaltar como sua voz era linda. Rouca e doce. Claro que não pude deixar de sentir os olhos do Hugo sobre mim. Mas não dei muita atenção para a forma intensa com que me encarava, pois no fundo não gostei da sua reação depois que me beijou. Saiu sem se despedir e nem sequer olhou para trás. Não vou fingir que não fiquei chateada, magoada até. Para mim, foi intenso demais para ignorar.

Depois do jantar, deixei os meninos dormindo com a Lizie no quarto e fui para a sala para analisar um documento que a Juliana havia me pedido. Minha amiga estava atolada de processos e documentos para finalizar. E eu adorava ter o que fazer.

Recebi o aviso de mensagem no celular.

Hugo: A lua está tão linda, deveria vir aqui fora ver.

Meu coração bobo se encheu de alegria.

Raquel: Não posso, estou ocupada. Trabalhando.
Hugo: A essa hora? Uma pena, a lua está realmente linda.

Tive uma vontade quase incontrolável de ir até lá. Cheguei até a me levantar, mas me sentei novamente. Não podia ser fraca.

Meu coração disparou quando li isso. Respirei fundo e acessei o e-mail. Ao contrário do que a Juliana disse, não foi muito difícil, uma vez que o povo estava meio doido com relação à pandemia, começou a fazer testamentos com medo da morte, cada um mais louco do que o outro. Terminei em menos de quarenta minutos. Tentando resistir à tentação de ir lá fora ver o Hugo, comecei a olhar os e-mails antigos, pois a caixa estava lotada, mais de um ano sem acessar. Abri um por um, excluí os que não me interessavam, arquivei os que eram precisos. Fiquei paralisada quando abri um que datava de dez meses atrás. Mas como?

O remetente era um tal de "importante". Quase ignorei se não fossem as primeiras palavras. "Neste drive vai encontrar toda a verdade sobre mim. Você me conheceu como Hugo. Por favor, é importante que assista a tudo".

Capítulo 19

Hugo

Depois que Raquel e eu nos beijamos na academia, eu perdi completamente o rumo. Não consegui pensar em outra coisa que não fosse o gosto dos seus lábios e no quanto sua boca se encaixava com perfeição à minha, na sensação deliciosa de ter o seu corpo colado ao meu. Confesso que, ao longo da minha vida, pensei que nunca sentiria algo tão intenso como aquele breve momento que foi suficiente para devastar tudo. Algo mudou dentro de mim, e isso assustava *pra caralho*.

Sei que agi pela emoção do momento, que a dor de saber o que o Hander fez a nossa irmã passar, mesmo que inconscientemente, deixou-me frágil. Eu não podia odiar o meu irmão como estava fazendo, ele estava morto. Mas tudo piorou quando percebi que, depois da morte do Hander, tudo que a Jéssica fez foi tentar me colocar no lugar dele. Todas as investidas e tentativas de sedução foram por não ter mais o meu irmão, e ela queria um substituto.

Desgraçada.

Não que eu tivesse a intenção de aceitar a Jéssica na minha cama. Apesar de linda, para mim, ela sempre foi a mulher do meu pai, nunca a vi de forma diferente. Fora que o que ela faz com a Lizie me faz sentir apenas desprezo por ela, asco.

Olhei a resposta da Raquel e deixei um longo suspiro sair. Eu deveria manter essa mulher bem longe de mim. Mas não conseguia. Digitei mais uma mensagem que mais parecia uma súplica, apaguei, para em seguida digitar algo mais normal.

Eu: Precisamos conversar.
Raquel: Sim, mas infelizmente agora não posso. Trabalho.
Eu: Esperarei até terminar. É importante.

Olha aí a súplica aparecendo novamente. Não obtive resposta. Era nítido que ela estava me dando um gelo. Bem que merecia depois de ter agido como um babaca, saído sem ao menos dizer nada e a deixado sozinha para lidar com o terremoto que provoquei. O problema foi que as emoções estavam intensas demais para falar alguma coisa que talvez pudesse me arrepender. Agora estou arrependido de não ter dito. O ser humano é um bicho estranho mesmo. Dotado de complexidade e, quanto mais se tenta, menos se entende.

Olhei para cima e fixei os olhos na lua. Não menti quando disse que estava linda. O cenário perfeito para se perder nos braços de uma mulher. Levantei-me e fui até a adega pegar uma garrafa de vinho. Precisava relaxar.

Estava distraído quando um grito quase me fez derrubar a garrafa. Coloquei o abridor em cima da bancada e corri para ver o que havia acontecido.

Raquel estava andando de um lado para o outro e falando sozinha. Uma expressão de raiva assustadora.

— Desgraçado, infeliz, se estivesse vivo, eu ia te matar...

— Raquel...

Ela estava chorando. Quando escutou a minha voz, tentou limpar o rosto com as costas das mãos de forma irritada.

— Ele fez... Ele fez de propósito. Ele me deixou grávida de propósito. Aquele mau-caráter! E eu não acredito que pensei que tivesse me apaixonado por ele. Que idiota que eu sou. Fui usada, Hugo. Usada pelo seu irmão.

Aproximei-me dela sem saber do que ela estava falando. Sem deixar passar o que ela disse: "pensei que tivesse me apaixonado por ele".

— Ei, o que aconteceu? — Estendi a mão em sua direção, mas ela empurrou com violência.

— Tira sua mão de mim. Você deve ser igual a ele.

— Raquel, eu não sei do que você está falando. Mas se tem uma coisa que nunca fui, foi igual ao meu irmão. Nossas semelhanças terminam na aparência, mas isso você já deveria saber.

Ela engoliu em seco com as minhas palavras. Não existia nada pior para um gêmeo que as comparações. E elas se tornavam piores dependendo de quem as fazia.

— Olha, assista ao vídeo — ela disse com hostilidade.

O choro dos meninos no andar de cima chegou até nós, e ela me deixou olhando a imagem congelada do Hander na tela. Ele estava no hospital, pois dava para ver os aparelhos atrás dele.

— O que você fez, Hander?

Cliquei no play para começar a assistir.

Como em resposta à pergunta, ouvi:

Olá, Raquel, você deve estar achando estranho receber notícias minhas tanto tempo depois. Coloquei os e-mails programados e provavelmente já estarei morto quando os receber. Não tem uma forma melhor de falar sobre isso, então vou começar do início para que entenda o que me levou a fazer o que fiz.

Há muito tempo, eu estava mexendo despretensiosamente no Instagram, vários vídeos apareceram no feed em uma hashtag de festa e foi lá que te vi pela primeira vez. Você estava em uma festa da faculdade, sorrindo e dançando. Eu me encantei por aquele sorriso, pela vontade que você tinha de viver que transmitia nos olhos. E então fui até o seu perfil e passei a acompanhar tudo que você fazia. Você não postava muita coisa, mas o pouco que via me deixava cada vez com mais vontade de conhecer você.

Um tempo depois, você mostrou as malas prontas para as férias no México e marcou o hotel onde ficaria. Eu quis ir até você. Quis te conhecer e passar um tempo com a mulher que não saía dos meus pensamentos. Primeiro, eu quero que saiba que... se eu tivesse mais tempo, teria conquistado você. Teria feito você se apaixonar por mim, como eu já estava. Eu tinha que começar um tratamento para prolongar um pouco mais a minha vida, mas para quê? Qual sentido teria viver? Então fiz a minha escolha, larguei tudo para ir atrás de você.

Deve estar me achando um idiota, talvez eu seja, sim.

Sabe o que foi pior? Foi saber que eu não podia trazer você para a minha vida. Eu tinha pouco tempo. Estava desesperado, não queria que você sentisse pena do idiota apaixonado que tinha poucos dias de vida. Não queria que as suas lembranças de mim fossem aqui nesta cama de hospital me deteriorando aos poucos.

Fiz uma reserva no hotel. Larguei tudo e fui viver os dias mais intensos com você.

Você sabe que passei dois dias te observando, e foi ali que tive a certeza que tinha que ser você. Mandei fazer uma investigação completa da sua vida, e isso só aumentou a minha vontade de te ter presente na minha. De alguma forma você estaria.

Quando nos despedimos, me partiu o coração dizer que foi só casual, que deixássemos a cargo do destino o nosso encontro. Eu vi nos seus olhos que queria mais. Eu fiquei com o seu aparelho celular para impedir que você me encontrasse. Apaguei as fotos que tiramos juntos, mas não se preocupe, salvei nesse drive, e você pode restaurar todas.

Se os meus planos tiverem dado certo, neste momento você está esperando um filho meu. Quero que saiba que sou um homem muito rico, Raquel, se o meu plano tiver dado certo, você será a mãe do meu filho, do meu herdeiro. Eu queria poder te encontrar e saber se você está perto de ter o nosso filho ou nossos filhos, quem sabe?

No pouco tempo que estivemos juntos, você se lembra de que tentei transar com você sem camisinha, mas você não quis? Isso não me impediu de levar meu plano adiante. Eu tirei o preservativo sem você perceber para ter a possibilidade de você engravidar. E eu rezei para que desse certo.

Eu sei que fui errado, Raquel, que isso pode até dar processo, mas quer saber? Estarei morto mesmo e você, muito rica e carregando um filho meu. Um pedaço de mim que vai ficar na terra.

Não consegui assistir a mais nada. Desliguei o vídeo e subi atrás da Raquel.

Como Hander pôde fazer uma coisa assim?

— Cadê Raquel, Sarah? — perguntei para a mulher que estava balançando um bebê nos braços enquanto o outro dormia no berço.

— Ela saiu para respirar lá fora. Hugo, o que aconteceu? Ela está muito nervosa.

— Vocês brigaram? — Lizie perguntou, aflita. — A gente se assustou com o grito dela. Foi por minha causa, Hugo?

— Não, Lizie, não tem nada a ver com você, meu anjo. Depois ela te explica. Vou... Preciso falar com ela.

Desci pela lateral da casa, onde provavelmente ela saiu. Procurei por todo lugar e não a encontrei. Então fui para o mirante da pedra, onde ela provavelmente estaria. Avistei sua figura de longe, sentada na pedra, abraçada ao corpo que sacudia pelo choro. Aproximei-me e coloquei a mão em seu ombro. Ela fez um movimento fazendo com que a minha mão deslizasse para longe.

— Não quero conversar, Hugo.

Sentei-me ao seu lado e não disse nada. Apenas olhei para o reflexo da lua na água calma.

— Eu disse que não quero conversar.

— E eu respeito isso. Não estou falando nada, que eu me recorde.

— Não quero a sua presença aqui. Satisfeito? Olhar para você é como olhar para ele, e eu gostaria muito de não ter de fazer isso. Quero descontar toda a raiva que ele me fez passar em você.

A princípio, não disse nada, pois Raquel tinha razão, não devia ser fácil olhar para mim e ver a mesma face do homem que fez o que fez. Embora suas palavras tenham me machucado, pois recordei do nosso beijo e a perspectiva de ela ter se lembrado do meu irmão enquanto estava nos meus braços, eu a entendia.

— Eu não vou te deixar sozinha, Raquel. Não depois de ouvir o que o meu irmão fez. Se quiser conversar, estarei aqui. Se não, estarei aqui também.

Ela inspirou fundo e voltou a olhar para o mar. Muito tempo depois, ela se virou em minha direção e começou a falar.

— Eu nunca havia ficado com alguém fora de uma relação estável. Com o Hander foi a primeira vez. Acho que toda a beleza do lugar, o clima de sedução. Era o que todo mundo fazia, por que eu não podia aproveitar? Ele era lindo, atencioso e não forçou a barra. Tinha um monte de mulheres querendo a atenção dele, mas ele a dava apenas para mim. Eu estava sozinha há tanto tempo... Bem, lá no México, quando nos despedimos, eu quis uma forma de manter contato, mas ele...

Ela começou a chorar, e eu não resisti, puxei Raquel para os meus braços.

— Eu já disse que a única coisa boa que Hander fez na vida foi... Quer dizer, não concordo com o que ele fez. Mas admito que estou feliz que...

— Pelo visto você não viu todo o vídeo, não é?

— Não, eu não vi. Não consegui...

Ela se afastou dos meus braços e me encarou.

— Ele não queria deixar a fortuna dele para você. Se não tivesse dado certo o plano dele, ele havia deixado tudo para Lizie. E quase deixou para uma instituição de caridade, só não fez porque o advogado e amigo dele não deixou.

— Eu sei, ele fez isso. Deixou tudo para ela. Mas não achei isso ruim, até pensei que foi um belo gesto, vindo dele.

— Você não se importa?

Não respondi de imediato. Ela virou-se, ficando de frente para o mar novamente.

— Há muito tempo deixei de me importar com as coisas que Hander fazia para me atingir.

Mas pelo visto, ele deu um jeito de me tirar dos eixos, mesmo depois de morto.

— Eu sei que você deve estar pensando que também devo ser grata, pois ele me deu as duas coisas mais importantes e que eu mais amo na vida. Mas... eu não sei explicar. É tão injusto, eu amo os meus filhos e agradeço todos os dias por ter recebido a honra de ser a mãe deles. Só que...

— Você se assustou com as revelações, é normal, Raquel. Ele mudou todos os seus planos, a sua vida, sem ao menos te consultar.

Com um suspirar profundo, ela se levantou, limpou a bermuda jeans com as mãos. Eu fiz o mesmo, levantei-me.

— Está melhor agora?

Ela acenou com a cabeça e se aproximou, juntando meu corpo ao dela, apoiando as mãos em meu peito. Meu coração começou a bater acelerado enquanto a sua mão subia até o meu pescoço e se emaranhou nos meus cabelos.

— Raquel...

— Shhhh... Me beija, Hugo.

Seu pedido era tentador, não tinha nada que eu quisesse mais no mundo. Porém, eu não podia fazer. Não queria e não podia ser a imagem do meu irmão para ela. Eu sabia que se a beijasse, naquele momento, seria a ele quem ela estaria beijando, e não a mim.

— Raquel, eu adorei ter te beijado mais cedo. Fiquei com isso o dia todo na cabeça e confesso que queria mais. Entretanto, eu não posso. Não agora.

Ela deu dois passos, ficando longe de mim, seu olhar se tornando magoado. Então saiu correndo sem dizer nada. Meu coração não aguentou e impulsionou meu corpo para correr atrás dela. Raquel estava indo na direção oposta à casa.

— Raquel! — gritei, mas ela continuou até que a alcancei.

Segurei seu braço e a virei para mim. Percebi que não deveria ter feito isso. A expressão magoada dela me atingiu em cheio.

Inferno!

Seu corpo se chocou com o meu. Coloquei uma das mãos em sua cintura, outra no seu pescoço mantendo firme. Quando sua boca grudou na minha, percebi que eu estava perdido. Nunca conseguiria que fosse só um beijo.

Capítulo 20

Raquel

Eu me afastei antes que ele o fizesse. Sem querer ouvir mais nada, com medo de uma iminente rejeição, saí andando de volta para casa, ignorando o seu chamado. Cheguei com o coração aos saltos. Entrei no quarto da Lizie, e estavam todos dormindo. Beijei o rosto dos meus filhos e deixei mais uma lágrima cair. Estava me sentindo culpada por conta do meu comportamento com relação ao que o Hander fez. Culpada pela revolta que senti quando soube que ele me engravidou propositalmente e me deixou sofrendo o pão que o diabo amassou com dois filhos para criar. Não pensou que as crianças precisariam de um pai?

Ignorei também a vontade de assistir aos outros vídeos. Não quero saber mais nada, para mim foi o suficiente.

Peguei um filho de cada vez e abracei apertado, beijando seus rostinhos, sentindo a pele macia, o calor que tanto amava. Beijei as mãozinhas gordinhas e lindas. Fiquei tão emocionada, meu peito transbordou tanto de amor que as gotas de lágrimas desceram sem que eu nem percebesse, como cascatas sobre a minha face. Coloquei de volta no berço e fui até a cama da Lizie. Ela estava dormindo tranquilamente. Inclinei-me sobre seu rosto e beijei de leve a sua testa para não acordá-la, eu já amava aquela garota.

— Você está bem? Está chorando? — sussurrou antes que eu me levantasse.

— Está tudo bem, meu anjo. Volte a dormir.

— Raquel, você nunca me tratou como criança, então não faz isso agora. Eu desci para procurar por você e vi... eu assisti ao vídeo do Hander, seu computador estava ligado e, quando eu vi a imagem dele, não pensei duas vezes. Eu sei que estava chorando, nervosa daquele jeito por culpa dele.

— Eu fiquei muito surpresa... Confesso que saber de tudo e ver a imagem dele tão fragilizado me deixou estranha, triste, com um monte de sentimento para lidar. Acabei exagerando. Está tudo bem agora. Volte a dormir, está tarde.

Afaguei o seu rosto e beijei mais uma vez a sua testa. Quando estava saindo, ouvi a sua voz:

— O que ele fez foi errado, mas sou muito feliz por ele ter feito, ganhei uma amiga, uma mãe que nunca tive. Não tenho raiva dele. Acho que tenho gratidão.

Voltei correndo e a abracei apertado. Como não cair de amores por aquela garota? Já não chorava apenas, agora estava sorrindo em meio às lágrimas também. Ela estava certa, eu havia ganhado tanto também. O fato de ela ser tão adulta sempre me deixava admirada e, naquele momento então, algo me tocou fundo.

— Obrigada, Lizie, você é maravilhosa, e eu também sou grata. Você é uma flor que desabrochou lindamente bem diante dos nossos olhos. Eu amo você como uma filha. Você é muito importante para mim. Sempre será.

— Eu... Não sei muito dizer essas coisas, Raquel, não aprendi, não sei como é ser amada por uma mãe. Mas você sempre me deixou sentindo um pouco como era ser filha. Se o que me faz mudar tanto é amor, gratidão, então eu a amo como não consigo amar a minha mãe.

— E eu seria a mulher mais feliz do mundo se tivesse uma filha como você. Eu sou feliz, acho que agora é um pouco minha filha também. Tenho muito orgulho de você.

Abracei Lizie tão apertado que poderia machucar. Deixei mais um beijo em sua testa e fui para o meu quarto, levando a babá eletrônica, mesmo que eles não estivessem sozinhos.

Meus sentimentos estavam oscilando muito, eu ria e chorava na mesma medida enquanto tomava um banho rápido, depois me sentei no chão do banheiro, tinha que falar com a minha irmã e amiga. Apesar de já ser quase meia-noite, as duas estavam acordadas por conta da última vista no Whatsapp, então fiz uma chamada de vídeo para contar tudo para elas. Quando terminei, as duas me olhavam boquiabertas.

— Você precisa assistir aos outros vídeos, Raquel — Juliana sugeriu. — Eu disse que achava estranha a forma como aquele cara te olhava no México. Sabia que ele estava apaixonado por você. Olha o lado bom disso tudo. Você tem dois bebês lindos, ganhou uma filha. Fiquei tão feliz em saber que a Lizie voltou a falar.

Juliana realmente me alertou na época. Eu achei exagero, nem nos conhecíamos direito. Além do mais, ela sempre tinha essas ilusões românticas, o que perde a credibilidade quando se trata de sentimentos e relacionamentos.

— Pode parecer loucura da minha parte, mas achei tão romântico isso que o Hugo, quer dizer, Hander fez. Ele se apaixonou por você antes mesmo de te encontrar pessoalmente. Por isso fez tudo que fez.

Minha irmã, outra romântica e sonhadora disse com aquele ar de mulher que acredita em contos de fadas. Precisava lembrá-la que, nos contos de fadas, os príncipes não morrem. Mas, deixei para outra hora.

— Vou deixar vocês dormirem, depois a gente se fala. Um beijo.

Saí do banheiro um pouco mais animada. O quarto estava um pouco claro, iluminado pela luz da lua. Já na cama, uma porção de coisas passava por minha cabeça. Inclusive lembranças do Hander, dos nossos poucos momentos. Será que eu teria me apaixonado por ele como estou por seu irmão? Será que o vejo no Hugo...

Com um suspiro resignado, eu virei para o lado tentando a todo custo dormir. Levantei-me agoniada e desci para a cozinha. Precisava tomar água, beber um suco, um chá, qualquer coisa que me fizesse parar de pensar besteiras. Talvez eu devesse apelar para algo mais forte. Quando entrei na cozinha, vi o Hugo de costas para a entrada. Quase dei meia volta para fugir dele, mas a sua voz me parou.

— Eu sei que está aqui, Raquel. Não precisa sair de fininho.

Então ele virou-se em minha direção. A cozinha estava na penumbra, iluminada apenas pela luz da lua lá fora.

— Vim tomar água. Geralmente eu levo para o quarto, mas hoje acabei esquecendo.

Peguei o copo e fui até o purificador de água ao lado dele. Minha mão tremia tanto que o líquido do copo sacudia. Nem deixei terminar de encher e bebi tudo de uma vez, colocando depois o copo em cima da pia. Tudo sob o olhar atento dele, que parecia acariciar a minha pele, queimando como labaredas de fogo.

— Boa noite, Hugo.

— Raquel...

O meu nome saiu dos seus lábios em um som rouco que eu gostei demais de ouvir. Parecia uma súplica a algo que eu não fazia ideia do que era, e me fez desejar descobrir. Virei em sua direção e o vi se aproximar. Sua mão foi para o meu pescoço e segurou-me firme, puxando-me para mais perto. Sua boca se chocou com a minha, não da forma lenta de mais cedo e, sim, com certo desespero, fazendo-me ofegar.

Gemi sem vergonha quando senti sua língua pedindo passagem para entrar em minha boca, eu entreabri os lábios prontamente para receber, sugar e saborear. Ele gemeu quando mordi seu lábio inferior e me pendurei em seu pescoço, quase me fundindo a ele.

Minha nossa senhora! O que é isso?

Senti sua ereção potente grudada em minha barriga e tive um desejo incontrolável de... De... De fazer tudo com esse homem.

— Você está me deixando louco, Raquel...

Será que ele tinha noção de como me deixava?

Suas mãos desceram para a minha cintura, e ele me ergueu para que eu enlaçasse as pernas em seu quadril. Hugo caminhou comigo em seus braços até o lado de fora da casa, encostou-me na parede e apertou seu corpo ao meu. Minha mão involuntariamente subia e descia por seu peito firme enquanto minhas pernas escorregavam para tocar o chão. Já precisando de fôlego, ele deixou os meus lábios e desceu por meu pescoço, por meu ombro com sua língua e lábios macios e provocadores, e fez o caminho de volta até chegar à orelha. Alternava lambidas, mordidas e beijos quentes.

— Eu preciso de você, Raquel. Eu sei que deveria esperar, você passou por muita coisa hoje, mas... — Sua mão desceu por minhas nádegas e me apertou contra ele, esfregando-se. Depois, uma entrou em meu short de malha, acariciando e apertando a carne da minha bunda. — Passa a noite comigo...

Sua boca voltou para a minha, impedindo qualquer resposta ou raciocínio coerente ao mesmo tempo em que sua mão encontrou a minha feminilidade molhada e desesperada. Fechei os olhos, entregue, quando seu dedo entrou na umidade excessiva e passou a se mover de forma lenta e precisa.

— Sim...

Nem sabia o que estava dizendo.

Sim, está gostoso, continua, ou, sim, eu passo a noite com você? Ele sugou a minha língua de forma erótica enquanto a sua mão massageava meu clitóris até me ter gozando em sua mão e gemendo em seus lábios. Minhas pernas estavam bambas. Minhas mãos apertaram seus ombros com força e desespero.

Caralho! Nunca gozei tão rápido na vida. Era muito tesão acumulado. Ele tirou a mão de dentro da minha calcinha e abri os olhos a tempo de ver quando ele levou os dedos à boca e os sugou com cara de deleite, como se meus sucos fossem a melhor coisa que já havia provado.

Isso foi sexy e mexeu com algo dentro de mim.

— Tão gostosa quanto imaginei. Agora, eu quero provar esse sabor direto da fonte. — Mordeu a ponta da minha orelha. — Eu vou te chupar muito até que goze de novo, mas na minha boca, Raquel. — Ofeguei já sentindo o tesão voltar. — Depois eu vou te comer...

— Cala a boca.

Segurei em sua mão e saí puxando-o para dentro de casa. Ouvi seu riso baixinho enquanto subíamos as escadas silenciosamente, embora estivéssemos quase correndo. Eu que precisava dele, muito, ele não tinha noção do quanto.

Capítulo 21

Hugo

Não era a minha intenção atacar Raquel daquele jeito na cozinha. Muito menos pedir que passasse a noite comigo. Primeiro porque ela é mãe dos meus sobrinhos e estamos dividindo a mesma casa, depois porque ela passou por muita coisa hoje, e eu não queria ser para ela a lembrança do meu irmão em um momento como aquele.

Que se dane tudo! Não resisti.

A verdade era que nunca me senti tão atraído por nenhuma mulher como estava pela Raquel. O corpo dela era como um ímã poderoso para o meu. Nem mesmo quem eu pensei ter amado no passado me fez tão desesperado assim. Era intenso demais. Urgente como nunca foi antes. E quando seu corpo encostou ao meu, foi como uma explosão de sensações. O encaixe perfeito. Polos magnéticos que se atraem e se completam. Eu precisava de mais. Queria com desespero possuir o seu corpo, a sua alma. Fazê-la minha, só minha.

Insano, eu sei.

Já no corredor dos quartos, escutamos o chorinho de um dos bebês. Ela estacou na hora e me encarou com olhar suplicante.

— Sinto muito... — desculpou-se, mesmo não sendo necessário.

— Eu sei que sim. Posso ajudar? — ofereci, ela desceu os olhos para o volume da minha calça.

— Melhor, não. *Me* espera no seu quarto que eu não demoro — disse com um sorrisinho e uma piscada sexy que senti fisgar nas minhas bolas.

Eu estava mesmo perdido. Desesperado, pois qualquer gesto dela, o mais simples que fosse, deixava-me louco.

Fiquei olhando até ela desaparecer pela porta do quarto dos meninos. Fui até o meu quarto e peguei um pacote de camisinhas. Depois fui para o dela. Assim que entrei, pude sentir seu cheiro gostoso no ar. Estava tudo organizado, sem nada fora do lugar. Exceto pelos lençóis da cama jogados para um lado. Entrei no banheiro e peguei algumas velas aromáticas geralmente usadas ao redor da banheira. Coloquei em cima da mesinha de cabeceira.

Fui até a cozinha pegar o vinho que mais cedo havia pensado em abrir. Passei pela porta do quarto e pude ouvi a voz dela cantando para os meninos dormirem. Isso encheu meu peito de ternura. Raquel era mesmo uma boa mãe, carinhosa, amorosa e dedicada. A mãe que eu queria para os meus filhos. Mas quando mesmo eu pensei em ter filhos?

Peguei o vinho e voltei rapidamente para o quarto dela. Alguns minutos depois, observei a porta se abrir. Surpresa, ela estacou quando me viu sentado na cama. Levantei-me, peguei a garrafa de vinho dentro do balde de gelo e servi duas taças. Ela entrou, fechando a porta atrás de si.

— O que...?

— Decidi vir esperar você aqui, fiquei com receio de desistir e...

— Resolveu me embebedar — afirmou, maliciosa.

Seus olhos brilharam na penumbra.

Às vezes, ela fazia umas expressões que a deixam sexy demais, e eu achava que ela nem ao menos percebia isso.

— Você passou por muita coisa hoje, Raquel, só quis cuidar de você da forma que merece.

— Eu pensei que tivesse desistido. Não o encontrei no seu quarto...

Bebeu um gole do vinho sem tirar os olhos de mim, então caminhou até a porta da sacada e abriu as cortinas, deixando a luz da lua entrar e iluminar o quarto com as velas.

Então ela foi procurar por mim?

Eu me aproximei como se eu fosse um caçador e ela a minha presa prestes a fugir, embora não fosse isso que via nos seus olhos, pois estávamos sem tirar os olhos um do outro. Raquel não fugiria de mim, ela desejava tanto quando eu.

Ela tomou o resto da bebida em um único gole. Peguei a taça da sua mão.

— Quer mais um pouco?

— Não, estou relaxada o suficiente. Acho que tem algo melhor que pode fazer para me ajudar a relaxar.

— Estou ouvindo... — incentivei, colocando o copo sobre a mesa de cabeceira. — Me diz do que você gosta, Raquel — pedi, aproximando-me novamente. — O que você quer primeiro.

Rocei as costas dos dedos em suas bochechas sentindo a sua pele macia como pêssego arrepiando sob meu toque. Ela era bonita demais.

— Surpreenda-me. Tenho certeza que você pode — sussurrou de forma sedutora.

Meus dedos deslizaram da sua bochecha por seu pescoço, por seus ombros, subiram de volta para se emaranharem em seus cabelos. Levei a minha boca até a dela, meus lábios roçando nos seus, seduzindo-a, provocando-a. Ela entreabriu os lábios para receber a minha língua na sua. Eu segui sentindo seu sabor. Provocando-a até que ela soltou um gemido rouco. Beijei seus lábios com desejo, dando tudo no beijo e recebendo de volta na mesma medida.

Lentamente, deixei meus dedos percorrerem suas costas, até minhas mãos alcançarem sua bunda redonda e firme, e então a puxei para frente, para que sentisse o quanto eu estava louco por ela.

Segurei na barra da blusa do seu pijama e tirei por sua cabeça, interrompendo o nosso beijo. Com os olhos presos nos meus, ela fez a mesma coisa com a minha camiseta. Suas mãos percorreram meu tórax enquanto ela olhava admirada para o trabalho de suas mãos.

— Você é tão perfeito, Hugo.

Deixei que ela explorasse cada pedaço do meu corpo. Sua mão em mim provocava sensações deliciosas. Ela não estava com vergonha, nem receio de fazer o que queria. Então, ela desceu minha calça de moletom, ajoelhou-se observando meu pau saltar livre.

Soltei os pés da calça enquanto suas mãos subiam por minhas pernas como se tivesse admirando cada parte, mapeando cada músculo. Raquel pegou meu pau duro e apertou de forma delicada, porém firme.

Caralho.

Ela deslizou para cima e para baixo com movimentos precisos. Fechei os olhos com a sensação deliciosa de sua mão em mim. De repente, senti sua boca quente e molhada me envolver. Ela chupou devagar passando a língua, gostando tanto de me ter dentro de sua boca que deixou um gemido sair e reverberar em meu pau.

Que delícia!

Ela sabia o que estava fazendo e gostava. Segurei a sua cabeça, acariciei os seus cabelos adorando a visão da sua boca gostosa trabalhando para me dar prazer. Raquel me enterrou mais fundo na boca, cobrindo os dentes com a língua para fora, pressionando.

— Que delícia...

A sensação era tão boa que fizeram minhas pernas tremerem um pouco e flexionei os quadris para entrar mais fundo em sua boca.

Ela não parou, continuou levando-me até o fundo, voltava e chupava de leve a cabeça. Girava a língua ao redor da cabeça repetidamente para voltar a chupar com firmeza. A sensação de sua boca e língua eficientes me fez gemer alto, maravilhado, rendido.

Porra! Ela é boa demais nisso.

— Raquel, melhor parar — pedi com os dentes cerrados. Quase sem conseguir segurar o gozo. — Ah, Raquel... Eu não quero gozar na sua boca, mas se não...

Ergueu os olhos cheios de desejo para mim. Eu me afastei e a fiz levantar. Joguei seu corpo na cama porque era a minha vez de me divertir, de saborear. Havia provado um pouco do seu sabor e queria mais.

Puxei seu short, deixando-a completamente nua. Parei para admirar seu corpo. Linda demais. Nem parecia que tinha carregado dois bebês. Aproximei-me de seu sexo depilado e senti o cheiro da sua excitação. Ela abriu mais as pernas me dando livre acesso. Meu pau doía querendo alívio, mas teria que esperar.

Enfiei a língua por seus lábios, lambendo, sentindo o seu gosto novamente, ainda melhor.

Porra, ela é gostosa. E gostosa para caralho.

Raquel gemeu erguendo um pouco o quadril, agarrando os meus cabelos. Girei a língua no seu clitóris para um lado e para outro, sentindo seu gosto. Coloquei um dedo dentro dela, que ergueu ainda mais o quadril em minha direção.

— Hugo, por favor — implorou se contorcendo.

Eu não parei.

— O que você quer, Raquel?

— Não pare... Quer dizer, pare... Eu preciso...

— Eu vou te dar tudo que quiser. É só pedir — respondi, sugando delicadamente seu nervo. — O que você quer?

— Quero você dentro de mim. Por favor...

— Só mais um pouquinho. Estou me divertindo muito.

— Está me torturando.

Segui com a lenta tortura da minha boca e língua enquanto meus dedos entravam e saiam lentamente.

— Eu... Por favor — gemeu ela.

Suguei com mais força e aumentei a velocidade dos meus dedos até que ela estivesse gozando em torno deles, molhando a minha mão e boca com seu prazer.

Levantei-me, olhei para o seu rosto e encontrei os seus olhos entreabertos. Seus cabelos escuros estavam espalhados pelos lençóis. Uma completa bagunça linda e sexy. Seu lábio preso entre os dentes e suas mãos segurando seus seios de forma sensual.

Uma visão tão linda e erótica que nunca mais irei esquecer. Tirei meus dedos de dentro dela e acariciei as dobras, sabia que estava sensível ainda, mas que isso a deixaria querendo mais.

Fui até a mesinha de cabeceira e peguei uma camisinha, sem tirar os olhos dela, enquanto ela me observava ainda ofegante. Rasguei o envelope e vesti o meu membro desesperado. Deitei sobre seu corpo e cobri a sua boca com a minha, molhada com o seu tesão. Nosso beijo foi desesperado. Eu queria demais entrar nela, mas também queria sugar os seus seios, queria fazer com que nunca mais se esquecesse de mim. Deixei os seus lábios, mordi o seu queixo, pescoço e alcancei o seu seio, mordendo o bico pontudo, deliciando-me com os montes redondos e firmes.

— Você é gostosa demais, Raquel.

Passei a língua no bico de um, depois no outro. Enfiei seu mamilo na boca, sugando, esticando-o à medida que endurecia mais entre meus lábios e ela se contorcia ardentemente sob o meu corpo, gemendo.

Ela estava completamente ofegante e desesperada novamente. Abri mais suas pernas, deslizando sobre ela, posicionando-me. Saboreei o momento que seus olhos se conectaram aos meus e, bem lentamente, entrei nela.

— É tão gostosa, quente e tão apertadinha. Perfeita. — Fiquei paralisado quando percebi que tinha uma expressão de dor em seu rosto. — Está tudo bem? Machuquei você?

— Só um pouco de desconforto. Faz muito tempo que... Continua...

Ela ergueu o quadril na minha direção. Movi mais um pouco, entrando e saindo, primeiro lento, depois aumentando a velocidade. Raquel jogou a cabeça para trás, a boca aberta, olhos fechados. Gemendo sem nenhum pudor.

Afastei-me e girei seu corpo para que ficasse de barriga para baixo, exibindo sua bunda que me deixava louco, pois era linda demais. Deslizei novamente para dentro dela. Passei a me mover lentamente ou acabaria gozando rápido, e eu não queria. Massageei as bochechas da sua bunda linda, redonda.

Seu corpo inclinado para frente deitado sobre a cama. Seus dedos apertaram os lençóis, e seu quadril, movendo-se de encontro as minhas estocadas, era a visão do paraíso, ou do inferno. Movimentei-me lentamente, sentindo seu calor molhado e apertado me envolver, apreciei cada centímetro do seu traseiro delicioso, que segurei firme, e passei a me mover com velocidade para depois voltar a estocar lento. Puxei seu ombro e cabelos, e seu corpo se chocou no meu. Segurei seu rosto, querendo sua boca na minha. Beijei-a com loucura, desejo e desespero. Vi seus olhos fechados e sua boca dizer meu nome. Algo em mim se remexeu, incomodou. Eu queria mais.

Mais do quê?

Sem entender esse desespero por algo que nem conseguia saber o que era, saí dela de uma vez. Em silêncio, ela se deitou na cama, aguardando por mim. Seus olhos estavam fechados, a boca aberta. Ela ofegou debaixo de mim quando entrei novamente nela, minha boca encontrou a sua e comecei a me mexer cada vez mais rápido. Afastei-me para admirar seu rosto, sua expressão de prazer.

Estava linda, entretanto eu a queria olhando em meus olhos.

— Olha pra mim, Raquel. Quero que me veja, quero ver você.

Seus olhos se abriram lânguidos e encontram os meus, então eu entendi o que precisava. Precisava que ela soubesse que era eu dentro dela. Que era o único. Que era eu lhe dando prazer e que não se lembrasse do meu irmão. Que nunca mais se lembrasse dele. Só de mim.

— Hugo... Por favor. Não para.

Eu me perdi em sua súplica e fui me enterrando nela, sem parar, sem deixar de olhar para os seus olhos. Cada vez mais intenso.

Suas pernas se enrijeceram sobre os meus quadris, apertando-me, e eu sabia que ela estava quase lá. Eu também estava.

— Goze para mim — sussurrei com os olhos grudados nos dela. — Não feche os olhos, quero ver você gozar comigo, Raquel.

Ela gritou ao explodir em um orgasmo louco, prendendo meu corpo, sugando mais fundo e me apertando dentro dela, e eu gozei, enxergando dentro dos seus olhos algo que nunca vi em ninguém antes. Eu me vi. Enxerguei-me dentro deles. Dentro da sua alma.

— Raquel... Ah! Raquel.

Meus braços tremeram, e eu caí por cima dela, pressionando seu corpo no colchão. Enterrei o rosto em seu pescoço, sentindo o seu cheiro delicioso.

Quando recuperei o fôlego, ergui meu rosto e beijei os seus lábios de forma carinhosa, intensa. Suas mãos passavam lentamente por minhas costas banhadas de suor. Interrompi o beijo e abri os olhos. Ela sorriu timidamente, não resisti e beijei de leve seus lábios, tentando encontrar palavras para entender o que estava sentindo.

Mas, no fundo, eu sabia... Estava ferrado, perdido de paixão por ela.

Capítulo 22

Hugo

Yvete me entregou o seu relatório sobre as transportadoras. Estávamos tendo muitos problemas de entregas por causa da pandemia.

— Tudo correu conforme o planejado e como podem ver nos relatórios, tudo chegou no tempo certo — afirmou.

— E quanto às cestas básicas? — perguntei.

— Todas entregues. Muitas famílias sendo cadastradas ainda. Vamos ajudar muitas pessoas.

— Ótimo. Quero que verifiquem se os funcionários com familiares no grupo de risco estão recebendo a devida atenção. Vamos afastar com remuneração até que tudo se normalize.

— É um custo alto, Hugo. Já afastamos aqueles que precisam realmente, estamos liberando adiantamento salarial, décimo terceiro salário, cestas básicas...

— Eu sei. Mas é a coisa certa a fazer. Não é momento de olhar para isso.

Ela me dirigiu um olhar um pouco exasperado.

— Acho que deveria dar uma olhada nessa questão, estamos gastando muito.

— É só dinheiro, Yvete. O mais importante são as vidas. Para a nossa empresa, vidas realmente importam.

— Está certo. Você quem manda.

— Terminamos? — perguntei já agoniado para ir embora.

Já passava das 8h da noite e nem sequer tive tempo de ligar para Raquel. Foi uma reunião atrás da outra. Mal tivemos tempo para comer, pois o almoço foi servido na sala de reuniões.

— Infelizmente, não. Temos que verificar a questão da exportação de...

Quando pensei que estava no fim, começamos mais uma nova negociação.

Depois da noite perfeita que Raquel e eu tivemos, foi preciso muita força de vontade para acordar hoje de manhã. Tentei me despedir dela, mas estava muito exausta e não acordou. Deixei um beijo em seus lábios e saí com coração apertado por ter que ir. Antes que ela adormecesse em meus braços, eu avisei que tinha uma reunião urgente muito cedo. Quando as coisas acontecem, parece que vem tudo de uma vez.

Tentei me convencer de que tudo que estava sentindo era por conta dos acontecimentos recentes. Isolamento, descobertas sobre o Hander. Mas ao me recordar de como fiquei ao ter que sair e deixá-la e de como foi dormir as poucas horas que restou da madrugada em seus braços, eu percebi que estava apaixonado. Foi preciso algumas horas de reflexão, enquanto dirigia, para que eu não ficasse apavorado com esse pensamento. Ainda ficava me martirizando com o fato de que ela não me conhecia de verdade. Com a dúvida de que talvez tivesse, em algum momento, lembrando-se do meu irmão. Tratei de afastar o pensamento porque não queria, de jeito nenhum, ceder ao negativismo. Muito menos desperdiçar a chance que estou tendo com ela.

Quando a reunião terminou, estava exausto e já passava das 11h da noite. Não tive coragem de ligar para Raquel, então passei uma mensagem que pensei muito antes de escrever.

Eu: Sentindo muito a sua falta...

Apaguei.

Fiquei parecendo desesperado, visto que não tinha nem vinte e quatro horas que estive com ela. Não podia deixar transparecer assim o que sentia, pois, sim, eu já estava desesperado por ela. O que era bem ridículo.

Eu: Tudo bem por aí? Hoje não tive como te ligar, dia cheio.

Apaguei também.

Como assim está dando explicações para ela? Mas que droga, Hugo, não sabe nem como agir com uma mulher?

— O que está acontecendo com você? Já está com saudades de casa? — Yvete perguntou de forma debochada. — Está bem estranho.

— Estou... Quer saber a verdade?

— E precisa perguntar? Por te conhecer tão bem, já imagino o que seja.

— Está com tempo? Porque a história é longa e complicada.

— Vamos lá para casa, e você me conta tudo enquanto a gente come. Pedro fez o jantar.

— Vamos, mas não quero demorar, estou muito cansado.

— Cansado? Está praticamente de férias no paraíso e está cansado? Já imagino do quê.

Não respondi sua provocação. Peguei as minhas coisas para irmos e deixei a abelhuda para trás. Já dentro do carro, tentei ligar para a Raquel, mas, como imaginei, ela já deveria estar dormindo. Um sorriso bobo despontou nos meus lábios com o pensamento de que a deixei muito cansada.

Pensei em ligar para a Lizie, mas acabei desistindo da ideia. Quando cheguei ao apartamento da Yvete, meu peito estava apertado, com uma sensação de que estava sendo ignorado. Será que ela só me usou por uma noite para se lembrar do meu irmão? Será que o que vi nos olhos dela foi apenas um reflexo do que estava estampado nos meus? Imaginei tudo, pois queria muito que fosse verdade?

— Hugo, que prazer te ver, cara. — Pedro me abraçou em cumprimento.

— Esqueceu do distanciamento social?

— E teria como? Minha mulher está paranoica com isso. A minha sogra tem problemas sérios de saúde, e a Yvete não consegue deixar de vê-la. Então aqui estamos mais protegidos do que nunca. Fora que, cada vez que assiste ao jornal, ela pira ainda mais.

— Exatamente, aí você vai abraçando qualquer um? — Yvete implica, entregando-me uma garrafa de cerveja.

— Vem, o jantar já está servido. Fiquei feliz quando a Yvete disse que você viria. Faz tempo que estou só olhando para a cara dela. Não aguento mais. — Yvete bateu de leve no ombro dele, que sorriu para ela.

— Não aguenta um dia sem mim, isso, sim.

— Pior que não, amor.

Observei os dois, e uma pontada de inveja apertou dentro de mim. Os dois realmente eram uma inspiração para buscar a felicidade.

— Agora pode começar a contar tudo, Hugo. Já não aguento mais tanto suspense.

— Você não tem vergonha de ser tão intrometida?

— Não mesmo.

Depois que terminei de narrar toda a história, os dois trocaram um longo olhar.

— Ok, essa conversa muda só vocês dois entendem. Então faz o favor de dividir.

— Você ligou para ela, e ela não te atendeu?

— Sim, na verdade, eu passei o dia feito um idiota sem saber o que fazer.

— É só agir como agiria com qualquer uma das mulheres que você transa — Pedro aconselhou, fazendo Yvete revirar os olhos.

Se fosse fazer o que ele sugeriu, eu realmente só ligaria quando quisesse outra rodada. Talvez nem me lembrasse dela depois. Geralmente, as mulheres que procuravam. Mesmo deixando claro que era apenas sexo, elas tinham a ilusão de que teriam um relacionamento duradouro. E eu era o cara que fugia de relacionamentos profundos.

— Claro que não, Raquel não é qualquer mulher para ele. Não percebeu ainda que ele só está assim porque está apaixonado?

Vi os olhos do homem se arregalarem, e eu não neguei. Estava na cara, até Raquel já deveria ter percebido. E então eu corria o sério risco de virar um fantoche nas mãos dela.

— Então você deve tentar conquistá-la de verdade. Deixar essa paranoia de que ela está te colocando no lugar do seu irmão para lá e focar no que você quer. Se ela vale a pena, tem que lutar.

— Espere, que preciso registrar esse momento histórico, Hugo está apaixonado. Inacreditável.

— Não sei por que acha isso tão impossível — reclamei, mas ela estava certa.

Nem eu conseguia assimilar o que estava acontecendo comigo.

— Se olhar a situação... E se ela for embora? Se tiver alguém em Goiânia? Eu sei que ela já comprou uma casa. Já começou a flexibilização do isolamento, então logo vai ter que tomar uma decisão.

— Amor, não fica colocando ainda mais coisa na cabeça oca do Hugo. Vamos deixar esse assunto para lá. Me conta como foi a reunião. — Yvete tentou mudar de assunto, mas já era tarde, as ideias já estavam na minha cabeça.

Quando fui para o meu apartamento já passava da meia-noite.

Chequei se Raquel havia mandado alguma mensagem de boa noite, e nada. Praticamente desmaiei de tão cansado. No dia seguinte, teria mais uma reunião chata e interminável. Agora me diz, desde quando eu achava chato trabalhar?

— Tivemos um crescimento de 0,5% na comparação com maio de 2019, estipulamos um crescimento maior para junho...

Estava olhando para os gráficos apresentados pelo setor financeiro sem realmente me interessar muito. As reuniões eram por conta de uma possível fusão com outra empresa do setor. Uma que não conseguiu segurar as pontas durante a pandemia, e olha que ainda nem saímos dela. Mas a estratégia que usaram foi terrível. Não me admirei quando soube da possível falência. Já fazia algum tempo que estávamos trabalhando na compra de um frigorífico também, seria um novo segmento para o nosso grupo.

Fizemos um intervalo, e segui para o banheiro. Quando voltei, Yvete estava falando no meu celular.

— Ele já saiu, vou passar o celular para ele. — Entregou-me o celular. — É Raquel.

Só de ouvir seu nome, meu coração disparou. Peguei o celular tão rápido que Yvete riu.

— Oi, Raquel.

— Acho que não liguei em uma boa hora, não é mesmo?

— Sim, quer dizer, não. Estou em uma reunião agora.

— Está certo, não vou atrapalhar. Só liguei porque tinha muitas ligações sua. — Sua voz soa chateada e ríspida.

— Está tudo bem?

— Está, sim. Tudo ótimo!

— Não é o que parece, você está brava...

— E você queria que eu estivesse como, Hugo? Você passou a noite comigo e nem mesmo se despediu de mim. Ligo no seu celular, e uma mulher me diz que está no banheiro. Queria que estivesse como? Quer que eu acreditasse que está trabalhando?

— Eu liguei muitas vezes, o que queria que eu fizesse? Você estava dormindo quando eu saí.

Ela nem me deixou terminar.

— Você não me deve explicações, Hugo.

— E não devo mesmo, mas...

Ela desligou na minha cara. Fiquei olhando para o celular sem entender essa conversa ridícula, muito menos a reação dela.

Que mulher maluca.

Capítulo 23

Raquel

Minha nossa!

Olhei para o celular sem entender o que acabei de fazer. Agi feito uma adolescente ciumenta e imatura, isso é fato. Está certo que fiquei com muita raiva quando soube que ele havia ido para Vitória e não teve a consideração de me falar nada antes. Nem mesmo um bilhete. Acordei mais tarde do que o normal, com o corpo meio dolorido pelo excesso de atividades na madrugada e com um sorriso de mulher satisfeita. Porque isso não posso negar. Hugo é um amante fantástico. Senti coisas que nunca havia sentido antes na cama. Dormir nos braços dele foi outra experiência inenarrável.

Quando abri os olhos, esperava encontrá-lo ao meu lado. Foi quando vi as horas e me assustei, levantei às pressas e olhei todo quarto, não tinha um sinal de que ele estivesse passado a noite comigo. As velas não estavam mais espalhadas, não tinha taças e nem garrafa de vinho. A única lembrança daquela noite foi o cheiro dele no travesseiro e as sensações ainda presentes em meu corpo. Quando perguntei por ele, Sarah disse que tinha saído muito cedo, tinha uma reunião em Vitória. O descarado ainda teve a capacidade de pedir que ninguém me acordasse, pois o dia anterior tinha sido muito intenso e eu precisava descansar um pouco.

Liguei novamente para ele na mesma hora. Quando atendeu, nem esperei que dissesse nada, fui logo me explicando.

— Hugo, desculpa. Não sei o que deu em mim.

— Está tudo bem, Raquel. A gente conversa quando...

— Olha, não precisamos fazer isso. Não precisamos conversar sobre o que aconteceu. Eu entendo que foi uma coisa levada pelo momento. Eu estava carente e estávamos isolados nesta casa... Vamos fingir que nada aconteceu. Não é a primeira vez que faço sexo casual, então nada de cobranças.

— Então, foi só casual para você? — inquiriu com um toque de decepção demonstrando que não havia gostado nada do que falei.

— Claro que sim... Olha, Hugo, somos adultos e não vamos fazer uma tempestade por nada. Não passou de sexo, e a gente pode lidar com isso. Não é?

— Claro, foi apenas sexo...

— Hugo, vamos? — Ouço a voz da mesma mulher que atendeu o telefona na primeira vez que liguei e sinto uma pontada no meu peito, lembrando-me porque agi como uma idiota; ciúme.

— Até mais, Hugo. Bom trabalho. — Desliguei a chamada.

Bati o telefone na minha testa repetidas vezes para ver se entrava algum juízo.

— Que merda acabei de fazer? Casual? Que idiota, Raquel. Onde, em nome de Deus, você tem costume de fazer isso?

Comecei a me recriminar por mais uma idiotice. Mas logo as palavras dele vieram a minha cabeça para me atormentar. "Claro, foi apenas sexo". Ele foi rápido demais em concordar.

Embora lá no fundo eu soubesse que não foi, eu tentava me convencer disso. Seria melhor assim.

Liguei para a Juliana e contei o que havia acontecido. Os meninos estavam brincando na área externa onde tinha um espaço com tapume e muitos brinquedos. Eu estava sentada no chão de olho neles enquanto conversava com ela.

— Amiga, você foi muito vaca. Uma cadela *pra* não dizer o mínimo.

— Que vergonha, Ju! Vou ligar para...

— Não faz isso, espera ele voltar e vocês conversam olho no olho.

— Prefiro fingir que nada aconteceu, Ju. Porque você concorda que ele poderia ao menos ter deixado um bilhete? Passado uma mensagem... No entanto, ele saiu sem nem falar comigo. Não teve nenhuma consideração. Fora que nem pestanejou quando eu disse aquelas besteiras.

— Não, não concordo. Amiga, o amor está te deixando meio burra...

— Juliana, vá à merda.

— A verdade dói, mas precisa ser dita. Você não sabe o que fazer, como agir, porque está apaixonada, e é assim mesmo. A gente perde o rumo, *embobece*. Tem muita gente bem resolvida na vida, que diz que nunca vai fazer isso ou aquilo por conta do amor, mas quando é flechado pelo cupido, se transforma numa criatura digna de jardim da infância. Essa é você. Não sabe como agir. Mas tenta se situar, analisar a situação no todo. Vai ver que o Hugo está caidinho por você tanto quanto você por ele. Mudando de assunto, você falou com a Renata? Liguei para ela para irmos receber a finalização da decoradora, e ela disse que não ia poder ir comigo porque não estava passando bem.

Por isso amo tanto a minha amiga. Ela sabe o momento certo de parar e fazer com que as coisas fiquem mais leves. Ainda bem, pois toda aquela história de amor, sentimento e imaturidade estava me deixando desesperada.

— Vou fazer uma chamada de vídeo com ela. Espera.

Demorou um pouco até a minha irmã atender. Talvez por Juliana ter me dito que ela não estava sentindo-se bem, percebi um certo abatimento em seu rosto.

— Oi, Raquel, tudo bem por aí? Como estão os meninos? Oi, Ju.

— Tudo bem, sim, e com você? Parece abatida, a Juliana disse que nem foi com ela na casa nova.

— Sim, não estava me sentindo bem, mas já estou melhor, foi só por causa do tempo seco.

Um alerta apita dentro do meu peito quando ela fala "socorro, me ajude" em libras. Renata, assim como eu, sabe falar muito bem a língua de sinais. Quando éramos pequenas, eu praticamente a obriguei a aprender. Teve um tempo que só respondia as suas perguntas em sinais, o que a deixava muito brava e a levou a se interessar também pela língua. Assim, ela começou a interagir mais com a minha amiga que era surda. Isso a ajudou também no trabalho e em nossas conversas secretas que a nossa mãe jamais poderia ouvir.

— O quê? — perguntei em sinais. — Você está sendo mantida presa? Está em perigo com o Juarez?

— Acho que a gente pode marcar para amanhã, o Juarez vai poder ir com a gente. — Suas palavras já me deixam em alerta. Ela verbalizou uma coisa, mas sutilmente fazia sinal de outra, e dizia: "Eu não sei o que fazer. Ele é outra pessoa."

— Você pode, Ju?

"Estou com medo".

Desliguei a chamada em grupo e liguei para Juliana, que não devia estar entendendo nada.

— Por que desligou?

— Juliana, preciso que vá a casa da minha irmã urgente. Ela está sendo mantida presa lá contra a vontade dela — praticamente gritei de nervoso.

Eu queria poder ir embora naquele momento para ajudar a minha irmã. Senti-me impotente.

— Como assim? Como você sabe disso? Ela não disse...

— Disse, Ju, em Libras. Alguma coisa está acontecendo, e ela precisa de ajuda.

— Vou ligar para o Caetano, meu primo que é delegado. Vou ver se ele pode me ajudar com isso. Estou indo lá agora.

— Leva ela para a casa nova. E me liga assim que chegar lá.

Fiquei tão absorta nessas conversas que não percebi os dois irmãos brigando por conta de um brinquedo, o Heitor mordeu o braço do irmão que começou a chorar desesperado enquanto tentava revidar. Larguei o celular e fui ao socorro deles.

— Ei, vocês dois, parem já com isso. Que coisa feia você fez com o seu irmão.

— Raquel, está tudo bem? — Lizie perguntou muito preocupada.

Não havia percebido que eu estava chorando até o momento em que o choro se intensificou ao olhar seu rosto preocupado. Tentei enxugar meu rosto meio desnorteada. Lizie entrou no cercado, e eu entreguei o projeto de Drácula nos seus braços. Ele chorava como se fosse a vítima.

— Ele mordeu o Hadrián. Vou colocar uma compressa no bracinho dele para não ficar muito inchado.

— Por isso você está chorando assim?

— Não, eu... Depois a gente conversa.

Corri para a cozinha e peguei uma fraldinha que sempre deixava no freezer para caso de emergências como aquela, gostava mais do que a compressa de gel. Bebês naquela fase se machucam muito, então é sempre bom estar preparado. Coloquei a compressa e, logo, ele parou de chorar, querendo pegar o pano gelado. Não foi muito feia a mordida, mas eles têm a pele branquinha demais, então tudo ficava mais evidente. Logo Hadrián dormiu nos meus braços. Coloquei-o deitado no colchão da sala de brinquedos e corri para pegar o meu celular, que tocava estridente.

—Juliana...

— Oi, Raquel, sou eu.

Meus olhos se encheram de lágrimas novamente ao ouvir a voz da minha irmã. Pelo tom, ela não estava bem.

— Renata, que bom falar com você, minha irmã, como você está?

— Obrigada por ter mandado a Juliana ir lá em casa. Fiquei com tanto medo de você não entender nada — confessou chorando.

— O que aconteceu? Quase morri de preocupação.

— Eu não sei o que deu nele. Faz um mês que está estranho, diz que, agora que você está rica, vou largar dele. Então começou a ficar violento, a beber demais...

— E você ficou lá com ele esse tempo todo? Deveria ter...

— É muito fácil falar quando não é com você. O que acha que eu ia fazer? Não tinha pra onde ir. Mamãe jamais aceitaria uma divorciada na casa dela, fora que você sabe, ela iria me mandar orar, dizer que isso era coisa do diabo e que tinha que voltar com ele. Também, eu não queria deixar as minhas coisas para trás, trabalhei para ter tudo.

— Como assim não tinha para onde ir? Claro que você tem. Uma casa daquele tamanho. Vai ficar lá, segura.

— É a sua casa, Raquel.

— É a nossa casa, Renata. Ele te machucou muito?

— Um pouco. A Ju está me levando para fazer exame de corpo de delito. Estou tão envergonhada, Raquel.

— Não sei por que, ele que tem que ter vergonha, ele é o agressor, você é a vítima e nem vem me falar em ter vergonha de assumir isso. Me diz que denunciou e não vai mais chegar perto dele. Eu queria tanto estar aí com você...

— Eu sei, mas obrigada, agora está tudo bem, eu estou bem.

— Promete, Renata, que não vai pensar no que a nossa mãe vai achar. Vai se separar desse homem.

— Eu... Eu prometo.

Conversamos mais um pouco, e ela me contou em detalhes do que estava vivendo. Minha irmã sofreu violência física, sexual e psicológica. Passou por isso tudo, mas com seu coração bom, ainda quis culpar o estresse da quarentena pelas ações do homem com quem ela se casou. Era verdade que o meu cunhado nunca triscou o dedo nela antes, mas talvez porque tinha sempre alguém por perto, também porque a Renata sempre fez tudo o que ele queria. Mas agora ela está livre, e eu posso cuidar dela, assim como fez a vida toda comigo.

— Acho que está na hora de voltar para casa.

Capítulo 24

Raquel

Observar meus filhos levantarem sozinhos, darem passinhos e depois caírem virou meu passatempo favorito. Hadrián se levantou e foi em direção ao irmão. Nessa fase, eu tinha que ficar com atenção dobrada, os dois sempre acabavam brigando por conta do mesmo brinquedo, o que, na maioria das vezes, tinham dois idênticos. Ele fez exatamente o que pensei que faria. Tomou a Galinha Pintadinha da mão do irmão, tendo uma igualzinha na outra mão.

— Ei, garoto, não pode fazer isso com o seu irmão — repreendi, entregando o Galo Carijó e pegando o que estava na sua mão. — Vamos trocar, toma este e dá esse para o seu irmão.

Ele sorriu todo fofinho e não tinha como ficar séria. Peguei-o em meus braços e beijei o seu pescocinho cheiroso.

— Prontinho, hora da frutinha. — Lizie apareceu, trazendo dois pratinhos com pequenos pedaços de manga.

Colocou os pratinhos na frente de cada um. Ela adorava fazer bagunça com os dois.

— Eles vão sentir a sua falta — confessei, seu sorriso foi murchando paulatinamente. Seus olhos se encheram de lágrimas que ela não deixou cair. — E eu também.

Ela sabia que eu estava me referindo a quando fôssemos embora para Goiânia. Esse momento se tornava cada vez mais próximo e certo. Estava evitando falar nesse assunto com ela, pois, desde o dia em que a vi pela primeira vez até aquele momento, houve uma grande mudança. Não só pelo fato de ela voltar a falar depois de tantos anos. A garota loira, linda e de tristes olhos verdes e temperamento difícil, deu lugar a uma doce criança sorridente, amorosa e feliz. Eu sentia muito estar fazendo o seu sorriso desaparecer.

— Eu vou sentir muito mais. Vocês me salvaram e não sei como vou fazer para viver longe de vocês.

— Não fala assim, não estaremos tão longe, você pode ir ficar comigo sempre, e eu posso vir visitar vocês. Nós nos falaremos todos os dias, eu prometo — disse para amenizar as coisas e tentar devolver o sorriso que antes estava nos seus lábios.

— Você não pensa em ficar? Digo, mudar para Vitória. Você gosta tanto de praia, nosso apartamento é tão grande, a gente pode comprar uma casa também se preferir...

— Eu adoraria, mas tenho minha família lá. A minha irmã está passando por alguns problemas, e eu preciso ajudá-la. Além do mais, eu não posso morar na mesma casa que vocês a vida toda, não faz sentido.

— Está bem, mas sabe? Você deveria me adotar, me levar com você. O que acha?

Abri um imenso sorriso para sua proposta.

— E o seu irmão, ele só tem você, espertinha. Não pode deixá-lo sozinha.

— É verdade, você bem que podia casar com o Hugo. Tudo se resolveria.

Quase engasguei com o pedaço de manga que havia colocado na boca. Ela me observou com o sorriso arteiro.

— Meu Deus, de onde tirou isso, garota? Que ideia mais absurda.

— Eu já percebi que vocês dois se olham diferente de um tempo para cá. Seria maravilhoso se ficassem juntos.

— Lizie, as pessoas não se casam assim do nada. Tem que se conhecer, namorar, noivar. Seu irmão... Nem sei por que estou te dando conversa.

— Porque você gosta dele. Eu sei que gosta.

Mirei seu rosto com expressão fechada.

— Não, eu não... Chega desse assunto e não repita mais isso.

— Está bem, não falo mais nada.

Sorrindo, ela acenou com a cabeça, mas claro que vi no seu olhar que ela agora iria dar uma de cupido. E só então percebi que ela já vinha agindo como um faz algum tempo. Sarah se aproximou e sentou-se, observando a bagunça que os dois estavam fazendo com a manga. Eles tinham sujeira até nos cabelos.

— Estava pensando em fazer lasanha para o jantar. O que acha?

— Que provavelmente amanhã vou ter que malhar o dobro — brinquei, e ela sorriu animada.

— Hugo... — Lizie gritou com os olhos fixos logo atrás de mim e se levantou com um sorriso no rosto.

Meu coração começou a bater acelerado com a simples menção do seu nome e, claro, com a presença dele. Senti minhas mãos ficarem instantaneamente frias e, se eu estivesse em pé, as pobres das minhas pernas estariam bambas. Não ousei olhar para trás. Tentei me concentrar nas sensações que estavam acontecendo dentro de mim. A ridícula sensação de que borboletas ou sei lá que tipo de seres voadores e gelados estavam alçando voos rasantes centro do meu estômago, barriga e coração.

Que coisa mais estranha.

— Oi, irmãzinha. Tudo bem com você?

As sensações aumentaram com o som da sua voz sexy. Lembrei-me de como foi bom ouvir sacanagens ao pé do ouvido, e tudo piorou. Eu estava mesmo molhada só com a sua presença?

Que falta de vergonha na cara, Raquel.

Os meninos levantaram e correram em sua direção, só então eu ousei olhar para ele. Já tinha visto o Hugo de terno, mas ele estava especialmente mais bonito. Vestia uma camisa branca e terno cinza claro. Estava sem gravata e com alguns botões da camisa desabotoados. Meus olhos encontraram os seus.

— Raquel, tudo bem?

— Oi, Hugo! Tudo bem e você?

— Sarah, como vai?

— Bem, Hugo.

— Titio, titio... — os meninos gritaram chamando atenção para eles.

— Ei, rapazes, vem aqui no tio Hugo.

Ele pegou os dois sem se importar se iriam sujar o seu terno caro. O que de fato aconteceu, pois eles enlaçaram o seu pescoço e beijaram as bochechas, deixando uma marca de manga em seu rosto com barba por fazer. Eu tinha imaginado mil formas de agir quando ele chegasse, com naturalidade ou indiferença, mas não agir feito uma boba deslumbrada por sua beleza estonteante.

Sou um caso perdido.

— Eles sentiram sua falta — Lizie disse de forma doce. — Nós sentimos, não foi, Raquel?

Não foi, Raquel? Ela estava querendo insinuar que eu também senti falta dele? Não faça isso, pequena traidora.

— Eles sentiram, sim — falei mais rápido do que necessário. — Eles sujaram você todo.

Levantei e fui até a prateleira que guardava fraldas e lenços umedecidos. Peguei um punhado e entreguei para ele limpar o rosto.

— Não tem problema.

— Acho que o seu terno já era.

— Raquel, eu posso falar com você um instante?

Olhei seus olhos e vi um brilho estranho que fez meu coração se apertar. Talvez esteja querendo perguntar por que agi como uma adolescente boba. Eu precisava deixar claro que não passou de sexo, que o fato de ele ter saído sem falar nada não me atingiu de fato como deixei transparecer.

— Claro, Hugo. Só preciso dar banho nesses dois porquinhos, então...

— Eu fico com eles, Raquel. Sarah pode me ajudar — Lizie falou já pegando Hadrián no colo.

— Está bem então, vamos? — Apontei o caminho para ele, que deixou um beijo na testa do Heitor antes de entregá-lo à Sarah.

Minhas pernas tremiam mais a cada passo que eu dava. Ele seguiu na minha frente com as mãos nos bolsos em direção ao escritório. Lizie, Sarah e os meninos estavam logo atrás. Hugo entrou no escritório e tirou o terno sujo, colocando-o sobre uma cadeira.

— Feche a porta, Raquel.

— Não acho que...

Antes que eu terminasse de falar, ele se aproximou fechando a porta em tempo recorde, prensando-me contra ela. Meu coração quase saiu pela boca, meu corpo inteiro estremeceu com seu corpo grande e firme colado no meu, seu cheiro me embriagando. Uma das mãos agarrou minha nuca e a outra a minha cintura em uma pegada forte que me deixou mole, derretida. Respirei com dificuldade.

— Me solta, agora. Você não tem o direito de ir me agarrando assim — protestei, seu rosto abaixando bem próximo do meu.

— Sim, tem razão, mas não consigo resistir a você — confessou, buscando meus olhos, em seguida seu olhar parou em meus lábios. — Porra de mulher linda... — sussurrou antes que sua boca se encostasse à minha, só me restando gemer em deleite.

Apoiei as mãos em seus ombros, com toda a minha revolta e protesto por conta de ele ter saído sem se despedir e dos dias que não entrou em contato comigo sendo esquecidos e calados por seus lábios. Sua boca deliciosa devorou a minha, a língua se movendo eroticamente entre meus lábios, lambendo-me, entrando e saindo, fazendo meu centro latejar com força. Inspirei fundo, sentindo o seu perfume misturado com o cheiro do lenço umedecido dos meninos que ele usou para limpar a manga em seu rosto. Gemi sobre seus lábios e o beijei de volta, intenso e profundamente. Ele esfregou seu pau duro em minha pelve. Sua mão desceu para a minha bunda, erguendo meu corpo e alinhando nossos sexos numa fricção gostosa. Gemi desavergonhadamente, toda entregue e pulsando, molhada além da conta e louca por mais.

— Você me deixa louco, Raquel... — confessou em um gemido, a sua boca deslizando por meu queixo, pescoço até meu ouvido, mordiscando a minha orelha. — Quero tanto você.

De alguma forma, eu voltei à razão. Coloquei as mãos em seu peito firme e o afastei.

— Nem sempre querer é poder, Hugo. E eu não quero.

Capítulo 25

Hugo

Ela me afastou, eu me mantive firme. Não podia deixar que ditasse as ordens. Não mesmo. Estava desesperado para entrar nela bem fundo, muitas e muitas vezes, pois tinha certeza de que a minha fome por ela não ia acabar assim tão fácil. Nunca estive tão obcecado por uma mulher antes, tudo nela me atraía. Raquel não saiu um minuto dos meus pensamentos.

— Não vou deixar que diga novamente que aquela noite foi apenas sexo, Raquel. Sabemos que...

Ela nem deixou que eu terminasse de falar e elevou a voz:

— Hugo, se não foi só isso, então por que saiu sem ao menos se despedir? Nem me disse nada que iria para Vitória?

Seu corpo deslizou para o chão e, a contragosto, eu deixei que se afastasse.

— Eu te disse, sim, Raquel, mas provavelmente já havia adormecido. Eu falei que tinha uma reunião urgente. Por isso não entendi por que ficou tão brava comigo.

— Eu não... Não fiquei brava com você. Só acho que o que aconteceu não precisava de... Quero dizer, somos adultos e podemos lidar com isso.

Fiquei em silêncio, observando seu rosto, segurando a vontade de debruçar seu corpo sobre a mesa e mostrar que estava errada. Mas escolhi seguir por outro caminho.

— Sim, nós podemos lidar com a forte atração que sentimos, porque você não pode negar, Raquel, que quer tanto quanto eu.

— E você acha que... Hugo, não está certo — reclamou, afastando-se. — Estamos vivendo na mesma casa, tem a Lizie.

— Não está certo é querer alguém como eu quero você e não poder fazer nada, ou fingir que não...

— Eu não estou fingindo coisa alguma, só não quero... Quer dizer... Dá pra parar de me olhar assim?

Está vendo? Eu sei que mexo com você, que neste momento deve estar completamente molhada, cheia de tesão.

— E o que você quer, Raquel? Diga e farei exatamente como você quiser. — Encostei meu corpo no dela, prendendo-a à mesa.

— Hugo, não me tente assim.

— Olha quem fala... A própria tentação em pessoa. Diz o que você quer, só não me peça isso, porque não vou conseguir manter as mãos longe de você.

Então tomei mais uma vez sua boca na minha, desta vez de forma mais lenta, seduzindo, provocando, mostrando que nossa química era forte demais para tentar resistir. E nessa história, o seduzido fui eu, essa era a verdade. Segurei firme a sua cintura e a coloquei sobre a mesa. Ela abraçou meu quadril com as pernas, puxando para mais perto, gemendo deliciosamente ao sentir meu pau sobre o calor do seu sexo quente e molhado.

Ela puxou a minha camisa para fora da calça, senti sua mão subindo por minhas costas, arrepiando-me todo ao seu toque. Segurei firme sua nuca e aprofundei ainda mais beijo. Ela se esfregou na minha ereção, deixando-me ainda mais insano.

— Eu quero você, Hugo. Não deveria, mas eu quero.

Não deveria? Eu até quis perguntar o motivo, mas preferi mudar a sua opinião com ações. Ações valem mais do que palavras tolas e discussão sem sentido.

— Então não diga mais que não pode acontecer. Você me quer, eu te quero...

— Está bem, vamos deixar rolar.

— Deixar rolar? — inquiri doido para saber onde ela queria chegar, embora já suspeitasse.

— Sim, ficando até... A gente só não pode deixar ninguém saber, Lizie pode criar ideias erradas em relação a nós dois. Ela já está apegada a mim demais e isso só vai fazer com que ela tenha ilusões a respeito de um futuro entre nós dois. Assim como não podemos negar que rola uma atração muito forte, também não podemos esquecer que tem prazo de validade. Eu vou embora em breve, além do mais, não quero um relacionamento, só pra deixar claro.

Semicerrei os olhos, odiando suas palavras, morto de vontade de contestar cada uma delas. Entretanto, eu sou um bom negociador. Administro uma empresa muito grande e sei persuadir muito bem. Agir no momento certo é o segredo de todo negócio. Saber quando recuar e atacar faz toda a diferença em qualquer momento da vida.

— Então você quer sexo casual com prazo para acabar? Acho que podemos lidar com isso.

Mentiroso. Não é isso que você quer, mas ela não precisa saber, não agora.

— Sim, Hugo, é isso. Nós dois sabemos que em breve o interesse acaba, e... Enfim, agora me deixa ir cuidar dos meninos.

Queria dizer que ela nunca esteve tão enganada. Já tive mulheres suficientes para saber quando o interesse acabaria. Até poderia concordar com ela há algum tempo atrás, mas, depois de todo tempo ao lado dela, pela forma que me sentia quando a beijava, quando tocava, eu sabia que era diferente. Que era para durar.

— Só mais um beijo...

Antes que ela dissesse mais alguma coisa, beijamo-nos novamente. Desci a alça do vestido, deixando o seu seio de fora e passei a acariciar o bico rijo antes de descer a boca sobre ele. Raquel gemeu entregue quando chupei de forma gananciosa o bico entre meus lábios, depois mordisquei já sem forças para deixá-la ir. Raquel me enlouquece de todas as formas.

— Hugo...

— Ok, já entendi, mais tarde.

Beijei novamente sua boca.

Afastei-me, ajudando-a a descer da mesa. Ela arrumou o vestido floral que estava usando, seus lábios inchados por causa da intensidade do nosso beijo. Parou na porta e me deu uma última olhada antes de sair do escritório, deixando-me com um sorriso no rosto e uma ereção imensa. Ela fechou a porta e esperei alguns minutos para sair.

— É, meu amigo, você vai ter de esperar. Paciência.

Fui direto para o andar de cima. Quando passei pela porta do quarto da Lizie, ouvi o barulho de risadas. Nunca vi a minha irmã tão feliz na vida, e isso me deixou feliz também. Ouvir a sua voz, depois de ter perdido as esperanças de que um dia ela voltasse a falar, era a coisa mais sublime que poderia acontecer. Significava que ela estava evoluindo, curada de toda dor e trauma que passou.

Tomei um banho e desci para buscar as compras que a Lizie fez pela internet e chegaram ao apartamento, estavam no carro ainda. Tinha tantos pacotes que tive que fazer malabarismo para carregar. Imaginei que seriam coisas para a festa de aniversário surpresa que ela insistiu em fazer para os nossos sobrinhos. Uma data tão importante não poderia passar em branco. Mesmo que não tivesse convidados, eles iriam se divertir na festa.

Foi até engraçado eu indo atrás de decoração da Galinha Pintadinha. Yvete me pegou pesquisando, eu já estava pronto para pedir a minha secretária que ficasse responsável por tudo, pois realmente eu estava muito ocupado. Então ela me disse que tinha uma amiga dona de uma casa de festa e falaria com ela para organizar tudo e levar para o sítio. Já imagino a cara da Raquel quando tudo estiver pronto.

Desde o início da pandemia até nos dias atuais, fazia quase quatro meses, e as coisas já estavam voltando um pouco à normalidade. Por isso ninguém no escritório entendeu quando decidi que ainda ficaria em Home Office por tempo indeterminado, uma vez que, no escritório, tomávamos todas as precauções para evitar o contágio. Apenas a Yvete sabia dos meus motivos e me apoiava. Na verdade, estava na torcida para que eu finalmente sossegasse.

Planejei aproveitar esse tempo no sítio para conquistar o coração daquela goiana arredia. Quando chegar o momento de Raquel ir embora, ela vai estar tão doida por mim que não irá conseguir nos deixar.

Eu estava certo que iria conquistar o coração daquela mulher.

Raquel

Estava nervosa com a presença dele. Não acreditei que cedi tão fácil e depois fiquei falando aquelas coisas sobre sexo casual e blá, blá, blá. Como se eu fosse *expert* no assunto, e eu não era. A única vez que fiz algo do tipo, acabei grávida e sozinha.

Hugo tinha o poder de derreter o meu cérebro, me tirar a razão, e eu acabava falando coisas sem sentido. Depois que saí do escritório, subi para ver os meninos. Encontrei os três dentro da banheira fazendo a maior farra. Lizie não conseguiu disfarçar a cara de decepção por me ver tão rápido. Logo a Sarah desceu para preparar o jantar. Hugo apareceu, algum tempo depois, no quarto com tantas caixas e sacolas que fiquei impressionada. Claro que Lizie comprou mais coisas para mim e para as crianças e ficamos algum tempo olhando tudo até que Sarah avisou que a comida estava pronta.

Quando ele desceu para o jantar, sentou-se ao meu lado para me ajudar com os meninos. Heitor fez birra para ficar no colo dele, e Hugo permitiu. Jantou dividindo a comida com o sobrinho. Terminamos de comer, e os meninos já estavam quase dormindo em cima da cadeirinha, isso porque foi um custo colocar os dois nelas. Lizie foi ajudar a Sarah com a louça na cozinha.

— Vamos, eu ajudo você — Hugo ofereceu de forma doce, pegando o Heitor nos braços.

Subimos em silêncio.

Coloquei o Hadrián no berço e, em seguida, ajudei Hugo a colocar o Heitor. Peguei a babá eletrônica e saí do quarto. Quando fechei a porta atrás de mim, Hugo me encarou de uma forma que tive certeza que ele me imprensaria na parede e me possuiria. O meu coração batia duas vezes mais forte quando ele me olhava assim, e um tremor inconveniente tomava conta de mim quando Hugo se aproximava como estava fazendo naquele momento.

De terno, ele ficava perfeito e não se parecia nada com o homem que conheci naquela viagem de dias ensolarados e as noites quentes como costumava parecer. Ele era o verdadeiro Hugo, aquele que me faz queimar só com o olhar. Aquele que me possuiu como nenhum outro havia feito na vida.

— Hugo, não faz isso.

— Isso o quê?

Antes que conseguisse responder, estava sendo beijada de forma intensa. Eu queria empurrá-lo, correr para longe. Mas suas mãos me seguravam e as minhas pernas não obedeciam. Sem mais nem menos, ele me soltou e se afastou sorrindo. Eu tive que apoiar a mão na parede para não cair. Fiquei olhando-o desaparecer no corredor em direção às escadas. Esperei um pouco para descer.

Fiquei na cozinha ajudando Lizie a guardar a louça, conversando sobre o livro que ela estava lendo e dando todos os spoilers possíveis, mas eu achava tão fofa a sua empolgação que não ousava reclamar. Depois ela subiu dizendo que estava muito cansada e que não ia conseguir assistir ao filme que havíamos combinado. Hugo estava no escritório quando ela passou para desejar boa noite.

Eu subi para o meu quarto, tomei um banho demorado, vesti uma lingerie sexy e fiquei esperando que ele aparecesse, mas ele não apareceu. Não entendi que tipo de jogo ele estava fazendo, já que mais cedo havia demonstrado que estava louco para fazer amor... amor não, Raquel, trepar com você. Amor não tem nada a ver com a história. Precisava aceitar que não passava de sexo ou iria me machucar. Apaixonada como já estava, precisava ter cuidado para não evoluir para algo mais intenso.

Meia hora depois, coloquei um roupão branco e passei no quarto da Lizie e dos meninos, todos já dormiam. Hugo não estava no quarto dele. Era normal a Sarah estar na cama antes das nove, acordava sempre muito cedo. Já era dez e meia quando entrei no escritório do Hugo. Ele estava concentrado em algum documento no notebook e nem notou que eu havia entrado. Fiquei olhando sua figura concentrada, digitando alguma coisa de forma habilidosa.

Tão lindo que fez meu corpo esquentar. Vestia uma camiseta branca e calça de moletom cinza claro. Estava de óculos de grau, o que o deixava ainda mais sexy. Como pode um ser humano ser tão lindo?

Aproximei-me, segurei no braço da cadeira dele, virando para que ficasse de frente. Ele me olhou surpreso. Sentei-me no seu colo com uma perna de cada lado do seu corpo, suas mãos seguraram a minha bunda, e ele me puxou para mais perto, encostando nossos sexos. Ele me olhou intensamente. Sem dizer nada, encostei os meus lábios nos seus e empurrei a minha língua para dentro de sua boca, que foi recebida com prazer. Senti sua ereção crescer junto a minha umidade.

— Eu acho que você trabalha demais — falei com os lábios grudados nos seus.

— Estou começando a concordar com isso.

Hugo me ergueu em seu colo e me carregou até o outro lado da mesa, deitando meu corpo sobre a madeira firme. Sua mão desceu sobre o meu pescoço, abrindo o roupão e exibindo a roupa íntima que eu havia colocado para ele.

— Porra de mulher linda.

Hugo ficou olhando meu corpo deitado sobre a mesa, o roupão aberto, minha pele quase suplicando por seu toque. Ele abriu as minhas pernas e se abaixou, ficando de frente a minha intimidade que estava clamando por atenção. Ele sugou o tecido da calcinha, fazendo-me ofegar com o calor de sua boca e desejar que não tivesse essa barreira impendido o ataque de sua língua habilidosa.

Ele passou o dedo pelo elástico lateral e empurrou o tecido para o lado com cuidado. Arqueei o corpo quando sua língua pincelou meus lábios de leve, uma, duas, três, inúmeras vezes antes de parar no clitóris e dar total atenção a ele. Eu gemi maravilhada quando ele colocou dois dedos dentro de mim. Uma mulher não sabe o que é o melhor sexo oral da vida se não for chupada assim, com afinco e com esses dedos se movendo para dentro e para fora até fazê-la gozar. Meu corpo todo estremeceu quando o orgasmo veio me arrancando momentaneamente da realidade.

Hugo foi subindo, deixando beijos por todo meu corpo até chegar a meus lábios e me beijar com desespero. Senti meu gosto em sua boca, e isso fez algo estranho se agitar dentro de mim. Deixou uma mordida leve em meu lábio inferior, antes de se afastar para o queixo e descer para o pescoço. Hugo puxou o meu corpo, tirando-me de cima da mesa, girou, fazendo-me debruçar sobre ela. Ergueu o roupão até que estivesse embolado em meu quadril. Acariciou minha bunda com mãos firmes que causaram arrepios por todo meu corpo. Suas mãos seguraram o elástico da minha calcinha e desceu até os joelhos. Sem demora, penetrou tudo.

Gemi de prazer em ter seu membro rijo dentro de mim.

— Hugo, a camisinha. — Ainda falei antes de gemer com as estocadas deliciosas que ele estava dando, entrando e saindo, deixando-me louca.

— Você me deixa louco, nem me lembrei disso. Fique assim que já volto.

Fiquei parada como ele pediu. Ele foi até a gaveta e pegou um pacote de camisinha. Não demorou a me penetrar novamente. Hugo puxou o meu pescoço, fazendo as minhas costas encostarem em seu peito. Virei a cabeça em sua direção e ofereci os meus lábios. Com uma das mãos ele segurava meu quadril, com a outra, ele passou a acariciar os meus seios, apertar os bicos por cima do sutiã, para depois descer para o centro das minhas pernas em busca do meu nervo ainda sensível. Não demorou muito, eu estava tremendo em um orgasmo intenso novamente.

É, Raquel, sem dúvida se seu coração não estivesse nas mãos dele, seu corpo já estava.

Capítulo 26

Raquel

Cinco dias se passaram desde que Hugo havia voltado. No dia que ele chegou, acabei deixando de lado as minhas convicções de que não iria rolar mais nada entre nós. Fui procurar por ele no escritório e depois fomos parar no seu quarto. Dormi na cama dele e acordei muito cedo para ir para o meu quarto. No dia seguinte, mal o vi, pois passou o dia trancado no escritório. Mas, à noite, estávamos mais uma vez nos braços um do outro. Agimos feito dois adolescentes namorando escondido, dando beijos furtivos em horas impróprias.

O pior era que eu estava adorando.

O mais engraçado em nossa situação era a Lizie dando uma de cupido, tentando juntar o irmão e eu. Outro dia, nos chamou para caminhar na praia e, do nada, teve uma dor de barriga e voltou correndo para casa, deixando-nos sozinhos. Aproveitamos a caminhada, tomamos banho de mar, beijamos muito e quase transamos sobre a areia morna. Outro dia, ela pediu para assistirmos a um filme, insistiu que o irmão ficasse, pois ele iria adorar. Em seguida, disse que estava morrendo de sono, que já tinha visto o filme e foi dormir, deixando-nos sozinhos na sala escura. Quando ela saiu, nós dois disparamos a rir da sua arte. Antes que acabasse em seus braços, eu me levantei e fui ver como os meninos estavam. Lizie estava mexendo no celular e sua cara denunciou a decepção por me ver no seu quarto e não estar aproveitando a noite no sofá com o irmão dela.

— Não terminou de ver o filme?

— Pensei que estivesse com sono, mocinha. Ainda acordada?

— Eu só estava respondendo uma mensagem de uma amiga. Já vou dormir.

— Eu também estou com sono, estava cochilando no sofá. Mas o seu irmão ficou lá assistindo, parece ter gostado muito. Depois eu vejo o final.

— Coisa mais sem graça.

Ignorei sua cara amarrada, ou acabaria rindo dela. Quando entrei no meu quarto, Hugo estava deitado muito à vontade em minha cama.

Ontem estávamos apreciando o pôr do sol, e Lizie pediu animada:

— Toca para a gente um pouco, Hugo. Nunca mais você tocou.

— Sério? Estou com preguiça, o violão deve estar desafinado depois de tanto tempo sem ser tocado.

— Então você afina, uai. Vou lá pegar.

Lizie saiu correndo para buscar o instrumento. Eu fiquei olhando para ele sem conseguir desviar os olhos.

— Então além de lindo, você toca e canta? — perguntei.

— Sim, era uma coisa que gostava de fazer na adolescência. Na faculdade, tive um colega que adorava música sertaneja, então queria formar uma dupla, mas não era muito o meu estilo.

— Nem o meu.

— Uma goiana que não gosta de música sertaneja? Isso é raro.

— Na verdade, não, conheço muita gente que não curte. Mas olha, se seu amigo tivesse a metade da sua beleza, seria um sucesso essa dupla de vocês.

— Jura? E eu achando que para isso tinha que ter era talento.

— Isso é um mero detalhe.

Estávamos rindo quando a Lizie voltou toda saltitante, entregando o violão ao irmão. Ela sentou-se no chão próximo aos meninos.

Hugo dedilhou as cordas, chamando a atenção dos sobrinhos, que foram direto até onde ele estava, muito curiosos. Ele começou a tocar uma cantiga de roda que toca muito na Galinha Pintadinha, e eles dançaram e bateram palmas. Uma graça os dois dançando desengonçados. Depois, ele começou a cantar uma música do Legião Urbana, Vento no litoral, e percebi que estava perdida mesmo. Sua voz conquistou de vez o meu coração.

Voltei dos meus devaneios quando ouvi o barulho de um caminhão. Eu tinha ido ajudar a Sarah na cozinha, e olhei pela janela. Supus ser de uma casa de festa por causa dos desenhos de balões e o nome escrito nele "É dia de festa". Estava estacionado no jardim próximo à entrada da piscina. Enxuguei as mãos e saí para ver do que se tratava. Fiquei pasma quando vi alguns homens começando a descer várias coisas.

— O que está acontecendo? — perguntei para Hugo, que estava brincando com os meninos no cantinho dos brinquedos.

Ele se levantou, deixando os dois sentados entretidos com o brinquedo barulhento.

— Uma festa de aniversário para eles. Não podemos deixar esse dia passar em branco, não é mesmo?

Fiquei olhando seu rosto, boquiaberta. Ele foi em direção aos rapazes e começou a dar instruções. Lizie, enfim, aproximou-se quase saltitante de felicidade, seus olhos verdes-azulados brilhando. Havia combinado há alguns dias de fazermos um bolo e alguns balões, e agora ela me aparecia com aquilo. Senti meus olhos pinicarem de lágrimas.

— Você organizou isso tudo?

— Eu não, foi o Hugo. Ele que fez tudo, eu só dei a ideia.

— Vocês são doidos, isso deve ter custado uma fortuna.

— Já deveria ter se acostumado, Raquel, dinheiro não é problema para a gente. Agora, nem para você. Vou lá para verificar se estão higienizando tudo. Olha, bebês, tem uma Pintadinha gigante — ela gritou para os meninos e pegou uma máscara de tecido, indo em direção às pessoas que estavam arrumando as coisas na área externa ao lado da piscina.

Os danadinhos, estranhando a movimentação, levantaram-se para ver o que estava acontecendo.

— Seus tios são meio malucos — falei para os dois bebês, que abriram um sorriso como se tivesse entendido e concordasse comigo.

Passei uma mensagem para a minha irmã e Juliana contando sobre a festa. Um nó se formou em minha garganta, uma vontade de chorar. Fiquei emocionada com a atitude dos dois.

Eu: Acreditam que Lizie e Hugo estão fazendo uma big festa de aniversário para os meninos? Eles são malucos.

Juliana: Eu achei o máximo, recebi o convite da Lizie, que me pediu segredo. Era para ser surpresa.

Eu: Convite? Como assim?

Juliana: Um convite digital falando da festa. Vamos participar *on-line*.

Renata: Ela queria que nós fôssemos, até queria mandar um avião buscar a gente, mas o irmão achou melhor, não. Ainda tem muitos casos de Covid, e o isolamento não acabou ainda. Achei fofo da parte dele cuidar assim de vocês. Embora as coisas por aqui já estejam bem flexíveis.

Percebi que a Renata estava um pouco mais animada. Ela tem feito terapia depois de tudo que aconteceu. Mas só começou depois de insistirmos muito, pois ninguém passa pelo que ela passou sem sequelas. Eu não estava perto para dar o apoio que ela precisava, mas falava com ela todos os dias e, naquele momento, percebi que as coisas realmente estavam um pouco diferentes, ela parecia melhor e fiquei muito feliz por ela.

Eu: Ok, então até mais tarde na festa dos meninos.

Sentei-me ao lado deles e passei a mão nas cabecinhas quase louras, completamente o oposto de mim. Chegava a dar um aperto no coração em pensar que teríamos que deixar tudo para trás. De longe, fiquei olhando o Hugo e a Lizie conversando com os rapazes. Não dava para mensurar o quanto eles eram importantes para mim. Eles ocuparam um espaço muito importante em minha vida, preencheram um vazio que eu nem sabia que existia.

Algumas horas depois, estava tudo organizado para festa. Tinha uma piscina inflável azul cheia de bolinhas transparentes e com todos os personagens dentro. Um painel imenso com o tema da Galinha Pintadinha, muitos balões por todo lado. Estava realmente lindo. O bolo era enorme, que descobri depois ser uma maquete, e um pula-pula gigante que a Lizie estava animada para usar.

— Está tudo tão lindo — minha irmã disse animada.

Conectamos a chamada de vídeo à TV da área externa para que "participassem da festa". Hugo estava com o Heitor, ajudando-o a sentar no cavalinho.

— Lindo mesmo, inclusive o homem com o bebê — Juliana disse, fazendo-me arregalar os olhos e, em seguida, lançar um olhar fuzilante para ela. — Que é isso, hein? Deus benza.

Hugo sorriu e balançou a cabeça um pouco envergonhado. Ignorei sua provocação e chamei todo mundo para cantar parabéns, pois já passava das 5h da tarde e logo escureceria. Pousamos para fotos com o fotógrafo contratado para a festa. O coitado mais parecia um visitante espacial com aquela roupa de astronauta. Tudo para a segurança de manter distante o vírus que estava fazendo tantas vítimas pelo mundo.

Às 7h da noite, já estavam desmontando tudo, menos a cama elástica que Lizie fez o irmão comprar para ela. Os meninos não se aguentavam de cansados, coitados, pois brincaram muito. Subi com a Sarah para darmos banho neles, rindo da Lizie que não queria sair do pula-pula e ainda arrastou o irmão para ir com ela. Apesar de relutar, ele sempre fazia o que ela queria.

Depois do banho, os bebês mamaram e dormiram, ou, melhor dizendo, desmaiaram. Colocamos os dois nos respectivos berços, peguei a babá eletrônica e desci. Quando chegamos ao jardim, Lizie e Hugo estavam comendo um enorme pedaço de bolo. Servi um pedaço e me juntei aos dois na mesa da piscina.

— Minha nossa, acho que nunca comi um bolo tão gostoso — exclamei, devorando mais um pedaço.

Hugo passou o dedo no canto dos meus lábios de forma lenta e retirou um pouco de cobertura que ficou. Sem tirar os olhos de mim, levou à boca e sugou. Olhei para ele com repreensão e fiquei vermelha como um pimentão quando ouvi a voz divertida da Lizie.

— Vocês dois deveriam parar de fingir que não estão ficando. Todo mundo já percebeu isso. Não vejo nada demais, até gosto muito da ideia. Muito, de verdade.

Então ela se levantou e saiu para pegar mais um pedaço de bolo enquanto Hugo e eu nos encarávamos, surpresos.

— E agora? — perguntei quando ele passou o dedo em meu rosto em uma carícia lenta.

— Agora eu acho que a gente pode se beijar, não vai ter problema nenhum. Todo mundo já sabe mesmo.

— Para com isso, Hugo — repreendi, sentindo meu rosto esquentar. — Elas vão achar que estamos mesmo juntos.

— E não estão? — perguntou a garota.

Não nesse sentido. Não literalmente.

— Não — Hugo e eu respondemos ao mesmo tempo.

Lizie terminou de comer o bolo e foi para o pula-pula um pouco contrariada com nossa resposta. Eu também fiquei, não negaria que gostaria que ele tivesse dito sim, que estávamos juntos. Hugo se levantou e estendeu a mão em minha direção.

— Vem, vamos pular com ela.

— Você não está falando sério, não é?

— Claro que estou, vem, vai ser divertido.

Sacudi a cabeça sem acreditar que estava mesmo indo agir como uma criança. Tirei as sandálias e entrei no brinquedo gigante. Lizie começou a pular e logo caí de bunda. Sorrindo, Hugo segurou em minhas mãos e começamos a pular junto, feito duas crianças. Meus cabelos voavam, ricocheteavam em meu rosto. A sensação de liberdade era deliciosa. Ele então soltou a minha mão e, logo, eu estava pulando sozinha. Quando parei, minhas pernas não me obedeceram e caí sentada.

— Vai ter que esperar um pouco para sair. Depois você acostuma — Lizie informou. — Eu vou subir, estou cansada. Boa noite aos pombinhos.

— Você é uma garota muito abusada — eu disse fazendo cara de brava.

— E vocês muito bobos, deveriam aproveitar e se divertir um pouco. Vamos, Sarah? Vamos dormir.

As duas saíram do jardim, deixando-nos sozinhos. Deixei meu corpo cair de costas, sorrindo. Hugo deitou-se ao meu lado, mas não muito perto. O céu, que antes estava estrelado, agora era tomado por nuvens escuras.

— Eu adorava esse brinquedo quando era criança — Hugo confessou e virei a cabeça em sua direção, encontrando seu rosto sereno. Nostálgico. — Foi uma das últimas coisas que eu e meu irmão compartilhamos sem brigar. Depois, ele foi embora com a nossa mãe e tudo entre nós dois virou competição.

— Eu temo que isso possa acontecer com os meninos — confessei. — Já existe algo nato nos dois, Heitor sempre quer tomar os brinquedos do Hadrián. Será que vão crescer assim?

— Talvez não, se não houver comparações nem influência à competição. Se ensinar desde cedo os dois a serem unidos e apoiar as diferenças de cada um. Minha mãe escolheu Hander para ir com ela quando foi embora, sei disso porque ela mesma me disse. Eu era apegado ao nosso pai, e Hander a ela. Desde muito cedo, existiam as comparações do tipo: seu irmão é mais esperto do que você, ele é melhor na matemática, ele joga futebol melhor do que você. É até mesmo mais bonito.

Tomou um longo suspiro, e tive vontade de puxá-lo para os meus braços e acarinhar os seus cabelos.

— Acho que fomos criados assim, para sermos inimigos, estranhos que competiam. Hander sempre foi mais competitivo do que eu, mesmo antes de eles irem embora. Acho que sob a influência da minha mãe. Lembro que, no pula-pula, ele fazia acrobacias. Pulava tão alto que eu tinha medo dele cair, e depois dava cambalhotas e caía de pé como um profissional. E eu só gostava mesmo de brincar como qualquer criança.

Levei a mão até que se encostasse à dele. Sentindo o leve toque, ele entrelaçou nossos dedos, o que provocou um aquecimento no meu coração.

— Pelo visto, ele era bem abusado. Acho que não conheci esse lado dele.

Voltei a olhar para o céu escuro sem querer encarar a verdade, a que não conheci de fato o outro irmão. E eu amava cada nuance do Hugo que descobria.

— Sim, ele era muito abusado. Sempre fazia tudo para tirar as melhores notas, sair bem no futebol, ganhar sempre em tudo. Queria ser o melhor. Quando a nossa mãe morreu, e fui trabalhar com o nosso pai, ele pegou a parte dele da herança dela, abriu uma empresa concorrente da nossa e fez prosperar muito. Ele era assim, tinha uma necessidade de mostrar que era melhor do que eu em tudo.

— E você? Como lidava com isso?

— Mal. Muitas vezes, desejei não ter um irmão tão parecido e, ao mesmo tempo, tão diferente de mim. Tudo que eu queria era que ficássemos bem, que fossemos unidos, companheiros como irmãos devem ser. Mas isso só aconteceu perto de sua morte, e eu lamentei não termos mais tempo.

Fiquei em silêncio, olhando as nuvens se agruparem umas às outras. Ainda não tinha tido curiosidade de saber o que tinha nos outros vídeos, mas nossa conversa despertou a minha curiosidade. Será que eram assim tão diferentes?

— Acho que vai chover — anunciei assim que vi todo espaço estrelado ser coberto por nuvens carregadas.

— E eu acho que vou te beijar.

Mal terminou de falar, já estava pairando sobre mim. Seus olhos fitando os meus de forma intensa. Ele desceu a boca sobre a minha, mordiscou de leve meu lábio inferior, depois passou a língua, provocando arrepios deliciosos. Correspondi ao beijo lento e gostoso, que foi se transformando, aos poucos, em intenso e profundo.

Sem me importar se alguém estava nos vendo, rolei por cima do seu corpo, encaixando uma perna de cada lado do seu quadril. O desejo foi tomando conta de mim como sempre acontecia. Tive vontade de confessar, de dizer que ele era melhor do que o Hander em tudo, inclusive no sexo, na forma como me sentia desnorteada por seu beijo, em suas mãos, pela forma como ele fazia eu me sentir única. Ele era único. Sentimos as gotas de chuva começarem a cair, rapidamente nos deixando encharcados.

— Precisamos entrar. — Afastei, tentando me levantar, mas ele movimentou o corpo de forma a sacudir a cama elástica, fazendo com que eu escorregasse novamente por cima dele. — Seu doido, podia ter te machucado.

— Você me deixa meio maluco mesmo — disse com um sorriso arteiro nos lábios, analisou o meu rosto, meus olhos, enquanto a chuva engraçava os pingos como uma cascata sobre nós. — O que é que você está fazendo comigo, Raquel?

Ainda sorrindo, ele voltou a me beijar, e eu estava tão entregue que, provavelmente, deixaria que ele fizesse o que quisesse comigo. Um trovão clareou tudo, assustando-me um pouco. Agarrei-me à camiseta dele, enterrando a cabeça em seu pescoço.

— Vamos sair dessa chuva, Hugo.

— Tem razão, melhor a gente entrar.

Descemos do brinquedo entre sorrisos e dificuldade de nos equilibrar, pois estava escorregadio. Corremos até a área de serviço e pegamos toalhas limpas para nos secarmos. Tive que bater em sua mão boba que tentava me agarrar o tempo todo. Hugo, naquele momento, não lembrava em nada o homem sério e taciturno que conheci naquele escritório em Vitória. Entramos em casa nas pontas dos pés. Hugo parou na porta do meu quarto, e eu balancei a cabeça que não. Mas, ele tinha outros planos.

Abriu a porta e me arrastou até o banheiro.

— Agora é hora da brincadeira dos adultos.

— Você não tem jeito, é um tarado safado — reclamei quando ele tirou a minha blusa encharcada por cima da cabeça.

— A culpa é sua que me deixa assim. Estou viciado nesse corpo, nessa boca, nessa...

Não deixei que terminasse de falar e saqueei a sua boca deliciosa.

A única viciada era eu.

Viciada e completamente apaixonada.

Capítulo 27

Hugo

Encantado. Enfeitiçado. Viciado. Apaixonado.

Enquanto olhava para Raquel dormindo tranquilamente ao meu lado, eu pensava em um adjetivo para classificar o meu estado. Estava ferrado demais. Só em cogitar a possibilidade de ela ir embora, ficava nervoso, começava a suar. Entrava em desespero.

Dominado. Deslumbrado. Nocauteado.

O certo seria me afastar um pouco. Dormir toda noite com ela em meus braços só estava piorando as coisas. Deixando-me ainda mais viciado e cativo por seu calor. Ela suspirou fundo e se aconchegou em meus braços, encostando a cabeça em meu peito. Inspirei o perfume gostoso dos seus cabelos feito um bobo apaixonado. Apaixonado?

Louco de amor.

Não, caralho, claro que, não.

Estamos vivendo há meses na mesma casa. Conheço-a tem tão pouco tempo e já estou tendo pensamentos como esse. Nunca, nenhuma mulher me fez sentir assim, tendo-me nas mãos como ela tem. Estava tão repetitivo. Raquel era diferente das mulheres que sempre me envolvi. Todas executivas, socialites, modelos, mas nenhuma que me tivesse tão envolvido. Não que eu tenha aversão a relacionamentos, não era nada disso. Acontece que nunca tinha encontrado alguém que mexesse comigo daquela forma. Que me fizesse esquecer, de fato, o que a Milena me fez e querer me entregar ao amor novamente. Depois de Raquel, eu até duvido que tenha sentido alguma vez. Acho que a minha aversão era ao sentimento mesmo. Medo de me machucar e acabava criando uma barreira sem deixar ninguém se aproximar.

Milena foi a primeira e única mulher que amei na vida. Ela dizia sentir o mesmo, estávamos felizes. Então Hander apareceu, passou-se por mim e a levou para a cama. Ele a envolveu de uma forma que ela estava completamente aos pés dele. E quando ela o escolheu, ele disse que só fez isso para mostrar que teria a mulher que quisesse, que era melhor do que eu. Milena ainda hoje tenta uma reaproximação. Até fiquei com mais pena dela do que raiva, foi usada e enganada por meu gêmeo manipulador. As duas únicas mulheres que amei na vida me trocaram por ele. Primeiro a minha mãe, depois a Milena.

Por ironia do destino, eu havia me apaixonado pela mulher que Hander havia se apaixonado e não pôde, de fato, ter. Isso é tão mórbido, senti-me vingado de alguma forma. Eu tinha a mulher que ele amou nos braços, dois bebês lindos que já amo como se fossem meus filhos. Possuía tudo que ele desejou.

E agora? Quem tem tudo, Hander?

De fato, ainda não possuía tudo que queria, Raquel estava resistindo ao que sentia, eu sabia que, por algum motivo, estava se segurando. Mas quando estava dentro dela, quando olhava em seus olhos, eu via o mesmo tipo de sentimento que tem dentro dos meus. Então eu permitia que ela enxergasse o que tinha dentro de mim. Eu queria um futuro, queria *ela* e os meninos em minha vida.

Ela se moveu em meus braços, ergueu a cabeça e fitou meu rosto.

— Preciso ir. Já está quase amanhecendo — sussurrou um pouco manhosa.

— Estamos no seu quarto, você não precisa ir, e eu não vou a lugar algum.

Ela sorriu e deitou a cabeça em meu peito novamente.

— Está bem, não quero mesmo que vá.

Deixou um beijo em meu peito e voltou a dormir.

Adormeci envolto a pensamentos e lembranças. Quando acordei, Raquel não estava em meus braços. Levantei e fui atrás dela. O sol estava tão forte que tive dificuldade de enxergar com clareza a mulher e os dois bebês sentados na areia da praia.

— Raquel! — gritei seu nome, mas parecia que estava ainda mais longe.

Ou seria a claridade?

Apertei os olhos e quando os abri, a luz estava mais forte, eles estavam cada vez mais distantes. Quis correr até eles, mas não consegui. Alguma coisa me paralisou no lugar, minhas pernas não se moveram, pareciam chumbo. Então ouvi primeiro a voz, depois a imagem do Hander se materializar ao meu lado.

— Você é um idiota mesmo. Eles são meus!

Assustado, consegui dar alguns passos para trás. Só conseguia ir para trás, como se algo me obrigasse a retroceder.

Como ele chegou aqui?

— O que está fazendo aqui? Você está morto.

— Estou, para a sua sorte, não é, irmãozinho? Só vim te lembrar de que eles são meus. Minha mulher e meus filhos.

— Você não tem nada, Hander, eles são meus, e você está morto.

Ele gargalhou de forma diabólica.

— Estou muito vivo dentro do coração dela e sempre estarei. Ela só está com você porque eu estou morto, mas, se não estivesse, você não teria a menor chance. E não preciso te lembrar que sou eu que ela vê quando olha para você.

Fiquei olhando para a minha própria imagem, como para um espelho. Embora os olhos dele fossem vazios, não parecia ter alma, eram iguais aos meus. Ele tinha um sorriso de escárnio que conheço muito bem.

— Você é só uma lembrança, eu sou o presente e o futuro dela.

— Pode se enganar, mas se eu estivesse vivo, você não teria a menor chance.

Estava odiando a forma como ele repetia isso.

— Sabe de uma coisa? Você vai ficar olhando de onde você estiver, do inferno provavelmente, eu vou me casar com ela, cuidar dos seus filhos como se fossem meus, eles irão me chamar de pai, e você não vai poder fazer nada. Nada.

Ele se aproximou, olhando-me nos olhos. Sua mão veio para o meu pescoço e apertou, tentei revidar, mas não tinha forças contra ele como ele tinha sobre mim. Minhas mãos passavam direto por sua imagem, mas as dele possuíam o poder de me sufocar.

— Não vai coisa nenhuma, eles são meus. Eu vou fazer muita coisa, sim, através de você, porque quando ela está com você é em mim que ela pensa, é de mim que ela lembra. É por mim que ela goza. Você é só um substituto. Eu sempre estarei no coração dela e nos olhos, irmão. Acostume-se a isso. Um mero substituto, como sempre foi.

Levantei de uma vez, respirando com dificuldade. Raquel se sentou na cama, olhando-me sem entender nada, assustada. Meu estômago estava embrulhado pelo sonho ruim que tive, meu corpo suado e pegajoso. Meu coração quase saía pela boca.

— Você teve um pesadelo — afirmou de forma suave, ergueu a mão e acariciou meu rosto.

Seu toque pareceu queimar em minha pele. Segurei sua mão e tirei sem conseguir olhar para ela.

— Preciso de um banho. — Levantei-me de uma vez e, antes que saísse do quarto, dei-me conta que estava agindo como um babaca. Voltei até a cama, segurei seu queixo e beijei seus lábios de leve. — Estou bem, foi só um sonho ruim. Volte a dormir.

Ela continuou sentada, olhando-me de forma inquisitiva enquanto eu saía do seu quarto. Tomei um banho gelado e não consegui mais dormir depois do pesadelo. As palavras do meu irmão rondavam minha mente, atormentando-me, deixando-me agoniado, humilhado.

"Ela só está com você porque estou morto."

"Substituto."

O desgraçado não me deixava em paz nem depois de morto.

Capítulo 28

Raquel

Acordei 5h40 com o chorinho manhoso através da babá eletrônica. Levantei com a sensação de que não tinha dormido nada, vesti um roupão e fui até o quarto dos meninos. O cheiro denunciava que um dos dois havia feito cocô. Lizie estava diante do trocador fazendo careta enquanto tirava a fralda suja do Heitor.

— Ei, deixa que faço isso — pedi sorrindo.

— Eu queria ajudar, mas olha, esse cheiro não é de Deus, não. Comeu urubu foi, bebê? — perguntou apertando a barriga dele que gargalhou com a brincadeira da tia.

— Não precisa, Lizie, você já ajuda tanto. — Hadrián observava tudo curioso dentro do berço. — Pega o Hadrián então e troca a fralda dele para mim, por favor. Acho que ele está só de xixi.

Depois que terminamos de trocar, os dois tomaram mamadeira e voltaram a dormir, inclusive a Lizie também entrou em um sono profundo. Levantei-me e voltei para o quarto, parando na porta do Hugo, por alguns instantes, até decidir entrar. Entrei de mansinho, mas não o encontrei, a cama estava muito bem arrumada, e ele provavelmente estava na academia. Fui para o meu quarto trocar de roupa e ir ao encontro dele.

O dia estava claro, céu limpo e sem sinal da chuva da noite anterior. A mesma paisagem linda de todos os dias que me fazia suspirar e perceber como a criação divina era perfeita. E também me deixava triste em pensar que, em breve, iria embora. Pelo tempo que estávamos naquela casa, já era para ter surtado, como tenho visto tantos relatos de pessoas no isolamento. Embora estivesse com saudades de minha irmã e da Jú, não queria ir embora. Não ainda.

Naquela noite, fiquei preocupada quando ouvi a voz do Hugo tão carregada de dor e raiva durante a madrugada. Claramente, ele estava tendo um pesadelo. Falava coisas desconexas, remexia de forma agoniada na cama. *Milena, Hander, ela é minha*, essas palavras ficaram martelando em minha cabeça até agora, formando sentido diverso.

De longe, avistei Hugo se exercitando na polia superior. Parecia puxar muito peso devido às caretas que fazia. O homem era lindo até fazendo careta. Ele parou a bateria de exercício assim que me viu entrar pela porta de vidro.

— Bom dia! — Aproximei-me da cadeira, meio reticente, e beijei de leve seus lábios.

O que era para ser um beijo leve se transformou em intenso assim que ele segurou a minha cabeça e empurrou a língua para dentro da minha boca. Sentei em seu colo e passei a mão por seus ombros molhados de suor por conta da malhação intensa.

Com um longo suspiro, afastei-me dele. Vi um sorrisinho de triunfo brotar em seus lábios. Ele sabia o quanto me afetava.

— Quer ajuda para se alongar? — ofereceu.

— Hoje não estou muito animada para malhar, não. Vim mesmo saber como está, você teve um pesadelo e fiquei preocupada. Você está bem?

— Não se preocupe comigo, os pesadelos eram mais constantes antigamente. Fazia tempo que não os tinha.

— E o que será que causou a volta deles?

Hugo ficou em silêncio e, depois de um longo tempo, respondeu:

— Não sei.

Não me convenceu muito. Ele sabia, sim, mas não queria falar porque tinha a ver com a tal Milena.

— Tudo bem, vou deixar você malhar à vontade.

Levantei-me para sair, mas ele me puxou de volta pela cintura, fazendo-me sentar novamente em seu colo.

— Fica mais um pouco, hoje terei o dia todo cheio de reuniões estressantes, não sei até que horas.

— Alguém já te falou que você trabalha demais?

Ele gargalhou de forma doce.

— Sim, você disse, e a Lizie me fala isso o tempo todo, mas eu garanto que não ando trabalhando o tanto que deveria, nem a metade do que era antes. Garanto que já fui muito pior.

— Tadinho, tão novo e tão enfadonho. — Beijei novamente os seus lábios.

Quando encerramos o beijo, encostei a testa na sua ainda de olhos fechados.

— Eu sonhei com Hander — confessou, fazendo-me abrir os olhos e me afastar para olhar seu rosto.

Ele colocou, atrás da minha orelha, uma mecha de cabelo que havia separado do meu rabo de cavalo.

— Deve ter sido muito ruim, pela forma que você estava. Quer falar sobre isso?

— Não tem o que falar, foi um sonho ruim com meu irmão falecido, e só.

Esperei que dissesse mais alguma coisa, mas ele não o fez. Então a minha curiosidade venceu a batalha contra o bom senso.

— Hugo, quem é Milena?

Tive a impressão de que ele paralisou quando ouviu esse nome, até mudou um pouco de cor. Depois vi surpresa em seu rosto.

— Não sei por que está me perguntando isso. Onde ouviu esse nome?

— Você chamou o nome dela durante o pesadelo. O dela e do Hander.

E disse que ela era sua. Essas últimas palavras ficaram engasgadas na minha garganta.

— Eu não me lembro dela no meu sonho, Raquel, nem sei por que falei o nome da Milena, não a vejo há muito tempo. Ela foi minha namorada. Terminamos há muito tempo, nem sequer me recordo dela.

Ele pode não se recordar, o que duvido muito, mas seu subconsciente se recorda, chama por ela e diz que é dele. Então encaixei as peças, recordando-me da conversa que tivemos há alguns dias.

Seria ela a namorada que ele disse que o trocou por Hander?

Um gosto amargo se instalou em minha garganta. Engoli em seco como se isso fosse fazer o ciúme descer com o gosto acre. Tentei disfarçar o desagrado, mas sabia que estava bem evidente. Beijei de leve seus lábios e me levantei do seu colo.

— Vou ajudar Sarah no café da manhã.

— Raquel...

— Vejo você no café, Hugo.

Caminhei de forma apressada até a cozinha, com raiva dos sentimentos que me tomavam e que não consegui disfarçar. Quando cheguei, Sarah me examinou de cenho franzido.

— Bom dia, Raquel.

— Bom dia!

— Está tudo bem?

— Está, sim. Por quê?

— Parece chateada.

— Impressão sua.

Peguei os pratos e levei até a mesa. Terminei de arrumar tudo, em seguida fui até o quarto buscar os meninos que haviam acabado de acordar. Dei banho nos dois com a ajuda da Lizie. Quando descemos, Hugo já estava à mesa conversando com a Sarah, cabelos molhados e vestido com camisa social branca e calça bege. Lindo demais.

Esperei os meninos dormirem durante à tarde, peguei o notebook e me sentei na minha cama recostada aos travesseiros para assistir ao restante dos vídeos do Hander. Ele gravou vários momentos do dia dele no hospital, contou como era a vida com a mãe, falou da relação conturbada com o pai, que sempre foi muito duro com ele e deixava claro que amava mais o Hugo. E, por fim, do Hugo, assumiu que foi péssimo com ele, que sempre teve inveja do irmão por tudo que ele tinha, por ele ser o braço direito do pai e por ter o amor e admiração dele. Disse que estava arrependido por tudo que tinha feito de ruim para o irmão, mas não podia voltar atrás e desfazer as coisas terríveis que havia feito na vida. Hander não sabia por que havia usado o nome do irmão quando nos conhecemos em vez do dele. E, por fim, eu já estava com lágrimas nos olhos, e o final do último vídeo me cortou o coração. Ele falava com dificuldade, já debilitado pela doença. Estava claro que em breve a morte chegaria para levá-lo.

— Faz três meses desde que nos encontramos, Raquel. Embora pareça uma eternidade, pois sinto a sua falta, passou na velocidade da luz, porque a doença avançou tão rápido quanto ela. Fico me perguntando se você engravidou. Se carrega dentro de você o meu filho. Você pensa em mim como eu penso em você? Eu percebi nos seus olhos que havia algo mais, que também sentia algo por mim, algo que poderia se tornar muito forte se não fosse obrigado e te deixar. Partiu meu coração ter de fingir que não queria mais do que tivemos naquele final de semana. Hoje eu estou mais triste do que nos outros dias. Sinto sua falta... Queria que essa maldita doença desaparecesse e me desse a oportunidade de amar você. De te mostrar o homem apaixonado que sou. De mudar por você. Mas estou morrendo, Raquel. Só gostaria que não fosse só uma lembrança em seu coração. Que não me esquecesse. Acho que vivi tempo suficiente para saber que te amo. Espero que seja feliz, mesmo que não seja comigo.

Desliguei o notebook aos prantos.

Eu também esperava isso.

Capítulo 29

Raquel

Já era muito tarde quando ouvi o barulho da porta do meu quarto abrindo e se fechando em seguida. Estaria tudo no mais completo escuro se não fosse a luz parca que vinha do lado de fora da sacada do quarto. Eu ainda estava acordada, sentada no chão, olhando a noite. Algumas gotas de chuva molhavam o piso próximo a mim.

Levantei-me e encoste-me ao portal, observando-o.

Hugo se sentou na ponta da cama e ficou olhando para mim. Estava sério, concentrado em meu rosto. Mesmo com a distância de alguns passos, pude perceber sua tensão.

O que há com ele?

Parecia ter voltado a ser o CEO sério e desconfiado que conheci no escritório há alguns meses. Abri um sorriso sem graça. Ele estendeu a mão em minha direção e eu, obedientemente, fui. Nenhum dos dois falou nada, apenas nos encaramos.

Hugo subiu para o centro da cama, incitando-me a ficar sobre ele. Sentei em suas coxas sem tirar os olhos dos seus, tentando encontrar respostas para seu olhar estranho e a falta de palavras. Eu também não estava com vontade de falar, só de sentir, estava tudo certo então. Ele abaixou a alça da minha camisola, deixando os ombros nus. Esta ficou embolada na minha cintura enquanto ele acariciava os meus mamilos rígidos com as pontas dos dedos. Fechei os olhos e deixei um gemido escapar dos meus lábios. Hugo ergueu seu tronco, ficando sentado na cama, seus lábios cobriram os meus com urgência. Seu beijo sempre exigente e delicioso. Enfiei meus dedos em seus cabelos, sentindo os fios sedosos, puxando ainda mais para mim.

— Eu até tentei não vir aqui hoje, mas saber que está no quarto ao lado é uma tentação enorme, Raquel — confessou enquanto me puxava para mais perto em seu colo até que nossos sexos estivessem em uma fricção gostosa.

— E por que você tentou não vir?

— Você não acha que estamos indo rápido demais? Passamos as três últimas semanas dormindo juntos toda noite.

— Para mim, está perfeito — afirmei acariciando suas costas. — Você é perfeito.

Voltamos a nos beijar com paixão. Hugo levou a mão até a minha calcinha de renda fina e arrebentou a tira de um lado, depois do outro. Estranhamente isso me deixou ainda mais excitada. Ergui o corpo para que ele tirasse a sua calça de moletom e, quando voltei a me sentar, foi sobre a sua ereção. Hugo enrijeceu o rosto, quando o tive todo dentro de mim, o desejo completamente à mostra em sua face. Passei a me mover sobre ele de forma lenta, voltando a buscar seus lábios com ânsia, sede e muita paixão.

— Estou completamente viciado em você, em estar em você.

Com as mãos em minha bunda, ele me guiou enquanto eu me movimentava para cima e para baixo, para frente e para trás. As mãos dele subiram por minha cintura até os dedos estarem provocando meus mamilos carentes de atenção. Depois, as mãos voltaram para a cintura, segurando firme e imprimindo um ritmo mais acelerado aos nossos movimentos.

O desejo explodiu, ardente, forte, incontrolável. Encontrei seus olhos e me prendi nas íris verdes, cheias de algo que eu não sabia distinguir. Eu alcancei o clímax primeiro, meu corpo todo estremeceu, fora de controle.

O que foi isso?

— Eu... Eu também, Hugo. Também estou viciada — confessei.

Hugo pôs seu corpo sobre o meu, ficando no controle e penetrando até que se derramou dentro de mim. Ele deitou a cabeça em meu ombro, nós dois com respiração ofegante. Aconcheguei-me em seus braços, que automaticamente me envolveram, possessivos, protetores.

— A gente não usou preservativo. Desculpa, eu não sei o que me deu. — Sua voz soou pesarosa, preocupada.

— Está tudo bem, não tem problema, estou usando pílula. E se quer mesmo saber, você é o único homem com quem estive depois do...

— Depois do meu irmão, você quis dizer — sussurrou.

Pude perceber algo diferente em sua voz. Ciúme?

— Sim, eu quis dizer que estou limpa e protegida, que não estive com nenhum outro homem depois dele, e espero que você também esteja.

— Estou sim, não costumo transar sem proteção. Como eu disse, não sei o que aconteceu. Você me faz perder a cabeça — assegurou colocando uma mecha de cabelo atrás da minha orelha. Ele deixou um beijo leve em meus lábios. — Mas admito que foi incrível, e eu adorei a sensação de sentir você sem nada.

— Eu também, Hugo. Eu... vou tomar um banho.

Ele saiu de cima de mim, dando espaço para me levantar. Segui para ao banheiro, recriminando-me por quase ter dito o que queimava dentro do meu peito.

Quase confessei que estava apaixonada.

Já embaixo do chuveiro, pensei que ele fosse me acompanhar, mas me enganei. Acabei tomando banho sozinha e, quando voltei para o quarto, Hugo já não estava mais. Vesti minha camisola e deitei na cama com os olhos pesados de sono e de lágrimas que deixei cair sobre o travesseiro. Alguma coisa estava diferente. E isso incomodava muito.

Algum tempo depois, senti braços rodearem a minha cintura, puxando-me para mais perto. A tristeza que estava sentindo, as dúvidas ou qualquer coisa que antes me entristeciam se esvaíram no mesmo instante em que senti o calor do seu corpo no meu.

— Boa noite, Raquel.

— Boa noite, Hugo.

Hugo

O nascer do sol abriu seu caminho através da porta da sacada, e senti os raios fracos me despertarem. Percebi o calor do corpo de Raquel e o seu aroma delicioso. Cheirei o seu pescoço, deixei um beijo leve, e sua pele se arrepiou. Dormimos assim, abraçados o resto da noite.

Ontem, lutei contra o desejo de vir até ela, mas perdi a batalha. Não resisti às súplicas do meu corpo pedindo pelo dela. Nem ao tesão louco e ao desejo de estar com ela. Eu sabia que precisava de um pouco de distância, de tempo. Tanto para mim quanto para ela. Não que estejamos indo rápido demais, o problema foi que ontem a vi chorar por Hander, quando assistiu novamente aos vídeos que ele deixou.

E me perguntei por que ela estava vendo aquilo de novo?

Eu ouvi quando ele disse que tinha se apaixonado e que tinha certeza de que ela jamais o esqueceria. Pela forma que Raquel ficou, certamente ele tinha razão. As palavras dele em meu sonho vieram à minha mente e gritaram: "ela pensa em mim quando está com você", "se eu estivesse vivo, você não teria chance".

Deixando de lado meus pensamentos deprimentes acerca dos sentimentos de Raquel, acariciei seus ombros com suavidade, observando sua pele se arrepiar.

Raquel era a mulher perfeita para mim. Seu corpo, sua alegria, sua doçura. A forma como tratava a minha irmã, como se doava a mim. Cada coisa sobre ela me fazia ter certeza de que era ela a mulher que escolheria para mim. Espalmei seus seios, provocando seus mamilos, depois passei uma das mãos pelo torso dela, descendo até a coxa. Podia continuar tocando-a assim, poderia tomá-la mais uma vez, mas o dia já estava raiando, e eu precisava voltar para o meu quarto antes que o resto da casa acordasse.

Eu precisava tomar uma decisão: ou esquecia que um dia ela esteve com ele, ou pararia com que estávamos fazendo antes que fosse tarde demais. Embora certas coisas fossem impossíveis de se esquecer.

Capítulo 30

Raquel

— Vem, Raquel, vem dançar! — Lizie segurou em minha mão e me arrastou para frente da televisão.

Depois de tanto treino, ela certamente estava pronta para fazer uma apresentação pública e colocaria qualquer dançarina profissional no chinelo. Hadrián veio e agarrou nas pernas dela, exigindo atenção. Animada, ela o pegou no colo e começou a dançar. Procurei pelo Heitor, que estava brincando do meu lado, antes de se levantar e ir dançar com a Lizie. Ele estava tentando subir na poltrona de vime de forma concentrada, fazendo-me rir cada vez que escorregava e caía de bunda no chão, mostrando-me o quanto sua fralda estava cheia.

— Vem aqui, pequeno, vamos trocar essa fralda.

Depois de trocar os meninos, fiquei observando Lizie, que desistiu de dançar e foi para o pula-pula. Senti a presença do Hugo se aproximando antes mesmo que ele dissesse alguma coisa. Meu coração disparou, as palmas das minhas mãos começaram a suar. Reações já bem conhecidas, era o efeito que ele sempre me causava. Hugo se sentou ao meu lado no chão.

— Você quer brincar de carrinho? — perguntou a Heitor, que entregou um carrinho musical para ele.

— Liga, liga — o menino falou, dançando de forma engraçada.

— Ele quer que ligue esse carrinho barulhento, mas não aguento mais essa musiquinha irritante.

— Tadinho, Raquel. O tio vai ligar para você.

Ele ligou e fez uma careta com o som estridente da música japonesa. O menino começou a dançar, indo atrás do objeto que andava sem rumo e piscava luzes coloridas.

— Tem razão, que brinquedo chato.

— Vai ver... Daqui a dois minutos. Vai querer jogá-lo na parede.

— Acho melhor a gente jogar bola, garotão, se não a sua mãe vai brigar com a gente e acabar com o seu brinquedo. — Levantou-se com um sorriso no rosto, pegando na mão dos meninos. — E a gente não quer isso, não é?

Ele tinha passado o dia todo no escritório. Não saiu para almoçar, e Sarah levou um lanche no intervalo de uma reunião e outra. Fiquei observando a brincadeira dos três que logo teve a companhia da Lizie. Eles riam e rolavam no tapete pedagógico. A noite estava quase chegando, soprando um vento frio. Abracei meu corpo pensando em ir buscar blusas mais quentes para os meninos quando ouvi o telefone do Hugo tocar em cima do sofá ao lado do meu ouvido. Girei a cabeça e vi a imagem de uma mulher linda na tela, o nome dela que mais me chamou a atenção.

Milena

Ele tinha dito que não a via há muito tempo.

Mentiroso, ou por qual motivo ela estaria ligando? A chamada foi encerrada para em seguida voltar a chamar. De onde eu estava, dava para ouvir o carrinho barulhento que os meninos tanto gostavam. Deixei o celular tocando baixo no mesmo lugar e entrei para buscar as blusas. Respirei fundo várias vezes para controlar a ansiedade enquanto pegava as roupinhas dos meninos. Abri o guarda roupa da Lizie e peguei uma blusa para ela também. Passei no meu quarto e vesti um agasalho. Parei na porta do Hugo e hesitei antes de entrar e pegar um para ele também.

Achei melhor não fazer.

Quando voltei, encontrei os meninos brincando com Lizie no pula-pula, ela havia colocado um monte de almofadas nas laterais para proteger, embora o brinquedo fosse seguro e muito grande. Eles estavam animados dentro da cama elástica. Hugo estava do outro lado da piscina falando no celular. Evitei ficar olhando para ele, pois sabia quem era do outro lado da linha.

— Toma, trouxe uma blusa para você, está frio. — Entreguei o agasalho para ela e peguei um dos meninos para vestir.

— Obrigada, Raquel, você é um anjo.

Recebi seu beijo carinhoso no rosto e abri um sorriso.

— Está escurecendo e ficando frio, melhor a gente entrar com os meninos, não quero que adoeçam.

— Tudo bem.

— Você pode ficar se quiser.

— Eu vou com você.

Terminamos de vestir os meninos e saímos da cama elástica. Já estava bem escuro, e o vento agitava as árvores e os nossos cabelos no caminho até a varanda. Entramos e fechamos as portas de vidro. Olhei para o Hugo se aproximando e sua expressão era de preocupação.

— Surgiu um imprevisto e vou ter de ir a São Paulo. Vou agora para Vitória pegar o avião.

— Ah não, Gu, sério? Quando você vai para lá, fica dias — Lizie choramingou.

— Não vou demorar, Lizie, prometo. — Ele beijou a testa dela sem tirar os olhos de mim.

Eu desviei o olhar.

Por que será que os homens não diziam a verdade? Se ele queria ir para se encontrar com a Milena, por que ficar inventando subterfúgios?

— Raquel, preciso falar com você antes de ir, pode vir comigo um instante?

Olhei para ele com o não na ponta da língua. Embora estivesse morta de vontade de jogar na cara dele, eu não o faria, pois a razão me bateu forte lembrando-me que não tínhamos nada além de sexo casual. Além do mais, talvez fosse exatamente o que ele queira me falar. Que estava indo ver a ex.

— Claro, vou ver com Sarah para ajudar Lizie com os meninos. Já estou indo.

Entramos na casa juntos, ele subiu as escadas, e eu fui para a cozinha onde a Sarah provavelmente estava. Encontrei-a fazendo uma massa que presumi ser de macarrão, pois a Lizie já havia expressado o desejo de comer massa caseira mais cedo.

— Sarah, você pode ficar de olho nos meninos um instante, Hugo quer falar comigo, ele vai ter que ir para Vitória logo, então vai ser rápido.

Meu rosto queimou de vergonha ao fazer o pedido.

— Claro. Já estou indo lá fora ficar com eles.

Deixei-a lavando as mãos na pia quando subi para o quarto do Hugo, o coração quase não se aguentando no peito. Eu queria confrontar, dizer que sabia que ele estava indo embora correndo porque a Milena havia ligado. E se fosse exatamente isso que ele desejava falar comigo? Que decidiu dar uma chance para ela?

A porta do quarto dele estava aberta quando cheguei. Ele estava vestindo uma camisa social rosa e abotoando os últimos botões. Quando me viu próxima à porta, ele veio com tudo, fechou a porta e me espremeu nela. Olhei seu rosto, sobressaltada, e recebi seus lábios nos meus.

A surpresa e a intensidade do beijo me deixaram tonta, sem reação. A única coisa que me restou foi corresponder ao ataque delicioso de seus lábios, língua, mãos e corpo. Eu o teria deixado fazer o que quisesse comigo.

Que coisa mais ridícula.

— Só queria me despedir de você. Achei que não iria gostar se fizesse isso na frente da Lizie.

— Você está certo, não teria gostado mesmo, não seria certo — sussurrei enquanto sua boca espalhava beijos por meu pescoço, provocando arrepios.

— Vou sentir sua falta, muito.

— É mesmo? — inquiri de forma irônica, pois o fato de ele estar indo responder ao chamado da Milena me veio à memória.

— Está tudo bem, Raquel?

— Claro que sim, também vou sentir muito a sua falta, Hugo — confessei quase que como m lamento.

— Vou tentar voltar o quanto antes. Infelizmente tenho um problema urgente para...

O som do telefone dele tocando em cima da mesa de cabeceira interrompeu a sua frase.

— Atenda, deve ser importante. — Ele se afastou, indo até o aparelho. — Estarei lá embaixo.

Saí do quarto antes que ele dissesse alguma coisa, antes que eu fizesse alguma besteira. Encostei-me à parede, respirando com dificuldade enquanto ouvi a sua voz dentro do quarto.

— Eu já estou indo... Eu sei, você não teve culpa, não precisa ficar se desculpando... Não, a gente vai resolver isso... Você sabe que eu faria qualquer coisa por você... Quando chegar aí, a gente conversa...

Não quis continuar escutando.

Caminhei pelo corredor com o coração na mão, minhas pernas bambas, não apenas por suas palavras, mas pelo seu tom de voz, meigo, carinhoso, compreensivo enquanto falava com ela. Quando cheguei à cozinha, dei graças a Deus que Sarah e Lizie estavam do lado de fora com os meninos. Tomei um copo de água para tentar me acalmar. Ele deveria ao menos ter a decência de me avisar que vai voltar com a outra. Mas por que ele faria isso? Não me deve satisfação. Mas por que ele me beijou daquele jeito?

"Vou sentir sua falta, muito."

Essas palavras seriam uma despedida?

É, Raquel, você se envolveu demais. Minha consciência gritou.

Mesmo que fosse tarde demais para tentar não me apaixonar, não era tarde para seguir em frente. Eu precisava ir embora, voltar para a minha vida, para a minha realidade. Deixar isso tudo para trás seria a coisa certa a fazer para preservar o meu coração.

Preservar meu coração?

Já era tarde demais para isso, meu coração já estava inteiramente entregue a ele, a Lizie e até a Sarah. O que me restava era tentar seguir, mesmo que um pedaço enorme de mim ficasse para trás. Ainda tinha tempo de não entrar no fundo do poço, e eu iria fazer tudo para que isso não acontecesse.

Eu precisava ir embora. Era o que faria, urgente. Mas, e Lizie? Como ficaria? Eu teria coragem de ir e deixar uma garota tão carente sozinha? Teria coragem de ir sem dizer a Hugo o que realmente sentia por ele?

Capítulo 31

Raquel

Quando Hugo saiu, fiquei com um terrível nó na garganta e um aperto sufocante no peito. Ele me deu um beijo no rosto, bem perto da boca, confesso que tive vontade de puxar seu rosto e esmagar meus lábios nos dele. Entretanto, era orgulhosa demais para isso. Além do mais, estava com muita raiva e magoada, muito magoada.

Eu sabia que era sem razão, pois não prometemos nada um ou outro, muito pelo contrário, era para ser casual. Eu que deixei ir longe demais.

Com a noite veio o silêncio absoluto. Os meninos dormiram cedo, Lizie estava estudando, e a Sarah estava assistindo a uma série turca que ela amava e tentou me persuadir a acompanhá-la. Embora tivesse ficado bem curiosa, não estava com ânimo para nada. Ao sentar-me sozinha no jardim, olhando para a praia deserta, imaginei ouvir a voz do Hugo falando ao meu ouvido, até pude sentir o cheiro gostoso da sua pele. O céu estava incrível e perfeitamente claro com uma enorme lua cheia e salpicado de estrelas brilhantes. Da praia, vinha um perfume de maresia que se misturava ao cheiro das plantas do jardim que impregnava o ar, fazendo-me lembrar que o cheiro do Hugo era fruto da minha imaginação. Ao fundo, o som das águas do mar se misturava com o ruído tranquilo de grilos e pequenos insetos noturnos.

A temperatura estava um pouco fria, sem sinal da chuva do dia anterior. Era uma noite para abraçar alguém, para sentir o calor e aquecer o coração. Para se apaixonar. Para se perder.

O grande problema era que eu já estava apaixonada, perdida e sozinha.

Com um suspiro, fechei os olhos e pensei em Hugo. Mais que qualquer outra coisa, precisava esquecer os nossos momentos juntos e o quanto era bom estar nos braços dele. A quem eu queria enganar? Não conseguiria esquecer jamais o tempo que passei com ele. Apesar de ter acabado, foram momentos deliciosos e perfeitos.

Um toque em meu ombro me trouxe de volta à realidade. Lizie se sentou ao meu lado e deitou a cabeça no meu ombro.

— A lua está linda — observou um tempo depois.

Segurei a vontade de rir, pois ficava impressionada como uma pessoa da idade da Lizie tinha sensibilidade para olhar certas coisas. "A lua está linda" não é algo que se ouve de pré-adolescentes, era? Ela era uma pessoa tão madura para sua idade que chegava a impressionar.

— Sim, está. E você, não estava estudando?

— Estava, mas cansei.

— Deveria estar dormindo então, amanhã você tem aula.

— Você está triste, chateada com alguma coisa? — inquiriu, ignorando as minhas palavras.

Não tive coragem de responder de imediato, pois não queria mentir para ela. Embora a considerasse como uma amiga, não podia falar a verdade. Ela era uma criança e não entenderia nada dos meus problemas e dilemas.

— Estou triste, sim, Lizie, triste porque preciso ir embora — confessei apenas um dos motivos.

Ela se afastou do meu ombro e abraçou as próprias pernas, apoiando o queixo entre os joelhos. Meu coração se apertou, não havia uma forma melhor de dizer. Quaisquer que fossem as palavras usadas teriam causado o mesmo efeito.

— Eu imaginei que... estivesse triste porque Hugo tinha ido viajar. Eu...

— Lizie, você criou ilusões com relação a mim e seu irmão...

— Eu sei que vocês estavam juntos, eu vi. Mas isso não tem importância, os adultos são idiotas, não vê que o meu irmão é o homem perfeito para você? Assim como você é perfeita para ele? Para mim?

Ela estava chorando, e eu não consegui fazer nada por causa do susto que levei.

O que ela viu?

— Como assim você viu? Do que você está falando?

— Eu não sou tão ingênua assim, Raquel. Quando deixei vocês dois na praia outro dia, fiquei olhando de longe, escondida atrás de uma árvore. Eu vi Hugo puxar você para os braços dele e te beijar, e depois vocês continuaram andando na praia, e eu vim para casa. Achei mesmo que vocês estavam se entendendo, até falei para Sarah, e ela disse que dava para perceber pela forma que vocês se olhavam.

Mordi o lábio um pouco nervosa, um pouco sem graça e completamente perdida, sem saber o que dizer.

— Mesmo que a gente tenha se beijado... algumas vezes, não temos nada além disso. Hugo tem a vida dele em Vitória, e eu moro em outro estado. Por mais que quisesse ficar com vocês, eu não posso deixar tudo lá, entende?

Ela afirmou com um aceno de cabeça, e meus olhos se encheram de lágrimas.

— Eu vou sentir sua falta, vou morrer de saudades dos meninos.

— Ah, Lizie, não faz assim. A gente já tinha conversado sobre isso. Corta meu coração ver você chorar.

Coloquei a mão em seu ombro e a puxei para os meus braços. Ficamos assim um pouco, depois ela se afastou e deitou a cabeça em minha perna. Eu passei a acariciar os seus cabelos claros.

— Quando você vai? — perguntou, cheia de pesar.

— Eu pensei que poderia ficar mais alguns dias, mas infelizmente preciso ir com certa urgência. — Antes que seu irmão volte e parta meu coração de vez, ou que me faça esquecer tudo e querer ficar. Ele tinha esse poder de mexer comigo. — Minha irmã precisa de mim, estou muito preocupada com ela. Acho que amanhã ou depois estarei partindo.

Ficamos um longo tempo sem dizer nada, apenas aproveitando a presença uma da outra. Acho que o sentimento que passei a nutrir por ela era muito maior do que eu imaginava. Eu não queria deixá-la, queria protegê-la do mundo. Queria sempre tê-la por perto, queria cuidar dela. Queria ser o exemplo de mulher que ela precisava. Mas isso era impossível. Talvez o isolamento tenha distorcido a forma de vermos as coisas.

Tudo se tornava mais intenso, mais difícil e ao mesmo tempo mais fácil. O fato de termos ficado todo esse tempo assim, perto uma da outra, de termos mudado, evoluído juntas, fez-nos tão dependente. O meu maior medo era ir embora e não aguentar a saudade. Mas o medo de ficar e ter meu coração partido, de ser rejeitada pelo Hugo era maior. Havia dentro de mim a necessidade de me refazer, de me fortalecer. Pois de alguma forma teria que aprender a me relacionar com ele apenas como mãe dos seus sobrinhos.

— Lizie, vamos combinar uma coisa, mesmo que nós duas não vivamos da mesma cidade, seremos amigas, nos falaremos todos os dias. Mesmo que não tenhamos nada para dizer, só bom dia, boa tarde, sei lá, vamos nos falar todos os dias. Se quiser me contar como foi o seu dia... o que quiser falar. Podemos até dançar juntas. Se precisar de mim, eu estarei lá. E se eu precisar de você, quero que esteja ao meu lado. Porque é isso que as amigas fazem uma pela outra. A distância não separa pessoas que se amam de verdade.

— Você é muito mais do que uma amiga, Raquel, é a mãe que eu gostaria de ter.

Com suas palavras, fui eu que desabei a chorar. Estava muito sensível para ter esse tipo de conversa. Ela virou a cabeça observando-me, levou a mão ao meu rosto e secou inutilmente as minhas lágrimas. Então ergueu o corpo e me abraçou.

— Eu seria uma sortuda se tivesse uma filha como você. Você é a pessoa mais especial que já conheci e vai estar sempre no meu coração. Se você fosse minha filha, eu não desgrudaria de você por nada. Ia te proteger de tudo, te mimar e amar até sufocar.

— Eu sei, é por isso que gosto tanto de você, Raquel. Queria muito que você tivesse se apaixonado pelo Hugo, então você não iria querer ir embora.

Ah, menina, se você soubesse que esse é um dos motivos pelo qual preciso ir.

— Por isso você queria juntar nós dois? Para que eu ficasse?

— Também, mas a verdade é que eu adoraria ter uma cunhada legal assim como você. Já que não pode ser minha mãe, achei que você seria uma boa namorada para Hugo.

Tive que me segurar para não a bombardear de perguntas sobre os outros relacionamentos do Hugo. Não podia ser leviana a ponto de usar a Lizie para ter informações sobre o irmão dela. Queria perguntar tanta coisa, especialmente sobre a Milena. Ela não era boa para ele? Depois dela vieram outras? Como eram?

— As coisas não são fáceis assim, mesmo que seu plano de cupido tivesse dado certo, ainda teríamos o problema em questão, eu moro em outra cidade, e não seria tão fácil assim me mudar, entende? Então provavelmente não teria dado certo.

— Raquel, por que não espera o Hugo voltar? Ele vai ficar muito chateado de você ir sem falar com ele. Sem ele se despedir dos meninos.

— Acho que ele não vai se importar como imagina, Lizie, apesar de termos... Quer dizer, apesar de termos nos envolvido um pouco, não era nada sério.

— Vocês adultos são muito complicados.

— Você tem razão, nós somos. Mas olha, no primeiro feriado que tiver, você vai ficar comigo, isso se seu irmão deixar, claro. E a gente combina assim, feriados e férias estaremos sempre juntas. Você vai amar a Juliana e a Renata.

Continuamos conversando sobre o futuro, e ela foi ficando mais animada, ao passo que eu, cada vez mais triste com a partida iminente.

Os raios de sol sobrevinham, brilhantes e majestosos sobre meu rosto, fazendo-me resmungar. A minha mente acordou suavemente, tornando-me ciente de que precisava me levantar, fechar a cortina e ligar o ar, estava muito calor. O dia raiou quente como há dias não fazia, alheio de que dentro de mim estava tudo cinzento. Talvez estivesse sendo dramática demais.

Tive um pesadelo que não me recordava com clareza. Estava na praia, e Hander apareceu enquanto eu beijava o Hugo, ao lado dele estava uma mulher que não consegui ver o rosto. Hugo me deixou e foi embora com ela, Hander desapareceu em uma nuvem de fumaça me deixando sozinha. Acordei, lutando por ar, pois corri atrás do Hugo sem nunca consegui alcançar. Fiquei desesperada, sem saber onde estavam meus filhos, então ele desapareceu no meio da névoa enquanto eu corria ainda mais sem sair do lugar.

Era assim que me sentia, como se tivesse cada vez mais distante. Estava sentindo uma dor, uma tristeza profunda por estar deixando a Lizie para trás. Sentia-me tão egoísta como se a felicidade dela dependesse de mim, como se estivesse abandonando um dos meus filhos. As lágrimas brotaram em enxurradas, até que meus olhos arderam.

Respirei fundo, tentando não chorar novamente. Joguei as cobertas para o lado e forcei-me a levantar para arrumar as malas e encarar o dia com muitas despedidas.

Capítulo 32

Raquel

Olhei pela janela do avião e suspirei fundo, sentindo um misto de euforia por estar voltando para casa e tristeza profunda por tudo que estava deixando para trás. A imagem da cidade de Goiânia bem diante dos meus olhos me fez abrir um sorriso triste. Uma antítese completa.

Lembrei-me de como foi difícil me despedir da Lizie e da Sarah. A garota me surpreendeu mais uma vez com sua maturidade. Ajudou-me a arrumar as malas e foi comigo até o aeroporto. Abraçamo-nos longamente e reafirmamos o nosso trato de nos encontrarmos em breve e de sermos sempre amigas. Fazia dois dias que o Hugo tinha ido para São Paulo. Ignorei as suas ligações e nem olhei as mensagens. Era melhor assim. Quanto a ele saber notícias dos meninos, por enquanto ele saberia pela Lizie, até que eu conseguisse, enfim, falar com ele.

— Atenção, passageiros, preparar para o pouso.

A voz do comandante me despertou das minhas lembranças. Para a segurança dos meus filhos por conta da pandemia, achei melhor fretar um avião em Vitória. É incrível como as coisas são fáceis quando se tem dinheiro. Antes, para comprar uma passagem, eu ficava esperando surgir uma promoção que se encaixasse no meu orçamento e, de repente, estava em um voo particular como se tivesse nascido rica. Claro que, se não fosse a pandemia, eu teria comprado uma passagem comum. Não queria ficar esbanjando dinheiro que nem era meu. Por isso, pretendia voltar a trabalhar assim que encontrasse alguém para ficar com eles. Não almejava viver da herança que pertencia aos dois, de forma nenhuma.

Hadrián dormia nos meus braços tranquilamente, Heitor fazia o mesmo nos braços da aeromoça que havia contratado para me ajudar, pois viajar com dois bebês não era fácil, a sorte é que os dois dormiram todo voo, ou o pequeno Heitor estaria chorando, querendo o colo da mãe.

— Minha nossa, parece que tem um ano que não te vejo. — Minha irmã choramingou ao pegar o sobrinho adormecido dos braços da aeromoça. — Como cresceram, meu Deus.

— Está vendo? Nem lembra que tem irmã — reclamei.

— Vem aqui, você também cresceu. — Renata beijou o meu rosto de forma carinhosa.

— Para os lados, né, amiga? — Juliana implicou, tomando o pequeno dos meus braços antes de abaixar a máscara de tecido e deixar um beijo em meu rosto. — Senti sua falta demais, Raquel.

— Também senti a falta de vocês duas. Quero um abraço descente depois que vocês resolverem parar de babar nos meus filhos.

— Então não vai receber abraço, pois nunca vou parar de babar nessas coisas lindas da tia — Juliana falou com voz de criança.

— Não sei como não se acostumou ainda. Depois que nascem os filhos, a mãe vem em segundo plano.

— Vida injusta, viu? — Chegamos perto do carro da Juliana. — Uai, de carro novo, Ju?

— Eu não, você. O carro é seu.

Abri a boca muito surpresa com a Land Rover exatamente como sempre sonhei. Vermelha e linda, mas já tinha me acostumado ao fato de que ficaria apenas no sonho.

— Meu? Está louca?

— Não, Hugo pediu que junto à casa, eu comprasse um carro e deixasse na garagem para você, ele pensou que talvez a Renata pudesse estar precisando. Então eu sabia qual você sempre quis, e aí está.

Fiquei paralisada, olhando o automóvel de luxo que um dia sonhei ter. As duas colocaram os meninos nas cadeirinhas, eu despertei com o bater de uma porta e fui guardar as malas. Sentei-me no banco do passageiro enquanto as duas discutiam quem iria atrás com os meninos. Às vezes, elas pareciam crianças.

— Vocês vão acordar os dois, vamos embora, irão poder matar a saudade em casa.

Contrariada, Juliana sentou no banco do motorista.

— Pensei que você fosse gostar do carro — resmungou, colocando o automóvel em movimento.

— Eu gostei, mas fiquei surpresa, não pretendia comprar algo tão caro. Claro que ia comprar um carro, só que bem mais barato do que esse.

— Você não precisa se preocupar com dinheiro, é rica agora — Juliana contestou.

— Os meus filhos são. Eu, não. Só quero que os dois tenham uma vida confortável, não precisava de tanto — falei mais chateada do que era necessário.

A verdade era que eu estava com ciúme dela falando com Hugo sem eu saber.

Hugo isso... Hugo aquilo...

— Eu sei, mas Hugo fez questão que fosse exatamente o que você iria querer.

Olho para ela novamente.

— Então você estava de conversinha com Hugo, foi?

— Está explicado, ela está com ciúme — Renata disse de forma debochada, enfatizando cada sílaba da última palavra. — Está se roendo por causa da interação sua e do Hugo.

— Nossa, Raquel! Não acredito. Você sabe que eu nunca me interessaria por um cara por quem você está apaixonada.

— Eu não estou apaixonada e, quer saber? Vocês são muito chatas.

— Me engana que eu gosto. Está caidinha pelo CEO gostosão.

— Nem vou discutir isso com vocês. Não adianta — afirmei, revirando os olhos. — E como está tudo por aqui?

Comecei a fazer perguntas com relação à cidade e aos casos de Covid. Renata tinha perdido um amigo recentemente e a esposa dele ainda estava na UTI. As duas acabaram esquecendo-se de mim, pois abordei um assunto delicado. O caminho do aeroporto até a minha casa nova foi feito com certa nostalgia. Não tinha mensurado o quanto estava com saudade da minha cidade. Foram poucos meses, mas pareciam anos. Tudo estava diferente e igual ao mesmo tempo. Os meninos acordaram e virou festa dentro do carro.

Depois que entramos no condomínio, tive a impressão de que a Ju dava voltinhas pelas ruas. Ela, enfim, parou na garagem de uma imensa casa branca com um lindo jardim e uma porta de madeira tão alta que tinha que levantar a cabeça para olhar o final.

— Uau. Não imaginei que era tão grande assim! — exclamei admirada.

— Você precisa ver por dentro. É perfeita — Renata falou.

Quando entrei, realmente fiquei de queixo caído, tudo parecia tão menor pelas fotos. A sala tinha o pé direito duplo e descia do teto duas imensas luminárias redondas de cristal. O sofá de couro, com poltronas individuais, lembrou-me do apartamento do Hugo. Luxo puro. Fizemos um passeio pela casa e, cada canto que ia, eu pensava que era exagerado. Embora estivesse com um sentimento meio estranho de estar usurpando o que não me era de direito, eu precisava aceitar que não era por mim, mas meus filhos tinham e, por consequência, seria beneficiada de alguma forma.

— Bom, por que parece que não está feliz? — Renata me perguntou, observando meu rosto de forma curiosa.

— Claro que estou, mas... não é estranho? Olha o tamanho desta casa! Eu só queria um lugar pequeno onde não fosse um estorvo para ninguém.

— Para já com isso, vocês nunca foram um estorvo para mim. Se pensa assim, posso acreditar que também serei um estorvo para você, se ficar morando aqui, e vou embora.

Ela poderia até pensar assim, eu sabia que da parte dela não era, mas para o marido dela era bem diferente.

— Em uma casa deste tamanho? Tenha dó, Renatinha. Até eu vou me mudar para cá. Agora vamos ao que interessa. Olha essa banheira.

Juliana abriu a porta, e eu simplesmente achei o meu lugar favorito da casa. Depois de vermos tudo, acabamos na área da piscina, bebendo cerveja, eu confessando que estava apaixonada e com dor de cotovelo, para total diversão das duas engraçadinhas.

Capítulo 33

Hugo

O problema acarretado pela decisão da Yvete nos trouxe um prejuízo de dois milhões de reais e muita dor de cabeça. Se a informação vazasse, a imagem da empresa seria comprometida, então agimos rápido para que isso não acontecesse.

Detectaram um problema ambiental em uma das nossas unidades. Na superfície do rio, encontraram uma camada de peixes mortos em razão da falta de oxigênio. O resultado da combinação entre baixa vazão do rio, contaminação por esgoto doméstico e uma carga de chorume lançada por nosso recém-adquirido frigorífico acarretou na tragédia ambiental.

Foi uma aquisição recente do nosso grupo e passou por uma reestruturação completa e adequação para as nossas normas de segurança. Inclusive na implantação da própria estação de tratamento. Como a maioria das empresas frequentemente não possui espaço ou não quer investir na própria estação de tratamento, era comum que elas terceirizassem o serviço, facilitando o processo e garantindo que estariam dentro das normas mais exigentes. O que não era o nosso caso, pois nunca havíamos terceirizado essa parte. Foi aí que a Yvete, aconselhada pelo diretor da unidade, tomou a decisão de contratar uma empresa para cuidar dessa parte.

O tratamento dos chamados efluentes industriais, essenciais aos processos industriais ou esgotos sanitários, ocorre nos sistemas onde a aeração é realizada por misturadores e, ao final do processo, o esgoto tratado retorna ao meio ambiente de acordo com os parâmetros estabelecidos pela legislação ambiental sem causar nenhum dano. Foi onde aconteceu o erro, pois a empresa não fez o tratamento adequado e jogou todo o resíduo no rio.

Yvete estava inconsolável pela decisão que havia tomado de terceirizar o serviço. Claro que, em outro caso, isso seria motivo para demissão. Mas eu sabia da competência dela e jamais a mediria por um erro. Fora que, antes de tudo, ela era minha amiga. O fato era que a conversa de não misturar o profissional com o pessoal não existe. Claro que faria tudo para resolver o problema sem deixar que ninguém descobrisse e passasse a questionar a competência dela.

Eu tinha acabado de chegar ao apartamento que era do Hander em São Paulo. O lugar sempre me causava coisas ruins, empurrava-me para um lugar no qual odiava ir. Entretanto, não queria ficar em um hotel como sempre fazia, então fui para lá. Yvete estava na casa da irmã dela. Fazia três dias que estava em São Paulo, a cidade era alguns quilômetros da capital e ficamos lá apenas por um dia, pois estava evitando ficar em hotéis por conta da pandemia. Liguei novamente no celular da Raquel, que, há três dias, não atendia minhas ligações e não visualizava minhas mensagens. Cheguei a pensar que o aparelho dela havia estragado.

Liguei para Lizie para saber como estava e percebi que estava um pouco triste, mas a minha irmã tinha essas coisas de mudança de humor, que era em parte característico da idade. Se bem que fazia tempo que isso não acontecia.

Foi então que perguntei por meus sobrinhos e por Raquel.

— Raquel foi embora, Hugo. Sarah e eu até já voltamos para Vitória, não fazia muito sentido a gente ficar lá no sítio.

O choque foi tão grande que fiquei mudo.

Ela foi embora? Sem ao menos se despedir de mim?

— Como? Que dia isso aconteceu, Lizie? — Comecei a andar de um lado ao outro, sentindo-me enjaulado ali dentro.

— No dia seguinte a sua saída. Ela arrumou as malas e partiu, disse que tinha algumas coisas urgentes para resolver em casa. Parece que a irmã dela estava com problemas.

Mais uma vez, fiquei mudo, sem saber o que falar. Lizie disse alguma coisa que não compreendi bem. Minha mente só sabia repetir que ela foi embora.

— Hugo? Está aí? Acho que a ligação caiu...

Ouvi o bip da chamada encerrada e, só então, despertei para a realidade. Eu havia deixado a minha irmã falando sozinha. O telefone tocou na minha mão com o nome da Yvete na tela. Ela não estava se sentindo bem desde ontem pela manhã e aconselhei que procurasse um médico.

— Yvete...

— Hugo, você não vai acreditar. Meu cunhado testou positivo para Covid, ele ficou ruim de repente com muita falta de ar e teve que ser internado, e, eu acho que estou também. Pensei que meu mal-estar fosse estresse, mas honestamente...

Respirei fundo e deixei meu corpo cansado cair no sofá. Ainda mais essa para lidar.

Ontem, levei muito tempo para tranquilizar a Yvete. Segundo ela, estava na fase tão azarada da vida que, se pegasse um avião, seria capaz de ele cair só por ela estar nele. Manifestou alguns sintomas do Corona vírus, ela fez o teste e deu positivo. Então eu, muito provavelmente, poderia estar contaminado, já que passei dias ao lado dela. Por isso, emitimos um comunicado a todos que tiveram contato com ela, e estão de quarentena, aguardando.

Eu não tinha nenhum sintoma, entretanto, para a segurança da Lizie, fiquei aguardando os dias indicados para ir para casa. Isso me fez lembrar o quanto fui imprudente quando voltei para o sítio depois de ficar vários dias em reuniões. Claro que, naquela época, como hoje, eu tomei todos os cuidados de prevenção, como distanciamento social, máscara e álcool em gel. Mas, e se tivesse levado o vírus para a minha família? Assim como a Yvete, eu não me perdoaria.

Ainda bem que nada aconteceu.

Lembrei de quando descobrimos o câncer do Hander, levei Lizie para fazer exames com medo de ser genético, e ela também ficar doente. Embora eu mesmo tenha levado um tempo para procurar um especialista e verificar se tinha a possibilidade de ficar doente como meu irmão. Acho que tinha medo. De fato, os gêmeos idênticos são mais propensos a ambos desenvolverem câncer, então os genes são provavelmente a causa principal.

Os médicos disseram que a taxa de concordância, de ambos os gêmeos ter câncer, é mais alta entre gêmeos fraternos do que idênticos, então os fatores ambientais provavelmente são mais importantes, de acordo com os pesquisadores. Em geral, se um gêmeo tem câncer, o outro gêmeo tem um risco aumentado de ter, pois realmente o fator genético conta. O restante do risco provavelmente é devido a fatores ambientais, incluindo alguns compartilhados por ambos os irmãos e outros que afetam apenas um dos irmãos. Que foi o caso do Hander.

Eu não tenho nenhum gene que pode acarretar o tipo de câncer que meu irmão teve e nenhum outro tipo. Mas fui orientado a sempre estar de olho na saúde. Precisava, também, falar com Raquel sobre esses fatores e ficarmos de olho na saúde dos meninos. Fazer um mapeamento genético seria o ideal. Não gostava nem de pensar na hipótese de perder um dos dois.

Ficar no apartamento de Hander não foi nada agradável. Os pesadelos se intensificaram e tinha a sensação de que ele estava sempre por perto, rindo da minha cara cada vez que tentava falar com Raquel, e ela não me atendia. Por isso decidi não ligar mais. Eu tinha de me acostumar que foi apenas sexo, um passatempo para ela. Doía muito, mas era a verdade.

Interessante. Há algum tempo, eu pensava que fazer um sexo absurdamente enlouquecedor não me deixaria perdidamente apaixonado, dependente. Estava enganado. Pensei também que já tinha conhecido mulheres excelentes na cama e que nenhuma era insubstituível. Enganei-me com isso também.

Enganei-me também quando pensei que dar à mulher o melhor sexo da vida dela, faria com que ela quisesse mais do que isso. Sempre foi assim, as mulheres queriam mais, e eu não queria dar, não queria um relacionamento, muito menos me envolver sentimentalmente. Achava que era imune, que as decepções que sofri na vida me deixaram com o coração frio. Entretanto, descobri, da pior forma, que essas coisas nem sempre aconteciam como a gente queria. O coração é traiçoeiro e se apaixona sem a nossa permissão. Todavia, se eu pudesse escolher alguém para amar, ainda a escolheria.

Era revoltante saber que, mesmo depois dos incríveis momentos de amor, ela pudesse ser tão fria e indiferente, sempre tentando agir como se nada tivesse mudado entre nós. Como se um sentimento palatável não tivesse surgido, crescido e dominado nós dois. O pior era que ela sempre fazia questão de deixar claro que era apenas sexo. Mesmo enxergando outra coisa em seus olhos, suas palavras sempre me confundiam. E ainda tinha o fato de Hander estar sempre, de alguma forma, atrapalhando a minha vida.

Eu pensava nela a cada instante, sozinho no apartamento que tinha a presença do meu irmão tão forte que cheguei a falar com ele, como se ele fosse se materializar em minha frente. E, nos dias que se seguiram, Raquel não retornou as minhas ligações, não leu as minhas mensagens e eu tomei isso como um recado claro de que havia me excluído da sua vida.

Não signifiquei nada mais do que sexo.

A mulher estava me matando, realmente estava acabando com minha sanidade. Eu estava na indecisão de ir atrás dela ou esquecer tudo. Embora não ir atrás dela fosse a coisa mais sensata a fazer em nome do meu orgulho e amor-próprio, o sentimento era grande demais para ser ignorado, muito menos esquecido. E tinha os meus sobrinhos, eu amava aqueles bebês e queria ter contato com os dois. Logo, ela estaria de alguma forma na minha vida.

Internamente, eu sabia que a decisão estava tomada. Eu precisava ir atrás dela, assim que tudo se resolvesse, que não houvesse mais possibilidade de transmitir nenhum vírus a nenhum deles. O problema era que a espera estava me matando.

Capítulo 34

Raquel

Um mês se passou desde que voltei para Goiânia. Tudo era novidade, e eu ainda não conseguia chamar a minha nova casa de lar. Não que sentisse falta de viver no antigo apartamento da minha irmã. O saudosismo que sentia em relação a um lar era o lugar onde meu coração estava. Eu sentia uma falta absurda da Lizie, embora falasse com ela quase todos os dias. Evitava falar do Hugo em nossas conversas tanto quanto evitava atender às chamadas dele ou ler as mensagens que ele enviava. Depois de alguns dias, ele parou de me ligar e nenhuma notificação de mensagem chegou.

Eu deveria ter achado bom, pois era o que eu queria, entretanto, fiquei muito decepcionada. Talvez eu esperasse que ele viesse até mim, dissesse que precisava de mim e que me amava. Desde quando eu tinha essas ilusões românticas? Não sabia.

— Rê, aonde você vai? — questionei a minha irmã, que estava com os meninos no carrinho passando pelo jardim onde eu estava molhando as plantas. Parei de apertar o gatilho da mangueira para não jogar água neles.

— Estou indo dar uma volta com eles como sempre faço. Não vou demorar.

— Espera, que vou com você.

— Ah, não, você está ocupada. Como disse antes, eu não vou demorar.

Franzi o cenho, achando estranho a pressa dela. De fato, ela costumava sair com eles para uma praça que tem no condomínio, embora estivesse adiantada, no mínimo, duas horas. Voltei a apertar o gatilho da mangueira. Eu gostava de molhar as plantas, descobri ser uma ótima jardineira. Tinha um rapaz que sempre vinha cuidar do jardim, então eu aproveitava para encher o pobre homem com perguntas. Até desligava o irrigador mecânico para que eu mesma pudesse fazer essa atividade. Era relaxante. Havia adquirido uma mania estranha de cultivar suculentas, essas não gostavam muito de água, por isso ficavam em um canto separado do jardim. Aprendi isso depois de ter matado algumas afogadas.

Estava distraída com meus devaneios, tentando entender o momento que meu pensamento migrou do jardim para suculentas e foi parar no mesmo lugar de sempre, Hugo. Embora tentasse não pensar nele, falhava miseravelmente. Porque, de fato, era uma tarefa difícil não pensar naqueles olhos verdes azulados me encarando com carinho ou com desejo. Às vezes, eu ficava muito brava comigo mesma por não conseguir controlar o rumo dos meus pensamentos e lembranças, mas depois tentava colocar na cabeça que era recente, que, com o tempo, eu iria esquecer. Um mês era muito pouco, na verdade. Girei a mangueira para molhar o lado oposto do jardim quando percebi que não estava sozinha.

— Olá, Raquel.

O susto foi tão grande que acabei gritando, direcionando o jato na direção de Hugo e o molhando completamente. Quando desliguei a mangueira, ele estava de olhos fechados, arrancando a máscara de tecido do rosto e fazendo uma careta engraçada.

— Minha nossa, Hugo, quer me matar do coração?

Levei a mão ao centro do peito e senti o quanto o coração estava agitado, quase pulando para fora, e não foi realmente por causa do susto. Era por ele ter se materializado bem diante de mim exatamente no momento que meus pensamentos estavam nele.

— Como entrou aqui?

— Avisaram da portaria, não foi com você que falaram?

Foi então que a saída da minha irmã, praticamente correndo, veio à mente. Ela autorizou a entrada e quis nos deixar sozinhos. Ela sabia que, se eu soubesse que ele estava vindo, não iria querer ficar sozinha com ele.

— Deve ter sido a Renata, mas ela estava de saída com os meninos e não me falou nada sobre você estar vindo.

Ele passou a mão nos cabelos encharcados sem tirar os olhos de mim e, só então, observei o quanto ele estava bonito usando terno escuro, como se tivesse acabado de sair de uma reunião de negócios. Confiante, seguro e tão absurdamente lindo que me deixava sem ar. E aqueles olhos? Deixavam-me completamente hipnotizada.

— Isso explica a sua surpresa.

— Acho melhor arrumar uma toalha para você se secar. Eu... vou pegar, vem comigo.

Segui na frente, tentando parecer segura, mas, na verdade, estava com medo de minhas pernas fraquejarem e eu cair de tanto que tremiam. Passei pela lateral do jardim em direção à área da piscina.

— Muito bonita a sua casa, Raquel.

Sua voz provocava todo tipo de reação em mim. Arrepio era uma delas. Peguei uma toalha no armário e estendi em sua direção.

— Obrigada, mas a casa é dos meninos, não minha — respondi, cruzando os braços na defensiva. — Nem mesmo teria como comprar algo assim. E se tivesse visto o tamanho real dela, certamente não teria feito a compra.

— Eu sei, Raquel, eu sei.

Hugo deu um longo suspiro como se estivesse buscando paciência. Fiquei observando enquanto ele secava o rosto e os cabelos. Deixou a toalha no pescoço, tirou o terno, colocou em cima da cadeira e começou desabotoar os botões da camisa.

— O que está fazendo?

— Tirando a roupa, você deve ter uma secadora, não é?

— Tenho, sim. — Estendi a mão, pegando o terno sem tirar os olhos do trabalho dele.

Hugo entregou a camisa e, sem cerimônia, tirou a calça, ficando só de cueca preta. Foi um custo tirar os olhos do seu corpo lindo e me dirigir à lavanderia. A minha vontade era de me jogar naqueles braços, beijar aquela boca e cada pedacinho do seu corpo. Minhas mãos tremiam de nervoso enquanto colocava as roupas na máquina. Levei a sua camisa ao nariz e inspirei o seu perfume.

Meu Deus, como estava com saudade dele!

Coloquei a última peça e voltei ao seu encontro. Ele estava em pé, com uma toalha enrolada na cintura, olhando fixamente à piscina. Será que estaria se lembrando do dia em que quase fizemos amor dentro de uma?

Claro que não, isso é você, boba apaixonada, que faz. Fica o tempo todo revivendo momentos. Idiota.

— A que devo a honra da sua visita? — perguntei meio ríspida. — Os meninos devem voltar logo, sei que veio ver os dois.

Hugo se virou em minha direção e me encarou. Seus olhos penetrantes e seu rosto sério me analisando. Sua expressão se tornou terna quando se aproximou de mim. Eu estava meio desnorteada, sem saber direito o que fazer. E o fato de ele estar praticamente pelado na minha frente piorava tudo.

— Eu vim, sim, ver os meus sobrinhos, mas não é só por isso que estou aqui, Raquel. Eu vim porque... você não atendia as minhas ligações, nem leu as minhas mensagens. E... eu senti sua falta. — A última frase foi dita como um lamento.

A proximidade dele, seu cheiro, calor e a maneira carinhosa e, ao mesmo tempo, cheia de desejo no olhar que percorria o meu corpo, me aqueceram de forma que não imaginava ser possível. Não com o ressentimento que estava borbulhando em mim.

Pisquei diversas vezes, aturdida.

— Eu não senti a sua. — As palavras pularam da minha boca antes mesmo que formulasse um pensamento coerente.

Ele estacou a alguns passos de mim. Seu rosto se tornou pálido, chocado até.

— Acho que foi um erro vir até aqui. Não é mesmo?

— Olha, Hugo, eu não atendi as suas ligações porque eu não precisava que... Não precisava de explicações. A gente transou, ok. Você seguiu com a sua vida, e eu com a minha.

— Eu fui idiota a ponto de imaginar que você estava tão envolvida quanto eu. Me enganei, não é mesmo?

Por que ele estava me olhando como se eu fosse uma megera? Como se estivesse dito o maior dos absurdos do mundo? Foi ele que foi correndo atrás da Milena quando ela ligou. Foi ele que escolheu outra mulher, e, ao fazer isso, deixou claro que eu não era importante para ele. Isso me machucou muito e nunca mais vou deixar que se aproxime novamente. Só em me lembrar disso a raiva aumenta, e junto, a vontade de devolver na mesma moeda o que ele fez comigo.

— Eu vim até aqui porque precisava ouvir exatamente isso de você e cair na real. Embora as suas atitudes já tenham me dito tudo isso antes. Acho melhor eu ir embora.

— Não por isso, se quiser ficar para ver os seus sobrinhos, será bem-vindo. Vou pegar as suas roupas, acho que já devem ter secado.

Saí quase correndo de perto dele. Meus olhos queimavam, querendo chorar, meu coração estava apertado com as mentiras que disse. Ele não precisava saber que eu estava sofrendo. E o que aconteceu com a Milena? Será que a intenção dele era manter nós duas?

Safado!

Abri a secadora e peguei as roupas sem muito cuidado. Ainda não estavam completamente secas.

— Quer saber, Raquel? — Paralisei ao ouvir sua voz rouca no pequeno espaço da lavanderia. — Eu mereço mesmo ouvir tudo isso de você.

— Sim, você merece... — respondi sem virar em sua direção.

— Porque, mesmo sabendo o que você sentia por ele, eu insisti, mesmo depois de ouvir você chorar por ele... eu vim até aqui, coloquei meu orgulho de lado e vim dizer que sentia sua falta, e eu sinto. Porra, eu sinto muito a sua falta! Pode falar que eu sou um idiota que me apaixonei tão fácil por você.

Surpresa, girei de uma vez, mirando seu rosto.

— E lá se vai o restinho de orgulho e amor-próprio que ainda me restava.

Ele pegou as roupas das minhas mãos e saiu, deixando-me paralisada.

— Eu ouvi direito? — falei para o nada. — Ele disse que se apaixonou por mim?

Foi então que algo dentro de mim despertou e me empurrou para ir atrás dele. Hugo estava na área da piscina, vestindo a calça meio sem jeito enquanto andava resmungando algo que não entendi. Estava até meio tonta.

— O que você disse?! — gritei.

— Não importa o que eu disse, esqueça. Eu já entendi que não passei de um brinquedo para você.

— Você vai mesmo dizer que se apaixonou por mim e fugir?

Segurei em seu braço, e ele paralisou com meu toque.

— Isso não faz diferença, Raquel. Não quando o sentimento é unilateral, não é? Você deixou claro o tempo todo que era apenas sexo, eu que fui idiota e enxerguei outra coisa. Tudo bem.

Estudei os seus olhos cheios de mágoa, ele puxou o braço e continuou a abotoar a calça.

— Faz diferença, sim, Hugo. Por que está me dizendo isso? Não deu certo com Milena? Foi isso?

— Milena? Do que você está falando? — Ele parou diante de mim, seus olhos estavam escuros, seu rosto bravo ao mesmo tempo confuso.

— Eu sei que você foi atrás dela. Foi por isso que decidi vir embora, Hugo, você recebeu a ligação e saiu feito um cachorrinho atrás da namoradinha. Isso me machucou muito — confessei e me arrependi no mesmo instante.

— Eu não fui atrás de ninguém, tive uma emergência na empresa. Eu te falei sobre isso.

Ele chegou ainda mais perto, e eu, covardemente, recuei alguns passos.

— Para de mentir, Hugo. Eu vi o nome dela na tela do seu celular, ela ligou e você foi atrás dela sem nem pensar duas vezes. Como acha que me senti? Eu ouvi você falando com ela no quarto depois que saí. Todo carinhoso e preocupado, dizendo que resolveria tudo... Você sabe o que disse, não preciso te lembrar, não é mesmo?

Estávamos nos encarando desafiadoramente. Ele esfregou o rosto com força, demonstrando o seu estado de nervo.

— Raquel, Milena me liga há anos...

— E só agora você resolveu ir...

— Quer calar a porra da boca e me deixar falar? — bradou entredentes.

Engoli em seco e cruzei os braços. Fiz um movimento com a mão para que ele continuasse, depois voltei a cruzar os braços diante do peito, na defensiva.

— Eu não atendi a chamada dela. Como disse, ela me liga há anos e ignoro sempre. A Yvete me ligou logo em seguida, foi por causa de um desastre ambiental de mais de dois milhões que tive de ir até São Paulo. Foi por um erro da Yvete que... Você veio embora sem se despedir porque estava com ciúmes da Milena? Porque pensou que eu estava com ela?

Eu ainda estava meio atordoada com suas palavras. Entretanto, algo dentro de mim havia se derretido com elas. Já não sentia mais rancor, nem raiva, como antes.

— Eu não estava com ciúme... — Ele me encarou com súplica no olhar, implorando para que eu dissesse a verdade. — Sim, eu fiquei morta de ciúme e de raiva. Satisfeito?

Ele se aproximou, seu semblante se tornando mais leve, aliviado. Esperançoso? Hugo deu alguns passos, ficando bem próximo a mim.

— Raquel, mesmo você deixando claro que queria apenas sexo, eu ignorei cada palavra e me apaixonei por você. Muito mais do que isso. Eu fiz de tudo para conquistar você e acabei de quatro, você roubou o meu coração e trouxe com você. Eu não posso viver sem ele, entende? — confessou segurando a minha mão firme no centro do seu peito, deixando que eu sentisse as batidas fortes do seu coração. — Sente isso? Ele não é mais meu. É seu e bate por você. Entretanto, eu não o quero de volta.

Meus olhos pinicaram, e eu pisquei, tentando não chorar.

Eu sentia na minha palma o seu coração bater cada vez mais forte, muito acelerado, da mesma forma que o meu estava. Nossos olhos se conectaram, se prenderam, e deixei que ele visse a minha alma através dos meus. Hugo segurou meu queixo e desceu a boca sobre a minha sem nenhum cuidado.

Capítulo 35

Raquel

Minha nossa!

Como senti falta de sua boca, de seu beijo, da sua língua enroscando na minha. Levei minhas mãos até seu pescoço me pendurando nele. Querendo mais contato do meu corpo no dele.

Envolvida no beijo, mal percebi que havíamos caminhado até o sofá de vime que ficava na área coberta da piscina. Hugo se sentou comigo em seu colo enquanto devorávamos um ao outro. Sentir a sua boca quente na minha pele, me beijando tão vorazmente, era como um sonho que não imaginei que fosse se realizar. Deslizou suas mãos debaixo da minha bunda, puxando-me mais para perto de sua ereção e enterrando sua cabeça no meu pescoço enquanto sua boca explorava cada pedaço de pele.

Ele mordeu a curva do meu pescoço, e eu não me importei, porque eu amo ser marcada por ele, eu gemi de contentamento. Suas mãos frenéticas apertaram minha cintura, subiram por minhas costas. Eu remexi em seu colo. Gememos quando nossos corpos se esfregaram deliciosamente.

— Eu preciso de você agora. Não aguento mais. Estou morto de saudade. Eu preciso estar dentro de você, urgente. Eu sei que a gente deve conversar, mas...

— Eu também preciso. — Levei a mão ao botão da sua calça e, no mesmo instante, sobreveio um pouco de consciência, então parei. — Mas a gente não pode fazer isso agora. Minha irmã pode voltar a qualquer instante com os gêmeos.

Segurei seu rosto em minhas mãos e beijei os seus lábios novamente. Sua boca deixou a minha e desceu por meu queixo, pescoço. Minhas mãos prenderam seus cabelos e fechei os olhos. Maravilhada.

Eu deveria me levantar, parar de agir como uma desesperada por sexo e ter uma conversa séria antes de qualquer coisa. Mas não consegui. Eu o queria tanto. E não era desespero por sexo, era por Hugo.

— Você vai me matar — sussurrou ao meu ouvido. — É melhor parar de se mover assim ou vou te arrastar para o primeiro quarto que encontrar.

Eu levantei a mão para acariciar seu rosto sentindo a leve barba do seu queixo. Ele era tão lindo, com um meio sorriso no canto dos lábios, olhos tão brilhantes que chegavam a me cegar para todo o resto. Para a razão, principalmente.

— Não imagina como senti falta disso. De você, Hugo.

— Eu imagino, se foi metade da falta que você me fez, não deve ter sido fácil.

— Não foi...

Ouvi o chorinho do Heitor. Sim, eu sabia diferenciar o choro dos meus filhos, mesmo em uma situação com aquela. Levantei de uma vez do seu colo, puxando-o pela mão. Renata veio pela lateral da casa e estacou no lugar quando nos viu.

— Desculpem, eu até teria dado mais tempo para vocês, mas o Heitor fez cocô e você sabe como ele fica todo chorão, querendo que limpe logo, e o outro invejoso acompanha no chororô. Podem continuar o que estavam fazendo, vou trocar o cagão e... Não seria melhor vocês procurarem um quarto?

Hugo estava tentando vestir a camisa de forma apressada.

— Não é nada disso que você está pensando — falei a frase mais clichê do mundo, e ela revirou os olhos. — Hugo me pegou de surpresa no jardim, acabei me assustando e o molhei sem querer, coloquei as roupas dele para secar na máquina e agora...

Parei de falar quando os olhos dela seguiram, sem discrição alguma, para o volume da calça dele. Um sorrisinho se formou em seus lábios, ela ergueu a sobrancelha. O que aconteceu com a minha irmã?

— Renata...

— O quê?

Heitor parou de chorar e ergueu os braços na direção do tio. O rosto dele se tornou uma máscara de afeição e carinho, seu sorriso se alargou e foi até o carrinho sem se abalar com a secada que a minha irmã deu em sua ereção. Ele foi pegar um dos meninos e Renata orientou:

— Se eu fosse você, não faria isso. O cheiro é terrível.

— Eu sei. Lembro bem de como é. Ei, rapazes, estava com saudades de vocês. — Ele passou a mão nos cabelos dos meninos que sorriram animados querendo ir para o colo do tio.

Hugo pegou o Hadrián do carrinho, provocando um bico de manha no Heitor.

— A propósito, eu sou Renata.

— É um prazer, finalmente, conhecer você pessoalmente. Raquel fala muito de você. — Apertaram as mãos.

— Mal, falo muito mal de você — provoquei.

Heitor começou a chorar novamente, e Renata o pegou nos braços.

— Vamos lá, saco de cocô. Vou limpar você.

Fiquei olhando sem conseguir esconder a admiração pelo carinho do Hugo com o sobrinho nos braços. Uma emoção estranha me tomou. Era como se finalmente as coisas tivessem se encaixado. Os olhos dele encontraram os meus, e ele sorriu de forma carinhosa para mim. As coisas podiam ficar ainda mais complicadas para o meu lado, pois apaixonada era pouco para como me sentia e, se ele não estivesse na mesma sintonia... Não queria nem pensar.

Hadrián gargalhou no colo do tio, que levantou a camiseta dele e assoprou com a boca grudada em sua barriga, fazendo barulho. Hugo sentou no sofá e continuou a brincadeira. Não demorou, e Renata estava de volta com o outro gêmeo, que se agitou todo querendo atenção também.

— Agora ele está cheirando a bebê novamente e não a carniça. — Renata entregou o Heitor para Hugo, que ficou com os dois bebês, um em cada perna.

Eu continuei observando os três brincarem. Minha irmã se aproximou de mim e, com um sorriso arteiro, disse:

— Acho que você perdeu o homem para dois bebês. Como se sente irmã?

— Feliz — afirmei abrindo um sorriso e sentindo o coração se aquecer. — Ele é perfeito com os meninos.

— E com você? Conversaram antes de você arrancar a roupa dele?

— Renata, aquilo que falei da mangueira, da água, realmente aconteceu... Está bem, esquece.

— Vou fazer um leitinho para os dois, assim eles vão deixar o Hugo todo para você.

Piscou um olho e saiu em direção à cozinha. Sentei-me ao lado dos homens e nenhum deles me deu atenção. Mas quando a Renata voltou com as mamadeiras, logo os dois pequenos deitaram no sofá devorando tudo.

— Fui trocado por uma mamadeira. — Hugo fez um bico engraçado.

— Pois é, e eu por dois bebês. — Ele me fitou com um meio sorriso e se aproximou.

— Acho que esse é o momento de vocês darem o fora, antes do leitinho acabar.

— Renata tem razão, a gente precisa conversar. — Levantei-me, estendendo a mão em sua direção. Ele entrelaçou os dedos nela e se levantou também. Deu um beijo na testa de cada um dos meninos.

— O tio Hugo tem que resolver uma coisa com sua mãe, mas logo vem brincar com vocês. — Heitor tirou a mamadeira da boca e abriu um sorriso exibindo seus poucos dentinhos.

Seguimos em direção à escada. Fiz a besteira de olhar para a Renata, que levantou os dois polegares e disse em libras: "aproveita".

Entramos no meu quarto e, quando fechei a porta, Hugo passou o braço por baixo dos meus joelhos, erguendo-me em seus braços, levando-me em direção à cama.

— Ei, a gente precisa conversar — protestei sem muita convicção.

— Você tem toda razão, mas tem momentos que palavras são desnecessárias, e esse é um deles. Vamos deixar nossos corpos falarem primeiro. Depois a gente...

— Minha nossa, que homem tarado — brinquei quando ele me colocou em cima do colchão macio e deitou-se sobre mim, sua boca pairando a centímetros da minha.

— Estou sempre desesperado por você. Isso não tem nada a ver com o fato de que tem um mês que não transo, o que é um recorde, admito.

— É mesmo?

Sorrindo, ele me beijou.

Enfiei meus dedos nos seus cabelos sedosos sentindo a maciez e puxei, trazendo-o mais para perto. O beijo se intensificou muito. De um encontro de lábios, doce e leve, transformou-se em uma dança intensa e libidinosa. Começamos a ficar sem ar, então nos afastamos para respirar. Desci beijando-lhe o queixo, pescoço. Inspirei o seu perfume gostoso, enquanto ele beijava meu pescoço, a ponta da minha orelha, provocando tremores por todo o meu corpo.

Hugo soltou um longo suspiro enquanto sua mão passeava por meu corpo lentamente. Podia sentir sua ereção apertando a sua calça e roçando na minha calcinha. Gemi baixinho ao seu ouvido, sentindo cada pedacinho do meu corpo queimar por ele. Levei a mão até a barra da sua camisa presa por apenas alguns botões e arranquei por sua cabeça. Hugo fez o mesmo com a minha blusa, em seguida desfez o fecho do meu sutiã com habilidade.

Sua boca desceu por meu pescoço, sugou meus seios com paciência e devoção, beijando, lambendo, apertando com as mãos. Deixei meu corpo se concentrar nas carícias habilidosas que me enlouqueciam. Ergui meu corpo me oferecendo a ele, soltando gemidos baixos de prazer.

Beijando cada pedacinho da minha pele, Hugo alcançou novamente meus lábios e saboreei faminta por sua língua. Estávamos quentes, excitados. Embora desesperados, fazíamos tudo com calma. Apenas aproveitando o momento com deliberada lentidão.

Tudo em mim pulsava, minha calcinha estava úmida e pegando fogo quando sua mão entrou no meu short. Ele soltou um gemido, mordendo o meu lábio de leve quando viu o quanto eu estava molhada. Em seguida, ficou olhando meu rosto enquanto eu me contorcia de prazer em seus dedos que entravam e saíam do meu centro, para depois voltar e acariciar vagarosamente meu nervo. Ele tirou a mão e levou os dedos até os lábios, sugando com expressão de deleite enquanto saboreava o gosto da minha excitação. Meu desejo aumentou consideravelmente com essa visão tremendamente sexy.

— Você não tem noção do poder que tem sobre mim, Raquel — revelou voltando a me beijar.

Logo tiramos o resto da roupa, provamos um ao outro de forma lenta e desesperadora. Hugo deitou-se sobre mim e me penetrou, e foi como se eu tivesse ido ao céu. Nossos corpos moviam-se em sincronia perfeita. À medida que ele me possuía, lento e crescente gradativamente, espasmos intensos faziam meu corpo se contorcer. Tudo em mim precisava de mais, mais toque, mais velocidade, mais prazer.

Meus gemidos ficavam mais intensos conforme a velocidade aumentava e o prazer intensificava. Eu sabia que estava perto, muito perto de cair no abismo do prazer delirante que Hugo me fazia sentir. Involuntariamente, apertei-me em torno dele, fazendo-o gemer alto.

— Meu Deus, Raquel, você me deixa doido, mulher.

Tudo em mim se apertava, expandia, e meu corpo era comedido por espasmos deliciosos.

Eu queria mais.

Mais.

Mais.

Ele notou que eu estava perto e acelerou o ritmo. Movendo-se mais intenso, selvagem, desesperado do jeito que desejava. Ele desceu os lábios nos meus, beijando com sofreguidão.

Gritei alto de prazer, pois parecia que estava subindo em um espiral crescente ao paraíso e não queria sair de lá tão cedo. Cada pedaço do meu corpo pulsava, queimava e se arrepiava.

— Hugo! — chamei seu nome, quebrando em mil pedaços de êxtase. Meu corpo convulsionava deliciosamente satisfeito.

— Isso, grita meu nome, adoro ouvir você gemer assim... — Hugo sussurrou, movendo-se ainda mais intensamente até alcançar o próprio gozo.

Minha nossa!

Ele se afastou um pouco para olhar meu rosto e, por um breve momento, pensei que fosse chorar. Seu corpo tremia sobre o meu. A forma como ele me olhou causou-me uma comoção enorme no peito. Meus olhos se encheram de lágrimas, que escorreram exatamente no momento em que ele disse três palavras que cravaram no meu coração, causando uma euforia enorme. Meu coração batia tão forte que pensei que pudesse sair do peito e abraçar o dele.

— Eu te amo. — Eu estava presa em seu olhar, mas abracei seu pescoço, apertando-o a mim, chorando de emoção.

— Eu também, também amo você, Hugo. Amo como nunca imaginei ser possível amar alguém.

Capítulo 36

Raquel

Um sorriso bobo estava grudado em meus lábios. Era tanta felicidade e gratidão que eu me sentia flutuar. Inspirei o perfume delicioso do homem que me apertava protetoramente em seus braços, temendo que fosse um sonho e, em qualquer momento, fosse acordar. Meu corpo ainda vibrava por conta do prazer intenso que tinha acabado de sentir.

Que não seja um sonho, Meu Deus!

— Raquel, faz tempo que quero te perguntar uma coisa. — Sua voz soou vacilante, como se não tivesse certeza do que iria dizer.

— Pergunte.

— O que você sentia pelo meu irmão? Eu sei que é uma pergunta estranha, mas ele disse no vídeo que se apaixonou por você antes mesmo de...

— Você assistiu? Como sabe sobre isso? — perguntei, afastando-me para olhar seu rosto.

Deitei a cabeça no travesseiro de forma que meu corpo ainda ficasse grudado ao dele. Seu rosto tão próximo que podia sentir seu hálito acariciando minha face. Hugo levou a mão ao meu rosto e fez uma leve carícia, seu olhar cheio de adoração.

— Eu disse que ouvi você chorando enquanto assistia a ele dizer isso, lembra? — Afirmei com um aceno da cabeça. — Acho que isso me fez pensar que você se apaixonou por ele.

— Não, Hugo. Não nego que passei bons momentos com seu irmão, mas, apesar de bons, foram breves. Às vezes, eu pensava, sim, nele, até ficava me perguntando se ele se lembrava de mim, de como seria se nos encontrássemos novamente. Se ele tinha outra pessoa... Essas coisas. Isso porque eu fiquei grávida, como poderia me esquecer? Mas sentimento? Só o de gratidão que muitas vezes se misturava com o rancor por estar criando duas crianças sozinha.

— Mas você acha que se ele estivesse vivo...

— Seria apenas o pai dos meus filhos, porque a verdade é que eu teria me apaixonado perdidamente pelo irmão dele, de qualquer modo.

Seu sorriso se alargou, e ele se inclinou para beijar meus lábios. Era estranho um homem como Hugo ter esse tipo de insegurança, pois ele exalava autoconfiança, força, beleza, masculinidade. Só poderia entender de onde vinha a insegurança quem sabia da sua história.

— E Milena, Hugo. Você a amava? Ainda tem contato com ela? — perguntei para esclarecer de uma vez por todas as minhas inseguranças em relação à Milena.

— Eu fui apaixonado por ela há muito tempo. Queria me casar e pensava que ela era a mulher da minha vida. Tivemos um envolvimento na adolescência e alguns anos depois tentamos novamente. Mas como você sabe, ela se envolveu com Hander. Não sei se foi isso que me fez deixar de amar Milena ou era porque realmente não a amava. Não sei. Mas cheguei a pensar que nunca amaria alguém de verdade depois de tudo. Talvez eu mesmo tenha boicotado as minhas relações. Então você apareceu e mudou tudo em mim.

— Mas por que ela estava te ligando?

— Ela sempre liga tentando uma aproximação, mas ignoro sempre. Antes, eu até ouvia seus lamentos, mais por educação e também porque tivemos uma história. Mas faz tempo que não tenho mais paciência. — Ele abriu um sorriso arrogante e apertou a ponta do meu nariz. — Então nós temos aqui uma mulher ciumenta?

— Sim, eu morro de ciúmes de você com Milena, com Yvete, até com Juliana, satisfeito?

Hugo inclinou o corpo, ficando por cima de mim.

— Sim, estou muito satisfeito. Feliz, na verdade.

E para provar sua felicidade, ele me beijou intensamente até que eu estivesse sem fôlego novamente e cheia de tesão.

— Hugo, e como ficamos? Quer dizer, você mora a quilômetros de distância. Isso não vai funcionar... apesar de que não estamos namorando nem nada. — Tentei não parecer que estava me lamentando. Mas obviamente havia falhado, pois eu realmente lamentava, e não conseguia mentir tão bem assim para ele.

— Como assim não estamos namorando? Claro que estamos em um relacionamento, Raquel. Eu quero que seja a minha namorada e espero, de verdade, que você queira o mesmo.

Meu coração se aqueceu com a forma doce, ao mesmo tempo decidida que ele falou.

— Hugo, a distância é...

— Se você acha que a distância é um empecilho, vem morar comigo? — Arregalei os olhos. — Não me olha assim, não é como se tivéssemos acabado de nos conhecer, até já moramos juntos por três meses, e...

— É diferente, Hugo. Era provisório, eu não posso deixar tudo aqui e ir embora.

— Eu te entendo. Vamos esperar um tempo, a gente vai conciliando, eu venho, você vai. Aproveitamos feriados para ficar mais tempo juntos. Até eu conseguir organizar tudo e vir embora para Goiânia.

Franzi o cenho e analisei seu rosto, surpresa.

— Você está dizendo que vai deixar tudo e vir morar aqui?

— Não, exatamente, será mais uma transferência. Se você não estiver disposta a deixar tudo, eu estou. Vou mudar a minha vida para ficar mais perto dos meus sobrinhos e da mulher que eu amo.

Meus olhos se encheram de lágrimas, meu coração transbordou com muitos sentimentos que eu não podia decifrar quais eram. Eu o abracei apertado.

— Hugo, não é que eu não queira ir, só acho que a gente deve primeiro ter certeza de...

— Eu tenho certeza, Raquel, e, se não der certo entre nós dois, estou falando isso, mas eu sei que vai dar, pois farei de tudo para que dê certo. Mas, se tudo acabar, seremos ex-namorados que convivem bem, amigos e... ao menos eu e a Lizie estaremos perto dos meninos e de você. Até hoje parece que a minha vida inteira foi um quebra-cabeça difícil de organizar e tinha uma peça faltando. Mas você e os meninos apareceram, e a risada deles, olhar dentro dos seus olhos, tocar você, tudo isso fez as peças se encaixarem, até mesmo as peças que faltavam ocuparam os seus lugares. Agora tenho certeza de que a minha vida começou a fazer sentido e que a felicidade existe, por causa de vocês.

— Você é maravilhoso.

— Eu só quero que você entenda que a distância não vai acabar com o que sinto por você. O que sinto é grande demais e, um dia, você vai entender isso.

— Eu entendo. Eu sinto.

Grudei meus lábios nos seus e me perdi na maravilha que era seu beijo. Já estava sem fôlego quando me afastei e soltei um suspiro longo.

— Precisamos tomar um banho e descer um pouco. Não podemos esquecer que a minha irmã está em casa e tenho dois bebês.

Como se em resposta as minhas palavras, meu telefone deu sinal de mensagem. Levantei e peguei o aparelho jogado no chão.

Renata: Levei os meninos para um passeio na casa da Juliana. Não se preocupe com a gente, vamos demorar. Deixei algo para vocês comerem na cozinha. Um beijo e aproveite muito desse homem lindo.

Digitei rapidamente a resposta.

Eu: Não precisava, Rê, mas obrigada. Te amo.

Senti os braços de Hugo envolverem minha cintura, e seus lábios tocarem a pele do meu ombro.

— Estamos sozinhos, Renata saiu com os meninos e não volta tão cedo.

— Eu já disse que gostei muito da minha cunhada?

— Ela é maravilhosa mesmo. Agora... — Girei, ficando de frente e apoiando as mãos em seu peito, depois subi bem devagar até alcançar seu pescoço e enlaçar os fios, acariciando seus cabelos. — Vamos aproveitar e relaxar na hidromassagem. O que acha?

— Uma ótima ideia.

Da mesma forma que ele havia feito quando entramos no quarto, ele passou as mãos por baixo dos meus joelhos e me ergueu no colo, carregando-me para o banheiro.

Hugo estava em minha casa há dois dias. Parecia um sonho. Ele conseguiu me convencer a ir com ele para Vitória para ficar uma semana. Na verdade, convencer-me nem foi tão difícil assim. Além do mais, eu estava morta de saudades da Lizie. Recordei da reação dela quando ligou para Hugo, no dia em que ele chegou, ela queria saber se já tínhamos conversado. Falavam por chamada de vídeo, e ele fez uma cara engraçada.

— Raquel não quer saber de mim, Lizie. Ela não sente nada por mim, então estou voltando para casa.

Eu estava sentada diante dele enquanto jantávamos a comida deliciosa que a Renata tinha feito, tendo arrumado a mesa tão lindamente, e não pude ver a carinha da Lizie. Mas a voz denotava muita tristeza. Fiz uma cara feia para que ele parasse, mas fui ignorada.

— Ah, que pena Hugo, eu pensei que ela gostasse de você. O que ela disse?

— Não quero falar sobre isso, eu vou afogar as mágoas. — Pegou a garrafa de vinho em cima da mesa e abraçou. — É a única coisa que me resta.

— Não faz isso. Vem logo embora então.

— Ninguém me ama, Lizie.

— Não fala assim, eu amo.

Ela estava quase chorando. Fiquei com pena dela. Levantei-me da cadeira e fui até ele. Abracei-o por trás e beijei seu rosto.

— Eu amo — eu disse e ouvi o grito da Lizie.

— Hugo, eu odeio você. Estava me *trolando*. Não acredito. — Ela começou a pular de alegria.

— Oi, Lizie. Tudo bem?

— Bem? Tudo ótimo. Vocês se resolveram? Estão namorando? Vão se casar? Você vai vir morar aqui? Vou ficar com vocês?

— Ai, calma, cunhadinha. Uma pergunta de cada vez.

— Conta logo... Você disse cunhadinha? Estão mesmo namorando.

Sentei-me na cadeira ao lado do Hugo e ajeitei o celular para conseguir ver melhor o rostinho empolgado dela.

— Não, para a pergunta número três e, sim, para todas as outras — respondi, ela parou para pensar na sequência.

— Ei, vamos casar, sim. Não vou aceitar que me enrole, dona Raquel.

A voz da Juliana me trouxe de volta das lembranças recentes. Minha melhor amiga segurava o Heitor, seu afilhado nos braços.

— Vamos? Renata já está descendo.

Não foi nada fácil convencer a minha irmã a ir com a gente. Estávamos indo todos passar o resto da semana no sítio, em Anchieta.

Peguei meu filho nos braços e beijei sua cabecinha cheirosa. Hadrián estava no colo do tio, todo manhoso. Ele era apaixonado pelo Hugo, não queria desgrudar e se derretia todo.

— Vamos lá que a tia Lizie está morta de saudade de vocês — Hugo falou erguendo o sobrinho no alto, arrancando uma gargalhada.

Eu estava louca para voltar ao lugar onde passei dias inesquecíveis. Mais ansiosa ainda para dar um abraço bem apertado na Lizie. Engraçado era o sentimento que abrasava meu peito quando pensava em voltar para casa. Estava sofrendo por antecipação com a iminente despedida, sem antes mesmo de estar lá.

Capítulo 37

Raquel

Quando chegamos ao sítio, Lizie já estava esperando na entrada da garagem. Seu sorriso ansioso aqueceu meu coração e mal esperei o carro parar para descer e sair correndo em sua direção.

— Raquel, que saudade.

— Eu também senti muita sua falta, Lizie.

— Eu nem acredito que agora é minha cunhada.

— Então seu plano de cupido deu certo.

Abraçamo-nos como se tivessem anos que não nos víamos. Beijei seu rosto bonito e, em seguida, ela correu para o carro para ver os meninos. Fiquei olhando sua empolgação enquanto a Juliana ajudava a tirar os meninos da cadeirinha.

— Oi, Lizie, tudo bem? — Juliana a cumprimentou, recebendo um beijo na bochecha.

Lizie pegou o Heitor nos braços.

— Tudo bem, Juliana, e você? Ai, meu Deus, como eu estava com saudade deles. — Ela o abraçou e beijou cada canto do seu rosto. — Muito mais do que pensava.

— Oi, eu sou Renata. — Minha irmã estendeu a mão para ela.

— Oi, que bom te conhecer pessoalmente. — Muito animada, Lizie entregou o bebê de volta para a Juliana e abraçou minha irmã, mas rapidamente a deixou de lado e pegou o Hadrian.

— O prazer é meu, Raquel fala tanto de você que até parece que já te conheço.

— Vem, gente, o almoço está pronto, Sarah está doida para conhecer vocês.

— E eu? Não ganho um abraço? — Hugo reclamou. Lizie mostrou a língua para ele e saiu em direção à área da piscina. — Viu isso?

Sorrindo, seguimos atrás dela.

Os dias no sítio foram incríveis. Ficamos uma semana aproveitando a praia. Esses dias foram diferentes dos meses que passamos juntos naquela casa, pois tinha a presença da Ju e da Renata. Com elas, eu tinha mais tempo para ficar com o Hugo, e era maravilhoso não ter que esconder. Poder abraçar e beijar sempre que quisesse. Sem contar que dormir em seus braços e ter o prazer de ver seu rosto assim que abria os olhos era um sonho.

Era nítido que a viagem deixou a minha irmã mais alegre. Era inacreditável, mas ela se culpava pelo fato de o ex-marido estar preso. Nada a fazia entender que ela era vítima e não vilã. Talvez o melhor para ela fosse mudar de emprego ou até de cidade. Renata dizia que jamais voltaria para ele, mas eu tinha medo de como seria quando Juarez saísse da cadeia e tinha medo de mais alguma coisa que não sabia de fato o que era.

Acho que o que mais a deixava triste era o fato de a nossa mãe ter deixado de falar com ela de vez, quando soube da separação. Dona Mirian não aceitava o divórcio, culpou minha irmã por tudo o que aconteceu e aconselhou que voltasse para Juarez, pois além de ele ser um homem bom, casamento era para sempre. Segundo mamãe, separada, Renata estava vivendo em pecado.

Era incrível como a religiosidade e o fanatismo cegavam as pessoas. Minha mãe realmente acreditava mesmo nas coisas que falava, isso deixava a minha irmã triste, já eu passei pela máxima decepção quando fui expulsa da sua vida, então já não me surpreendia mais. O meu maior medo era de minha irmã entrar em uma depressão, ou voltar para o marido agressor.

Fechei os olhos, sentindo a brisa noturna soprar em meu rosto. Enrolei a coberta, protegendo melhor o Hadrián do vento. Não estava frio e tinha o calor da fogueira, mas era sempre bom abrigar os pequenos do vento. Hugo tocava violão e cantava. Abri os olhos e encontrei o seu sorriso. Ele piscou um olho enquanto cantava lindamente a música interpretada pela banda Skank - Algo parecido.

Aquilo que eu sinto por você
Parece ser maior
Que o destino que me passa e te passa
E há de ser um só

Meu coração ficava apertadinho quando lembrava que no dia seguinte estaria indo embora e ficaria dias sem ver o Hugo. E tinha a Lizie que parecia ainda mais carente depois que a mãe dela voltou para a Europa sem ao menos se despedir. Mesmo que ela afirmasse que não gostava da mãe e não queria vê-la, no fundo a gente sabia que doía ser deixada de lado como ela ficou. Ela era só uma criança. Lizie merecia que alguém lutasse por ela e, mesmo que ela não quisesse ficar com a mãe, era o que Jessica deveria ter feito. Era o que eu faria, lutaria com todas as forças para reconquistar o amor da minha filha. Moveria céus e terra, mudaria a minha vida para ficar ao lado dela. Eu faria isso, mesmo ela não sendo a minha filha.

— Olha só a sorte grande que você tirou. Um namorado que, além de rico, lindo, atencioso e apaixonado, ainda canta e toca violão bem demais — Juliana falou embalando o Heitor nos braços.

— Na verdade, Hugo é que teve sorte, e eu também. Raquel é a mulher mais maravilhosa do mundo — Lizie disse beijando meu rosto e indo sentar ao lado do irmão.

— Sem contar a cunhada fofa que você tem.

Beijei a cabecinha do Hadrián, concordando com a sorte grande que tirei na vida. Com aqueles dias ao lado do Hugo, eu percebi que queria viver o resto da minha vida com ele. Em Vitória, em Goiânia, seja lá onde fosse. Onde ele estivesse, lá estaria a minha felicidade, e eu iria buscá-la.

— Vamos admitir, Kel, você teve sorte em dobro. Meu cunhado é máximo, sua cunhada é uma fofa. Fora que está na cara que ele é muito apaixonado por você.

— Olha só quem fala de sorte — Juliana alfinetou. — Sabe o que eu descobri, Raquel? O meu primo, delegado Caetano, é louquinho por sua irmã.

— Não acredito? — Arregalei os olhos e encarei a minha irmã, que ficou vermelha feito um pimentão.

Renata nunca foi de falar da sua vida amorosa comigo. Apesar de sermos muito unidas, ela era extremamente reservada.

— Deixa de ser fofoqueira, Juliana. Está imaginando coisas. Onde você viu isso?

— Viu o quê? — Hugo perguntou, pegando o Hadrián dos meus braços.

— Nada, cunhado, me dê esse bebê aqui e volte para tocar. Estava tão bom.

— Vim buscar o pagamento do meu cachê — brincou dando um beijo em meus lábios.

— Meu primo, delegado Caetano, inteligente, lindo, maravilhoso, olhos negros e barba perfeita, com 1,90 de altura, uma fortaleza de músculos, é apaixonado pela Renata.

— Isso é coisa da sua imaginação — retrucou minha irmã.

— Claro que não é. Ele me confessou que faz muito tempo que gosta de você. Mas como você era casada com o tras... com o Juarez, ele guardou a paixão platônica para ele, mas vou te avisar, ele só está dando um tempo para atacar, ele vai tentar conquistar você, Renata. Se prepare.

Minha irmã ficava cada vez mais sem graça, pois passamos a pegar no pé dela para dar uma chance ao homem da lei e esquecer o fora da lei do marido dela. Até que gostei da ideia de ver os dois juntos. Caetano é um homem maravilhoso, e minha irmã merece alguém que a valorize, que a respeite. Merece ser feliz.

Um mês depois...

Meu pé batia no piso do supermercado, demonstrando a minha falta de paciência. O lugar estava lotado e, apesar das medidas de segurança, podia-se ver crianças andando sem máscaras. Elas tocavam em tudo, levavam a mão à boca, corriam para todo lado enquanto os pais faziam suas compras sem se preocupar com uma possível contaminação.

Olhei para uma moça na fila do caixa ao lado, sua máscara presa no queixo. Adiantava o quê?

Total falta de responsabilidade. Agora a pouco, passei pelo parque que fica próximo ao condomínio e estava lotado. Todo mundo sem máscara, crianças, adultos e, pior, idosos. As pessoas deveriam ter mais consciência e se cuidar melhor. Se não fosse por eles mesmos, fizessem pelos outros. Mas empatia é um sentimento quase inexistente na humanidade, é apenas uma palavra em desuso. Para me distrair, peguei o celular e passei uma mensagem para Hugo.

Eu: Muito ocupado?
Hugo: Um pouco. Estou em reunião. E você? O que está fazendo agora?

Tirei uma selfie e mandei para ele.

Hugo: Linda demais, queria muito estar aí com você.

Comecei a rir.

Eu: Que programa mais chato. Quem em sã consciência gostaria de estar na fila de um supermercado?
Hugo: Um homem apaixonado como eu. Qualquer lugar com você é o melhor lugar do mundo.

Soltei um longo suspiro apaixonado.

Eu: Amo você. Volte para a sua reunião antes que eu comece a implorar para você vir até aqui.
Hugo: Não precisa implorar, não por isso, é só pedir que vou correndo. Você sabe que prefiro você implorando por outro motivo.
Eu: Você é muito mau.

Guardei o celular e segui para o caixa que havia desocupado.

Paguei as compras, mandei uma mensagem para a Renata avisando que já estava chegando e segui para casa. Estava tudo no mais completo silêncio quando cheguei. Desci as compras e deixei no canto do chão da cozinha para a higienização, antes de ir atrás da minha irmã. A moça que ajudava na casa e com os meninos já tinha ido embora. Olhei no quarto, e os meninos não estavam. Provavelmente estavam no quarto da minha irmã. Ela estava saindo do banheiro quando entrei.

— Acabei de ver a sua mensagem, Kel. Já estava descendo para te ajudar...

— Onde estão os meninos?

— Estão no quarto deles, faz tempo que dormiram, deve estar acor...

— Eles não estão lá, Renata. O quarto está vazio.

Ela arregalou os olhos e me mostrou a babá eletrônica.

— Eu deixei os dois dormindo no berço, Raquel. Nem demorei tanto assim no banho e estava atenta a qualquer barulho — falou enquanto íamos ao quarto dos bebês.

Encarei a minha irmã com o coração aos saltos quando entramos no quarto. Parecia que eu iria desmaiar a qualquer momento. Renata não estava diferente. Estava nítido que ela parecia não entender o que estava acontecendo. Um filete de suor escorreu por minhas costas e um arrepio percorreu a minha espinha, fazendo as minhas pernas fraquejarem.

— Eles estavam aqui... — Sua voz foi um sussurro lamurioso.

Saí correndo pela casa em busca deles. Estava desesperada, quase tropecei nas escadas e caí. As minhas pernas tremiam muito e as minhas mãos não estavam diferentes.

— Heitor, Hadrián... Cadê vocês?

Voltei ao quarto como se fossem aparecer de repente. A minha primeira reação foi gritar com a minha irmã que estava estática, olhando para os berços vazios.

— Onde estão os meus filhos, Renata?

A segunda foi sacudi-la pelos ombros para que despertasse. Ela arregalou os olhos, e vi lágrimas escorrerem por seu rosto.

— Eu não sei. Alguém entrou aqui e os levou, só pode.

— Quem faria isso? O condomínio tem segurança...

— O que a gente vai fazer?

Por instinto, peguei o celular e liguei para Hugo. Não sabia se ele ainda estava na reunião. A gente trocava mensagens o dia todo, mas só se falava mesmo à noite, quando ele ligava ou quando não estava em reunião. Eu não gostava de atrapalhar o trabalho dele, Hugo era um homem muito ocupado. Então tínhamos combinado dessa forma. Ele atendeu no terceiro toque.

— Raquel? Aconteceu alguma coisa? — perguntou em alerta.

— Eu... preciso de você aqui, Hugo, os meninos desapareceram. Voltei para casa e... eles sumiram.

Capítulo 38

Raquel

Depois que falei com Hugo, liguei para a Juliana. Não precisei explicar muita coisa para o Hugo, mesmo porque eu não estava em condições alguma de falar com coerência. Dizia coisa com coisa, mas, também, como explicar o inexplicável? Renata havia desaparecido do quarto e fui atrás dela.

Encontrei a minha irmã sentada no chão da sala, abraçada às próprias pernas. Seu corpo balançava para frente e para trás, seus olhos estavam vidrados no nada.

— Renata...

— Foi ele, Raquel...

— Ele? Ele quem? — inquiri, mas algo dentro de mim já sabia a resposta.

— Juarez.

— Você está delirando? Como ele... Ele está preso.

— Não, ele cumpriu a pena, oitenta e um dias. Faz mais ou menos duas semanas que ele tenta falar comigo. Mas eu o ignorei. Hoje ele esteve aqui e, a pedido da minha mãe, eu o recebi.

Minhas pernas falharam, eu caí sentada no sofá.

— Meu Deus, Renata. Juarez é um idiota, mas não faria algo assim.

— Você está enganada. Ele faria, ele odiava os meninos. E depois do que ele foi capaz de fazer comi... Deve ter visto uma oportunidade de ganhar dinheiro.

Ela desabou em um choro compulsivo. Eu estava tentando a todo custo ser forte e não perder o controle. Precisava de sanidade para lidar com a situação. E se ele ligasse?

— Me explica o que aconteceu enquanto ele estava aqui.

— Eu permiti a entrada dele, foi assim que você saiu para ir ao supermercado. Os meninos estavam dormindo quando ele chegou. Ele queria me pedir perdão, que eu pensasse em dar outra chance para ele. Falou que estava arrependido e que me amava. Eu fiquei apavorada, disse que pensaria no assunto e marcamos de jantar no nosso apartamento, no sábado, para conversarmos melhor. Ele não ficou muito tempo. Então... ele me beijou.

Com sua confissão ela levou a mão à boca, seu rosto ganhou uma expressão de nojo, como se estivesse com ânsia de vomitar.

— Foi tão nojento que mal esperei que saísse e corri para o banheiro. Devo ter perdido a noção do tempo. Mas, quanto mais me lavava, esfregava a minha pele, mais me sentia imunda, suja e tinha asco de ter permitido que me tocasse.

Não conseguia falar nada. Não conseguia nem raciocinar direito. Nem chorar eu conseguia. Juarez nunca foi fã dos meus filhos. Raras vezes, o vi interagindo com eles, e era sempre porque a Renata insistia. E se ele maltratasse os meus filhos?

— Eu... Nem sei o que dizer. Por que deixou esse homem entrar? Depois de tudo que ele fez com você...

— É tudo culpa minha. Se eu não o tivesse deixado entrar...

Era culpa da minha mãe, não dela. Renata só permitiu que ele entrasse porque a nossa mãe intercedeu pelo genro querido. E meus filhos estavam pagando pela falta de senso daquela mulher.

— Olha para mim, Renata — pedi segurando seu rosto entre as minhas mãos. — Você não tem culpa de nada. Não faça isso, não se martirize por algo que não estava em suas mãos.

Abracei a minha irmã para mostrar que, apesar de toda situação, eu não a culpava por nada.

— Raquel? — Ouvi a voz da Juliana gritando do jardim.

Ela rompeu pela sala e, ao seu lado, o Caetano, seu primo. Como um raio, ela veio em minha direção. Eu a abracei apertado.

— Raquel, me explica melhor o que aconteceu, esse condomínio tem tanta segurança, eu não entendo.

Juliana chorava assim como a Renata. Embora fossem meus filhos, eu não conseguia chorar. Talvez estivesse em choque.

— Renata acha que foi Juarez...

— Ele esteve aqui? — Caetano questionou direto a minha irmã. — Como ele entrou?

— Eu permiti...

Então ela passou a contar o que aconteceu, omitindo o fato de ela ter corrido para o banho com nojo do toque do ex-marido.

— Delegado, analisamos as imagens das câmeras da portaria e o homem saiu sozinho. — Um homem falou e, só então, notei que não estávamos sozinhos. Tinha mais ou menos cinco homens desconhecidos.

— Verificou as imagens da rua?

— Sim, senhor, tudo normal. Precisamos ver as imagens da garagem da casa, essas o condomínio não tem. Vou verificar. Preciso que a senhora me dê a senha de acesso, Dona Raquel.

— Eu... não sei.

— SUPERGEMEOS. Tudo junto e com letra maiúscula — Renata comunicou.

O homem saiu, e Caetano voltou a atenção a minha irmã.

— Quanto tempo ele ficou aqui dentro com você?

— Eu não sei, veja nas imagens — retrucou e se levantou. — Com licença.

— Renata... — Caetano segurou em seu braço. — Ele machucou você?

Então meus olhos foram para o lugar onde ele olhava fixamente. Os braços da minha irmã estavam vermelhos, assim como a região do pescoço. Seus lábios ainda estavam muito inchados.

— Não, não da forma que está imaginando.

Caetano respirou aliviado, ela puxou o braço e saiu.

— Eu vou ver se consigo descobrir mais alguma coisa com ela — informou Caetano e seguiu em direção à área externa onde Renata tinha ido.

Antes que eu dissesse que não achava uma boa ideia, vi Hugo entrar pela sala acompanhado pela Lizie, então eu desabei, como se só então eu me permitisse sentir, chorar. Joguei-me em seus braços e caí em um pranto descontrolado.

— Meu amor, me explica o que aconteceu?

Nada. Não consegui dizer uma palavra sequer. Apenas me apertava em seus braços e chorava de soluçar. Hugo passava a mão em minhas costas e tentou me afastar, mas eu me apertei ainda mais a ele.

— Você precisa se acalmar, Raquel, e me falar o que aconteceu.

— Ela estava sendo muito forte até você chegar — Juliana falou, em seguida, relatou tudo.

Eu estava com medo de como as coisas terminariam, pois meu cunhado não queria apenas dinheiro, certamente. Ele sempre odiou o fato de eu ter ido morar na casa deles com os bebês e ter tirado a privacidade do casal. Embora não gostasse dele, nunca imaginei que ele pudesse fazer algo assim.

O homem voltou dizendo que não havia nada nas imagens da casa. Para meu total desespero e desesperança.

A noite chegou, e nenhum contato foi feito. Não consegui comer, e o Hugo praticamente me arrastou para o banheiro para que tomasse um banho e tentasse relaxar.

Hugo tirou a minha roupa e entrou na banheira junto comigo. Ensaboou todo o meu corpo, lavou os meus cabelos com muito carinho, enquanto as lágrimas desciam dos meus olhos sem parar. Ele direcionou o jato de água sobre os meus cabelos para tirar o excesso de condicionador. Eu encarei o seu rosto e o abracei apertado.

— Obrigada por estar aqui.

— Onde mais eu estaria? Quando você me ligou, eu deixei uma sala de reunião lotada, sem nem dizer nada. Não consegui pensar em outra coisa a não ser em vir te abraçar e encontrar os nossos meninos. Vai ficar tudo bem.

— Eu quero os meus filhos.

— Eles vão aparecer, a gente vai pagar quanto eles quiserem, iremos mover céus e terra até encontrar os dois.

Ficamos abraçados dentro da banheira até a água esfriar. Depois ele me secou e colocou-me na cama. Estava deitada com a cabeça no peito dele quando Lizie entrou no quarto com os olhos inchados de tanto chorar.

— Posso ficar aqui com vocês? — perguntou, apertando as mãos uma na outra, e uma lágrima rolou pelo rosto bonito.

— É claro, meu anjo, venha aqui — chamei batendo no colchão para que ela se deitasse ao meu lado.

O dia seguinte chegou sem nenhuma ligação. Segundo Caetano, Juarez deveria estar sendo orientado por alguém com mais experiência no mundo do crime, ou já teria entrado em contato. Era assim que agia alguém que não tinha intimidade com a criminalidade, faziam tudo às pressas e sem muito cuidado, o que não era o caso. Criminosos experientes sabiam como deixar suas vítimas sofrendo. Eles deixavam o psicológico abalado pela falta de notícias, causavam vulnerabilidade para ser mais fácil lidar com o resgate. Era isso que ele estava fazendo, se é que foi ele mesmo.

As imagens foram novamente analisadas, mas não mostraram nada. Os meninos simplesmente desapareceram. E, a cada minuto que avançava, todos ficávamos ainda mais aflitos. No final da tarde, eu estava completamente apática. Comi porque fui obrigada pela Juliana, que apesar de muito abalada, era a mais forte de nós. Já minha irmã, ficava andando pela casa como um zumbi. Ela se culpava o tempo todo pelo que aconteceu, enquanto o delegado estava o tempo todo como um radar atrás dela.

Caetano disse que era muito comum uma pessoa que foi presa fazer alianças lá dentro e, mesmo que não seja um bandido, eles podem se tornar. Ele suspeitava que Juarez se aliou a algum bandido mais experiente.

Sem esperança e com muito medo, eu me sentei no sofá da área da piscina e fitei a água azul que, agitada pelo vento, fazia pequenas ondas. O telefone da casa tocou e me levantei correndo para atender, acabei batendo de frente com a Renata. Parei diante do aparelho e Caetano, que não saiu da nossa casa, apontou para que eu atendesse no mesmo momento que ele.

Capítulo 39

Raquel

Quando peguei o telefone, a minha mão tremia tanto que o aparelho batia em meu rosto. Minha respiração estava parada e minha voz saiu como um sussurro doloroso.

— Aa... Alô. — Senti um filete de suor escorrer por minha têmpora.

— Estou com os bebês, não vou negociar enquanto a polícia estiver envolvida. Mande todos embora e entrarei em contato depois... — Uma voz mecânica falou através do aparelho.

— Espera, cadê os meus filhos? — gritei, mesmo ouvindo o bipe indicando que a ligação havia sido encerrada.

O telefone escorregou da minha mão e bateu no vidro da mesinha. Minhas pernas falharam e alguém me segurou pela cintura.

— Raquel, você precisa ser forte, meu amor.

Revoltada, desvencilhei-me dos braços do Hugo e fui para cima do Caetano. Segurei em seus braços e gritei diante do seu rosto. Embora soubesse que ele não tinha culpa de nada, eu queria que ele fizesse alguma coisa. Fosse atrás dos culpados. Eu queria meus filhos de volta.

— Por que vocês não fazem nada? Por que não vão atrás do desgraçado do Juarez? E se ele levou os bebês para a casa dele?

— Eu entendo o seu desespero, Raquel. Mas não é assim que funciona. Existem homens vigiando o Juarez sem que ele saiba. Não há indícios de que seus filhos estejam já, ele não seria burro a esse ponto. Ele pode ter levado os bebês para outro lugar e, se agirmos precipitadamente, pode ser pior.

Suas palavras foram processadas em minha mente como: "eles podem matar os seus filhos".

Deixei meus braços caírem sem forças. Meu corpo cobrou o preço do estresse e minhas pernas falharam. Sentei-me no sofá, cobrindo o rosto com as mãos.

— Deve ter alguma coisa que possa fazer. Uma divisão antissequestro, sei lá. Posso contratar os melhores investigadores... — Hugo falou, sentando-se ao meu lado e passando a mão em minhas costas. — Não estou desmerecendo o seu trabalho, mas...

— Sem polícia. Ele disse que quer todos fora daqui, então eu quero que todo mundo saia — ordenei. — Por favor.

— Já ordenei que todos saiam, Raquel, mas não estou aqui como delegado, estou como seu amigo e não pretendo sair até ver os seus filhos aqui e o responsável atrás das grades.

Tive vontade de me levantar e abraçar o Caetano, pois suas palavras me emocionaram sobremaneira.

— Obrigada, Caetano, obrigada.

Horas se passaram, e o silêncio era absurdo. O telefone não voltou a tocar. Renata estava dormindo, pois Juliana deu um dos remédios da sua mãe para fazer com que ela se acalmasse. Não tinha mais policiais na casa, e alguns foram embora do condomínio para despistar. Caetano desconfiava que alguém que trabalhava na segurança condominial era informante. Talvez algum dos porteiros ou vizinho.

Não chorei mais depois que o sequestrador ligou. Apesar de assustada, nenhuma lágrima desceu. E com a dor que sentia, de repente, me veio a certeza de que Juarez não voltaria a ligar. Ou talvez não tenha sido ele o responsável pelo sequestro. Além de tudo, estava muito preocupada com a minha irmã.

O dia já tinha passado tão lento que parecia ter se arrastado. Minutos viraram horas. E, à noite, o telefone voltou a tocar. Dessa vez foi Hugo quem atendeu, pois eu não tive condições.

— Alô.

— Cinco milhões, você tem vinte e quatro horas.

O desgraçado desligou sem deixar que ele dissesse uma única palavra.

Hugo havia arrumado o dinheiro e estávamos esperando outra ligação. Ele já tinha previsto que seria mais ou menos esse valor e pediu para Yvete organizar tudo. Naquele momento, o que me atormentava era a ansiedade, a espera de que o sequestrador entrasse em contato. Eu ficava pensando, será que eles deram comida aos bebês? Será que estavam sendo bem cuidados? Eles não gostavam de fralda molhada e acabavam fazendo um escândalo. Se fosse cocô então, ninguém aguentava a gritaria até que estivessem limpos.

— Você precisa comer — Hugo ordenou me entregando um prato, eu apenas sacudi a cabeça que não. Abracei ainda mais as minhas pernas junto ao corpo.

— Por favor, Raquel, os meninos vão precisar que esteja forte quando voltarem — Lizie pediu entregando-me um copo de suco. — Se não estiver forte, como vai pegar os dois?

Fiz um imenso esforço para comer um pouco, apesar de estar com o estômago embrulhado e tudo parecer sem gosto. O mal-estar era tão grande, o desalento maior ainda, estava quase pedindo que a Juliana me desse um dos remédios que ela deu para Renata. Ouvi o celular do Caetano tocar de longe e ele atendeu. Mesmo podendo não ser algo relacionado aos meus filhos, fiquei atenta.

— Está certo, você fez bem em mandar uma viatura. Mantenha a mulher lá, já estamos indo — ele terminou de falar e parou em nossa frente, seu semblante parecia aliviado.

— Encontraram o local do cativeiro? — Juliana questionou.

— Não, mas logo teremos informações sobre isso. Acabei de receber uma ligação, uma mulher ligou para a delegacia e disse que estava com os seus filhos.

Ele mal terminou de falar e todos estávamos em cima dele querendo mais informações.

— Onde? Explica isso direito, como eles estão? Eles machucaram meu filho?

A esperança começou a tomar espaço entre os sentimentos ruins.

— Calma, meu amor, deixa o homem falar — Hugo enlaçou nossos dedos apertando minha mão.

— Tenho o endereço de onde eles estão, vou até lá...

— Nós vamos também — falei com lágrimas descendo por meu rosto.

Lágrimas de alegria. Lizie pulava e batia palmas de contentamento. Fomos todos do inferno ao céu em segundos.

— Eu explico tudo no caminho — Caetano anunciou. — Alguém precisa ficar e atender à ligação, caso o sequestrador entre em contato. Não pode deixar escapar que já temos as crianças.

— Eu fico — Renata ofereceu.

Corri até ela e a abracei apertado, não disse nada, não era preciso.

— Eu não acho que...

Caetano tentou protestar, e Juliana interveio:

— Eu fico com ela, primo. Atendo o telefone se precisar. Você pode deixar um dos homens aqui. Vai lá buscar os meus meninos, anda logo.

— Como sabemos que não se trata de uma armadilha? — Hugo questionou.

— A mulher que levou os meninos se chama Neusa, ela é funcionária do berçário e apareceu lá com as crianças. Ela está muito assustada, e a dona do berçário ligou para a polícia avisando. Ela pediu proteção para a mulher e sigilo. Não tenho mais informações.

Em tempo recorde chegamos ao berçário onde meus filhos estavam. Deus estava no comando das coisas, pois o trânsito estava tranquilo. O berçário ficava próximo a um Shopping Center, e a rua costumava ser bem movimentada.

— Tem policiais nas redondezas, estão disfarçados, para a proteção da mulher — informou Caetano quando descemos do carro.

Ele apertou o interfone, e a porta se abriu. De longe, pude ouvir o chorinho dos meninos fazendo o meu coração apertar. Será que estavam com fome ou machucados? Saí tão apressada de casa que nem pensei em trazer uma bolsa com as coisas deles. Avistei meus filhos, que estavam sendo acalentados de forma carinhosa, e corri na direção deles. Avancei tomando um deles nos braços e, em seguida, o outro.

Abracei os dois tão apertado, que talvez os tenha machucado. Mas, assim que ouviram a minha voz, pararam de chorar.

— Pronto, pronto, meus amores, mamãe está aqui.

Não vi mais nada na minha frente, só queria saber dos meus filhos. Era o paraíso sentir o chorinho deles, o calor dos dois fez meu coração transbordar de amor. Hugo nos abraçou e percebi que desciam lágrimas dos seus olhos.

— Acabou, Raquel, acabou.

Entreguei um dos bebês para o Hugo e comecei a olhar cada pedacinho do que ficou no meu colo. Fitando o seu sorrisinho, percebi que era o Heitor e estava muito bem. Hugo fez a mesma coisa com o Hadrián e deu um beijo carinhoso na testa dele. Só depois de verificar que estava tudo bem com os meus filhos, saí da bolha onde estávamos e passei a ouvir o interrogatório.

— Eu fui contratada para tomar conta de dois bebês que estavam vindo de viagem com os pais. Quando cheguei à chácara dentro da cidade mesmo, os meninos estavam sozinhos com uma senhora que disse que a mãe deles estava internada com Covid. Um homem aparecia, às vezes, dizendo que era pai dos meninos, mas não tinha paciência nenhuma, e eles não ficavam melhor perto dele. Até aí tudo bem, tem pai que é uma merda mesmo, mas eu vi na televisão, ontem à noite, sobre o sequestro dos gêmeos. E vi as fotos, eram eles. Eu não podia permitir uma coisa dessas. Sem contar que sei bem que poderia sobrar para mim, então esperei o homem sair hoje pela manhã para trabalhar e chamei um Uber. O cara não queria levar sem cadeirinha, mas eu implorei tanto que ele trouxe a gente.

— Como foi que contrataram você.

— Foi por uma agência de empregos, eu tinha sido demitida por conta da pandemia, então peguei o que veio primeiro...

Eu nem vi o resto do interrogatório. Para mim, já bastava estar com meus filhos, o resto deixaria a cargo da polícia.

Capítulo 40

Raquel

O dia estava ensolarado como era de costume naquela época do ano. Mas, mesmo que fosse o único dia de sol depois de um longo período de inverno, ainda assim não daria a mínima, mesmo que fosse o único no ano. Eu estaria deitada na minha cama com as cortinas fechadas e o ar ligado enquanto olhava o rostinho dos meus filhos dormindo entre Hugo e eu. Fiquei olhando a barriguinha subir e descer em uma respiração cadenciada, maravilhada em como era lindo ver os dois dormindo em plena tarde ensolarada. Hadrián virou, ficando de lado e passou o braço por cima do pescoço do irmão. Esse, por sua vez, resmungou e passou a perna por cima do outro.

Ergui meus olhos e encontrei Hugo observando meu rosto. Seu olhar era de adoração, amor, admiração. Era a forma que eu havia sonhado que um homem olhasse para mim. Era como eu olhava para ele. Com olhos de adoração e um sorriso que não saía do rosto.

— O que está passando por essa cabecinha? — perguntou, erguendo a mão e alcançando o topo da minha cabeça, onde seus dedos emaranharam. — Está com uma cara engraçada.

— Engraçada como? Apaixonada? Feliz? Então devo estar muito engraçada mesmo. — Ele estreitou os olhos e ampliou o seu lindo sorriso. — Estou pensando que não existe nada que eu quisesse mais na vida do que isso aqui, eu deitada com meus filhos e você. Por mim, ficaria assim por dias inteiros. O resto da vida.

— Sim, por mim também, mas não seria justo com eles, não é? Eles precisam crescer, explorar o mundo, viver a vida. E também tem a galera lá embaixo que só está esperando eles acordarem para fazer festa.

Depois que pegamos os bebês no berçário viemos para casa, tomamos banho com eles, comemos e fizemos a maior festa, mas logo eles dormiram. Foi emocionante o momento em que Renata os viu, ela os abraçou, pedindo perdão o tempo todo em meio às lágrimas. Esperei que ela se acalmasse, abracei-a apertado e disse que ela não precisava pedir perdão por nada. Embora soubesse que, no fundo, ela continuaria se culpando. Só o tempo a faria entender que foi vítima, não culpada.

Eu sequer quis saber se prenderam o sequestrador ou não. Hugo prometeu ajudar financeiramente a mulher que nos trouxe os meninos, mas ela disse que não havia feito pensando no dinheiro. Era bom saber que ainda existem pessoas boas e de bom coração. Mesmo sob protesto, Hugo a deixou com uma vida confortável na cidade natal dela. Todo dinheiro do mundo nunca seria suficiente para mostrar nossa gratidão.

Quanto aos envolvidos no sequestro, eles pagariam. A única coisa que importava era que os meus filhos estavam bem e comigo. O resto, eu sabia que o Caetano se encarregaria de fazer. Não só por ser um homem da lei, acho que, para ele, era pessoal colocar o Juarez na cadeia. E eu imaginava bem o motivo. Renata.

Eu gostava da forma que ele olhava para ela, conhecia aquele olhar de carinho e admiração. Gostava ainda mais que ele estivesse sendo paciente e empático com tudo que ela passou. Até tive vontade de conversar com ele sobre ela, perguntar o que ele queria e sentia, mas achei melhor deixar que os dois se resolvessem naturalmente. Caetano tinha meu total apoio.

— Sim, eles vão fazer a maior bagunça. Mas existe algazarra melhor?

— Não, não existe, e eu queria poder ter isso todos os dias. Acordar no meio da noite quando eles chorarem e ir cuidar deles, queria poder ficar assim, ao lado de vocês cada instante do meu dia.

— Eu também — confessei emocionada.

— Eu já decidi fazer a transição da empresa, Raquel, mas isso ainda vai demorar. Então eu pensei que... Você vai morar em Vitória? Eu não vou aguentar ficar longe de vocês. Ainda mais agora, eu preciso saber que estão seguros e bem. Casa comigo?

— Hugo...

Embora tenha sido pega de surpresa, eu ia dizer que sim, que também queria, que aceitava. Mas fui impedida por seu dedo em meus lábios me calando. Em seguida, ele levou a mão até embaixo do travesseiro e, de lá, tirou uma caixinha preta. Ele abriu a caixa, exibindo um enorme diamante, e colocou em cima do bumbum do Hadrian, fazendo-me rir.

— Estou carregando isso há alguns dias. Estava tomando coragem para fazer o pedido. Pensei em várias formas de como faria. Queria encontrar o momento perfeito e fazer algo glamoroso e... Entendi que esse é o momento perfeito. Que os nossos momentos comuns são experiências espetaculares, e eles são espetaculares por sua causa, porque você é extraordinária. — Seus olhos desceram para os sobrinhos. — Vocês três são, e eu amo vocês. Agora, na simplicidade dos nossos momentos, que mesmo tão comuns, são extremamente especiais. O momento é agora e diante dos nossos filhos...

Meu coração acelerou de tal maneira que pensei que poderia acordar os meninos com o barulho que estava fazendo. Ergui a mão trêmula em sua direção e aguardei que ele colocasse o anel em meu dedo.

— É claro que aceito.

Ele deslizou o diamante em meu dedo, depois levou a minha mão até os lábios e beijou demoradamente. Sem aguentar a emoção, ergui meu tronco, e ele fez o mesmo, por cima dos meninos. Sua mão pousou em meu rosto e grudamos nossos lábios em um beijo doce, lento e apaixonado.

— Hugo, eu... — A voz da Lizie interrompeu o nosso beijo. — Desculpa.

Ela ia sair do quarto, mas chamei de volta.

— Ei, Lizie, vem aqui.

— Eu não queria atrapalhar.

— Olha, isso. — Ergui a mão em sua direção. — Estou noiva.

Ela abriu um imenso sorriso e correu em direção à cama praticamente pulando na ponta dela.

— Cuidado, bebê. Vai acordar os meninos — Hugo a repreendeu.

— Desculpa, irmão, mas eles precisam acordar para ouvir isso, para comemorar comigo. Estou tão feliz, tão feliz.

Ela pulou em cima de mim, abraçando-me apertado. Em seguida fez o mesmo com o irmão. Heitor despertou e sentou-se na cama sorrindo para o tio, que passou a mão em seus cabelos de forma carinhosa. Lizie saiu correndo do quarto gritando em plenos pulmões: "eles vão se casar". Hadrián acordou e, sem entender nada, sorriu mesmo assim.

— Acho melhor a gente descer ou o quarto vai estar cheio em minutos — Hugo falou se levantando e pegando os dois bebês nos braços.

— Tem razão, mas antes... — Segurei seu rosto em minhas mãos e beijei de leve seus lábios. — Amo você. — Beijei a testa do Hadrián. — E você. — Beijei o Heitor no mesmo lugar. — E você e aquela maluquinha da minha cunhada.

Peguei o Heitor nos braços e descemos as escadas. Estava a maior algazarra. Juliana entrou na sala carregando uma garrafa de champanha e algumas taças entre os dedos.

— Vamos brindar às boas notícias. Vai ter um casamento e o embuste, bandido do ex-marido da Renata, está na cadeia.

Entreguei o bebê para a Lizie e aceitei a taça que a Juliana me ofereceu.

— Ele foi preso?

— Sim, ainda não sabemos bem como aconteceu. Caetano vai passar aqui e explicar tudo mais tarde. Ele faz questão. Agora vamos ao brinde e deixe-me ver esse anel espetacular.

Estendi a mão para ela e logo a Renata estava olhando também. Felicidade não cabia mais em mim.

Quinze dias depois...

Hugo

Eu estava eufórico olhando para os números do elevador. Estava em cima da hora para o jantar de noivado. Raquel preparou tudo com Lizie, Sarah, Renata e Juliana. Logo os convidados iriam chegar. Não era muita gente, apenas Yvete e o marido, Kauan e sua irmã Lauriane, que são meus primos, Joaquim, o marido dela e dois sócios com suas esposas. O momento merecia uma grande festa, mas, na atual realidade, não poderíamos fazer isso. Ainda mais depois que a mãe da Yvete quase morreu de Covid. Se ela já era paranoica, imagina depois disso. O delegado Caetano também foi convidado, embora ele não tenha confirmado a presença. Raquel estava na torcida para que ele viesse, assim ela conseguiria juntar ele e a minha cunhada Renata.

A porta do elevador abriu e ouvi a risada dos meninos na sala. Passei direto para o lavabo e higienizei as mãos, tirei os sapatos, deixando na prateleira e fui para a sala. Estava todo mundo pronto. Os meninos vestidos iguais pela primeira vez, calça azul com suspensório e sapato social. Eles estenderam os braços pedindo colo e, claro, não podia negar isso a eles.

— Hugo, você está atrasado para o seu jantar de noivado, que decepção. — Lizie cruzou os braços, olhando-me de cara feia.

— Tive uma reunião demorada. Mas estou aqui e, em dez minutos, eu me arrumo. Onde está a Raquel?

— Está terminando de se arrumar — Juliana explicou. — Ao contrário de vocês, homens exibidos, nós mulheres demoramos a nos arrumarmos. Com dois bebês então, demora em dobro.

Entreguei os meninos para ela, que foram protestando, e segui para o quarto. Perdi o fôlego quando vi Raquel diante do espelho. Ela deu uma voltinha, observando a própria imagem sem dar conta que eu estava olhando. Assoviei, e ela virou em minha direção sorrindo. Estava linda demais. Claro que ela já é, mas vestida em um longo vermelho com os cabelos extremamente lisos, maquiada e usando as joias que eu havia comprado para ela, estava uma deusa.

— Você está maravilhosa. — Abracei sua cintura e beijei seu pescoço, maravilhado com seu perfume gostoso. Ela girou, ficando de frente. Tentei beijar seus lábios pintados de vermelho, mas ela não deixou.

— E você está atrasado, senhor Michelakis.

— Eu sei, me perdoe. Vou tomar um banho rapidinho. — Segurei o seu rosto entre as mãos. — Preciso beijar você.

— Vai borrar meu batom...

Com toda certeza, mas eu não deixaria de saborear esses lábios por nada. Seus beijos eram como uma droga para mim. Quando ela passou os braços por meu pescoço se derretendo em meus braços, eu tive a certeza de que seria eternamente feliz ao lado dessa mulher e dos nossos filhos. Porque, sim, eles são meus filhos também.

Epílogo

Raquel

Era véspera de Natal e decidimos passar no sítio, lugar onde a magia do amor acontecia sempre. Foi neste lugar que me apaixonei, foi nele que a Juliana se apaixonou pelo primo do Hugo, Kauan, segundo ela, mas acho que foi no nosso jantar de noivado, no dia em que se conheceram, apesar de ela tê-lo achado um babaca egocêntrico. Foi lá que Caetano e Renata, enfim, se entenderam. Talvez devêssemos colocar um nome para o lugar nesse sentido. O lugar onde o amor acontece.

Pendurei o último enfeite que restou na minha caixa no galho da imensa árvore de pinho. Uma música natalina suave tocava no fundo e um aroma delicioso se espalhava pela casa. Cheiro de Natal, de amor e de felicidade. Sempre pensei que felicidade e amor deveriam ser palavras sinônimas.

— Acabei. Quer ajuda, Lizie? — anunciei.

— Terminei também, Raquel. Quem falta colocar?

Separamos uma caixa de enfeites natalinos diversos para cada convidado colocar na árvore e estávamos todos decorando algumas horas antes da ceia. Hugo comprou um pinheiro tão grande que pensei que não caberia na sala. Tínhamos um bem grande no apartamento, mas, assim que tive a ideia de fazer uma árvore de natal aqui, ele apareceu com essa ainda maior do que a da nossa casa.

Sempre tão exagerado.

Nossa casa, como era bom dizer isso. Quando larguei tudo para ir começar uma nova vida com o Hugo, eu sabia que seria feliz, mas não mensurava o quanto.

— Acho que o Hugo não colocou nada dos dele ainda. Onde ele está? — Renata perguntou, entregando um enfeite para o Caetano colocar no lugar onde ela não alcançava.

Os dois eram tão fofos juntos. Não se desgrudavam. Quando ela disse que viria embora comigo, ele implorou uma chance, disse que faria dela a mulher mais feliz do mundo. E ele tem feito, cuida dela com carinho, respeito e dá muito amor, como a minha irmã merece.

— E você ainda pergunta? Deve estar trabalhando — Lizie alfinetou.

— Ele deve estar descendo, não implica, Lizie — defendi, deixando um beijo na bochecha ela.

Afastei-me para observar o nosso trabalho e realmente faltavam alguns enfeites para que ela ficasse perfeita. Liguei o pisca-pisca e chamei os meninos.

— Olha, que lindo!

Eles não me deram muita moral, já que estavam acostumados com o objeto. Mas no dia que montamos a árvore lá de casa, eles ficaram encantados com as luzes piscando. Queriam arrancar os enfeites o tempo todo. Era descuidar, e os dois estavam lá, destruindo a árvore.

— How, how, how. Papai Noel chegou, feliz natal para todos, Feliz natal!

Arregalei os olhos quando vi o Hugo vestido de bom velhinho. Todo mundo na sala começou a rir, menos os meninos que desataram a chorar.

— Tadinho, cunhado, quer matar os meninos do coração? — Renata foi ao socorro de um deles.

— Ei, sou eu, o tio Hugo, não precisa chorar. — Ele tirou a barba e o gorro pegando um pacote dentro do imenso saco vermelho. — Aqui, o tio trouxe presente.

Eles pararam de chorar e começaram a rir animados. Sentaram para destruir a embalagem como sempre faziam. Eu achava que eles gostavam mais do papel do que do brinquedo em si. Aproximei-me do Hugo, peguei o gorro, coloquei de volta na sua cabeça e joguei a barba branca horrorosa dentro do saco. Lindo demais.

— Fiquei tão feio assim? — perguntou, dando-me um beijo leve nos lábios e me enlaçando pela cintura.

— Claro que não, você fez uma coisa que nunca imaginei ser possível. Deixou uma fantasia de papai Noel sexy. — Aproximei-me do seu ouvido e sussurrei. — Estou até tendo umas imaginações aqui.

— Que safada, então quer dizer que você tem tara em Papai Noel?

— Não, só em você. O único homem capaz de deixar uma fantasia feia dessas a coisa mais linda e sexy do mundo.

— Então mais tarde vou deixar as suas fantasias virarem realidade, meu amor.

Ele me ergueu pela cintura e beijou meus lábios com paixão.

— Ei, tem menores aqui — Lizie gritou. — E o Papai Noel ainda tem que colocar os enfeites dele na árvore. Não vai quebrar a tradição que acabamos de criar.

— Ah, meu Deus, os biscoitos! — gritei ao me lembrar das novas tradições, e biscoitos estavam incluídos nelas.

Saí correndo para verificar o forno e deixei todo mundo rindo na sala. Eu estava animada com as festividades como nunca estive antes. Arrumei-me de forma impecável como pedia à tradição, ao menos as nossas.

Nunca comemoramos o natal em nossa casa. A religião da nossa mãe não permitia. Sempre sonhei em ter uma árvore, mesmo que pequena, simples. Mas ela dizia que Natal era uma data como outra qualquer, criada para tirar dinheiro dos idiotas, que Jesus nem nasceu em 25 de dezembro e era pecado comemorar isso. E, quando ficamos adultas, as nossas escolhas ainda refletiam na forma como fomos criadas. Uma vez, passei na casa da Juliana, achei tudo tão lindo e emocionante que chorei o tempo todo. E me senti muito culpada também, não sabia se estava cometendo um dos maiores pecados ou não.

Peguei a forma quente e coloquei em cima da pia. Eu estava vivendo uma vida de sonho. Cada dia mais apaixonada pelo Hugo, que era o melhor noivo do mundo. Ainda não havíamos marcado a data do casamento, pois não tinha pressa, já possuía tudo que precisava. Mudei toda a minha vida para ficar ao lado do Hugo e da Lizie, e não me arrependo, apesar da saudade que sinto da minha irmã e da Ju. Sempre estamos juntas pela internet e nos finais de semana que dá. Ter dinheiro e o próprio avião facilita tudo, não nego.

Terminei de passar o açúcar de confeiteiro por cima dos biscoitos e os arrumei na bandeja. Depois segui para a sala, onde estava a maior algazarra. Hugo, vestido de papai Noel colocava os enfeites dele na árvore sob a vigilância dos meninos e da Lizie.

— Olha o biscoito! — gritei e logo estavam todos atacando a bandeja. — Calma que está um pouco quente ainda.

Hugo desceu da escada que ele havia usado para colocar uma estrela no topo da árvore e veio em minha direção. Caetano levou a escada para fora. Hugo tomou a bandeja da minha mão e entregou para a Juliana.

— Vem dançar com o Noel.

— Claro, o Noel mais sexy do planeta.

All I Want for Christmas is you, interpretada por Michael Bublé, estava começando a tocar. *Girl, what can i do? You know that all i want for Christmas is you.*

Ele cantou um trecho em meu ouvido me fazendo rir. Meu inglês era meio ruim, mas entendi que ele disse: *Garota, o que posso fazer? Você sabe que tudo que eu quero de Natal é você.*

— Então eu sou o presente que você pediu de Natal?

— De Natal, de Ano novo, da vida inteira. — Inclinou meu corpo para trás e, sorrindo, beijou-me.

Quando me puxou de volta, eu percebi alguém parado na porta da sala. Paralisei. Seria mais aceitável que o Hander surgisse dos mortos do que a presença da minha mãe maculando o meu Natal perfeito. Meu sorriso morreu na hora e apertei a mão, que rapidamente se tornou fria e trêmula, na do Hugo como pedindo força.

— Boa noite! — Ela saudou da porta como quem estava esperando um convite para entrar.

Acho que todo mundo estava muito surpreso e nem respondeu à saudação.

Exceto a Renata, que disse:

— Boa noite, mamãe.

— Mãe? O que...? Como chegou aqui? — inquiri.

— Eu poderia dar uma palavrinha com você, Raquel?

— Palavrinha? Pode falar na frente de todo mundo mesmo, como você sempre fez, não é? Nunca fez questão de esconder as suas ofensas, por que faria agora? Além do mais, não me lembro de ter te convidado para...

— Raquel... — Renata me repreendeu.

Ela sempre foi a filha perfeita, a que fazia tudo que a nossa mãe queria e, pelo visto, continuava sendo.

— Está bem, venha comigo — chamei meio a contragosto para que ela me acompanhasse até o escritório.

— Não, você tem razão. Eu posso falar aqui mesmo. Eu... eu já falei com a sua irmã, Raquel. Mas não podia esperar mais um dia sequer para falar com você. Eu preciso pedir perdão. Perdoe-me por tudo que fiz a vocês, filha.

Observei as lágrimas caírem dos seus olhos com um pouco de surpresa e choque.

Houve um tempo que imaginei que ela não fosse capaz de chorar, muito menos de sorrir. Olhei para a minha irmã, que me encarava com súplica no olhar para que eu pensasse em perdoar a nossa mãe. Caetano se aproximou dela e a abraçou, deixando um beijo carinhoso em sua testa. Ela puxou um longo suspiro e continuou:

— Eu sei que nunca fui uma boa mãe. Passei longe disso. Magoei muito vocês a vida toda. Em especial a você, fui o demônio quando mais precisou. Eu era fanática e vivia no engano, achava que era santa e que ter santidade era abominar e odiar não só o pecado, mas o pecador também. Eu descobri, tarde demais, que era eu que estava vivendo na ilusão. Era cega pela religiosidade, sofismas. Hoje a venda caiu dos meus olhos e posso finalmente enxergar quão errada eu fui. E, acredite, me envergonho muito disso. Só quero pedir o seu perdão. E que me dê uma chance de tentar arrumar os meus erros com você e com os meus netos.

Ela me encarava de forma ansiosa, suplicante. Parecia diferente de alguma forma. Seus olhos cor de mel estavam brilhando por causa das lágrimas, e tinha algo mais que eu nunca havia visto antes. Suas roupas estavam diferentes, ela nunca tinha usando um vestido bonito como aquele. Seus cabelos estavam cortados e escovados.

Isso, sim, era novidade. A maquiagem, então, inacreditável.

"A vaidade é um dos piores pecados, leva uma mulher à ruína", ela dizia.

Eu não consegui falar. Engoli em seco para tentar fazer sumir o bolo em minha garganta. sacudi a cabeça em negação. Então senti a mão do Hugo apertar a minha e me lembrei de uma conversa que tivemos. Hugo contou que perdoou o Hander, e gostaria que a mãe dele tivesse tido a mesma atitude do irmão antes de morrer. Eu disse que talvez, se ela soubesse que iria morrer, certamente ela teria feito.

— Você está doente? Descobriu alguma doença terminal? Está com câncer, é isso?

— Não. — Sacudiu a cabeça e passou a mão no rosto, tentando limpar as lágrimas. — Na verdade, é o contrário, me sinto como se tivesse sido curada de um câncer, filha. O câncer maligro do engano.

Não era possível, eu só podia estar sonhado e, a qualquer instante, eu acordaria. Eu não acreditava que isso pudesse estar acontecendo, embora a cara de todo mundo na sala e o aperto na minha mão indicasse que estava, sim, acontecendo. Ela parecia esperar que eu dissesse alguma coisa.

— Não sei o que dizer.

— Diga que me perdoa, que...

— Perdoar? Você aparece aqui do nada dizendo que se arrepende e quer que eu simplesmente esqueça? Talvez a Renata tenha um bom coração e memória muito curta, mas eu não tenho. Não posso esquecer o que fez comigo. Nunca.

O ar parecia carregado, os espectadores na sala estavam cada vez mais apreensivos. E a música natalina tocando no fundo só deixava tudo mais estranho. Não se encaixava. Eu tinha lido mais cedo, em um dos cartões que penduramos na árvore, uma frase que ficou na minha cabeça: "Natal é tempo de perdão, de fraternidade, de compaixão... Não apenas no sentido da palavra, mas, sim, no sentido amplo por aqueles que precisam desse sentimento de perdoar e de ser perdoado".

Será que eu também precisava? Eu sabia que sim, embora meu coração estivesse mais duro do que pedra e coberto pela mágoa, rancor e orgulho.

— Perdoar não é esquecer. Não é isso que estou te pedindo. Eu... quero uma chance de mostrar que me arrependi e, se me deixar conhecer os meus netos... Olha, Raquel, eu me lembro de cada palavra que eu disse a você e, se eu mesma tenho raiva delas e não consigo me perdoar, imagina você. Eu sei que é difícil, filha, mas seu coração sempre foi melhor do que o meu. Só quero que saiba que me arrependo e me envergonho muito por ter sido a pior mãe do mundo.

— E foi mesmo... — Hugo apertou mais uma vez a minha mão.

— Mas estou disposta a aceitar tudo de vocês. Não sou mais a mesma mulher, aquela que te acusaria de estar vivendo no pecado, na soberba. Não me importo se está vivendo com um homem que não é seu marido, que a Renata tenha se divorciado e, muito menos, que ela também esteja vivendo com um homem sem se casar. Eu só quero estar perto de vocês. Por favor, eu imploro e, se quiser, me ajoelho...

Ela se ajoelharia diante de mim, mas Hugo segurou no braço dela.

— Por favor, senhora, não faça isso. Não... — Ele sacudiu a cabeça, ela se ergueu olhando para ele com gratidão. — Levante-se, por favor.

Naquele momento, eu percebi o quão mesquinha eu estava sendo. Lutei contra o meu gênio ruim, contra a dureza do meu coração, orgulho e rancor, e tentei ser uma pessoa melhor.

Ela estava sozinha a vida toda, nunca foi feliz de verdade, quem era eu para julgar? Condenar? Natal é tempo de perdão, reflexão e amor.

— Bom... Se quiser conhecer os seus netos, eles estão brincando com... Aquela é Lizie, a tia deles. Aquela é Yvete...

Comecei a fazer as apresentações enquanto lágrimas corriam por meus olhos. Então ela sorriu cheia de esperança, foi a primeira vez que vi uma emoção tão pura nos olhos dela. Não consegui mais segurar a minha própria emoção e me joguei nos braços do Hugo, que me apertou forte.

— Está tudo bem, meu amor — sussurrou no meu ouvido e beijou a minha têmpora. — Estou orgulhoso de você. Você é uma mulher fantástica. Eu te amo demais.

— Eu também te amo. Obrigada...

Quando senti que estava mais calma, afastei-me e beijei seus lábios. A música natalina ainda tocava suave no fundo, mas agora não parecia mais fora do contexto. Quando olhei ao redor, Renata estava abraçando a nossa mãe com um enorme sorriso no rosto e os olhos brilhando de lágrimas.

Então especulei, será que um dia eu iria realmente perdoá-la?

Vi a minha mãe cumprimentar todo mundo, então ela parou diante dos meninos e pegou cada um no colo, abraçou, beijou as testinhas deles enquanto falava alguma coisa de forma carinhosa. Naquele momento, percebi que já tinha feito, eu já tinha liberado perdão e me sentia muito bem com isso. Ela se levantou e caminhou de volta até mim. Ela estendeu a mão para o Hugo.

— Feliz Natal e obrigada por me receber em sua casa.

— É um prazer, senhora, será bem-vinda em *nossa* casa, sempre.

Então ela se virou para mim e estendeu os braços de forma desajeitada. Eu dei alguns passos e aceitei o seu abraço. Pela primeira vez em toda a minha vida, eu estava abraçando a minha mãe.

Seis anos depois...

Lizie olhou para a joia na caixa e abriu um sorriso sem graça.

— Obrigada, Hugo, é linda.

— Combina com os seus olhos — eu disse querendo rir da sua cara de decepção.

— É...

— Mas não era isso que você queria, não é? — Hugo perguntou, e ela ergueu as sobrancelhas para ele com certo desdém.

— Está tudo bem...

— Era isso que você queria? — Ergui a chave do carro, ela arregalou os olhos.

— Está brincando?

— Não, ele está lá embaixo esperando por...

Ela saiu correndo feito uma doida, desceu as escadas pulando os degraus em tempo de cair.

— Acho melhor a gente ir atrás dela.

Os meninos seguiram a tia correndo da mesma forma. Hugo e eu demoramos um pouco para chegarmos do lado de fora.

— Meu Deus, eu adorei! — Lizie gritou animada, olhando o seu presente de dezoito anos.

Era um Porsche branco, como sempre quis, e que eu fui completamente contra, pois me tornei uma espécie de cunhada mãe superprotetora. Mas Hugo ainda fazia tudo que ela queria, e eu jamais desautorizava o que ele fazia ou dizia. Então o apoiei na decisão. Com muitas ressalvas, claro.

— Papai, quando eu crescer vou ganhar um carro desse? — Heitor perguntou.

Não me recordava bem quando os meus filhos passaram a chamar o Hugo de pai, só sei que foi tão espontâneo quanto natural. Foi um pouco depois que nos casamos, e eles passaram a necessitar disso. Hugo ia às apresentações da escola, mostrava as fotos deles para todo mundo e dizia sempre com muito orgulho: "esses são meus filhos".

Lembro que Hugo ficou tão emocionado quando os dois o chamaram de papai que chorou feito criança, pois nenhum de nós havia ensinado isso a eles. Veio do coração das duas crianças que tinham o melhor pai do mundo.

— Eu não quero um carro desse, é de menininha. Tia Lizie é menininha — Hadrián retrucou. — Quero um bem grande. Grandão. De homem.

— Quando chegar a hora você vai ter o carro que quiser, mas tem que se comportar bem, igual a Tia Lizie — falei afagando a cabeça dele. — E parar com essas coisas de menina e menino, isso é bem feio.

— É machismo, garoto — Lizie completou.

— O que é machismo, mamãe? — Heitor perguntou e, dessa vez, foi o Hugo que explicou para eles.

— Machismo é quando...

Lizie realmente era um exemplo a ser seguido. Estudiosa, esforçada. Entrou aos dezessete anos na faculdade de Letras. Ela já dava aula para crianças surdas desde os quatorze anos e tinha um blog superfamoso sobre autoestima. Nele, ela contava a história dela com o trauma que a fez ficar sem falar e como o superou.

A mãe dela nunca mais apareceu, já a minha, transformou-se em uma avó muito amorosa. Ela estava radiante com as netas e, em breve, viria para ficar comigo depois do parto. Era inacreditável como uma pessoa poderia mudar da água para o vinho. Assim foi a minha mãe.

Senti um chute na barriga, então instintivamente levei a mão até o calo que se formou e acariciei como sempre fazia. Eu estava grávida de seis meses, de duas meninas. Dessa vez, a minha gestação era tranquila. As meninas estavam se comportando bem, diferente do pai delas, que não me deixava fazer nada. Faltava me carregar no colo e me dar comida na boca. Se eu respirasse mais forte, ele já estava em cima com mil perguntas. Hugo colocou a mão no mesmo lugar onde estava a minha, sorriu ao sentir uma das meninas chutar e beijou meu rosto.

E eu que pensava que sabia o que era felicidade.

Agradecimentos

Sou grata a Deus que sempre me sustenta e ampara em todos os momentos da minha vida. Obrigada, Senhor, por sempre me dar mais do que mereço. Sem a sua mão não sou nada.

Agradeço a minha família pelo apoio e pela torcida de sempre. Ter vocês ao meu lado é tudo para mim.

Um agradecimento especial para Rayra, amiga e leitora, obrigada pelo tempo dedicado, pelos anos ao meu lado, sempre me apoiando, incentivando e dizendo que sou mais do que imagino ser. Sua amizade é muito importante para mim.

Gabi, eu costumo dizer que Deus sempre manda anjos para ajudar quem precisa, e você é um desses anjos. Os seus surtos e carinho me incentivaram mais do que você imagina. Sou grata por cada surto, por amar tanto os meus livros e estar ao meu lado.

Dayane, obrigada por ser sempre a maluca que discorda comigo. Você é uma grande amiga, alguém especial que sempre farei questão de ter ao meu lado.

Um agradecimento mais que especial para as meninas do grupo Autora lendo a Autora. Aprendi muito com vocês e são uma inspiração para mim.

Por último, mas não menos importante, obrigada, queridas leitoras, pessoas maravilhosas, sem vocês a escrita não faria sentido.

www.lereditorial.com

@lereditorial